Tradução - Laís Medeiros

PARA SEMPRE
Comigo
With me in Seattle 8

KRISTEN P
BESTSELLER DO NY TIMES E A

Este livro é dedicado às famílias Montgomery, Williams, McKenna, Nash e Salvatore. Obrigada por esta louca jornada. Nunca esquecerei vocês.

Querido leitor,

Escrever esta série foi uma jornada incrível para mim. E pensar que, quando comecei a escrever *Fica Comigo*, não tive a intenção escrever uma série. A intenção era que fosse um livro único. Mas, depois de conhecer Jules e todos os seus irmãos, como eu poderia resistir a dar a cada um deles sua própria história de amor?

Não pude.

E fico tão feliz por não ter resistido. Muitos de vocês me enviaram cartas e mensagens me contando que o clã Montgomery se tornou parte de cada um dos seus círculos internos. Se tornou a família de vocês. Isso me emociona mais do que consigo descrever. Eu também me sinto assim! Vivi com essas pessoas por mais de dois anos, e eles são muito queridos. Não consigo imaginar minha vida sem eles. Foi uma grande alegria e privilégio ver essa família crescer. Ver as amizades se formando, os bebês nascendo. E, admito, dizer adeus é difícil.

Tive dificuldades para finalizar essa série com *Para Sempre Comigo*. Mas acredito de verdade que dei a cada um dos nossos casais o melhor felizes para sempre possível. Os Montgomery sempre terão um lugar muito especial no meu coração, e a melhor coisa sobre os livros é que sempre poderemos revisitá-los.

Então, acomode-se bem, pegue uma xícara de café bem quente ou talvez uma taça de vinho, e venha comigo. Tenho uma história para te contar...

♡ *Kristen Proby*

6   Kristen Proby

Prólogo

— Acorde, querida.

Mas que...?

Lábios macios roçam suavemente no meu pescoço e descem até minha clavícula, fazendo-me gemer e arquear as costas. Uma mão forte me puxa e me deita de costas no colchão, e aqueles lábios deslizam novamente pelo meu pescoço, subindo até o ponto atrás da minha orelha que faz cada nervo do meu corpo ganhar vida.

— O que você está fazendo? — Meus dedos encontram o caminho até seus cabelos cheios e escuros, enquanto sinto-o sorrir na minha pele. Meus mamilos enrijecem de uma maneira quase dolorosa. Seu corpo é deliciosamente firme e quente próximo a mim. Consigo, então, abrir meus olhos pesados, encontrando Dominic sorrindo para mim, com seus olhos azul-claros brilhando à luz da lua.

— Acho que é bem óbvio o que estou fazendo, *bella*.

Ele segura meu rosto entre as mãos grandes e traz seus lábios até os meus, beijando-me com delicadeza a princípio, deslizando os lábios nos meus de um lado para o outro. Em seguida, ele se posiciona sobre mim, com uma perna entre as minhas, sua coxa firme pressionando o centro do meu universo com intensidade suficiente para fazer meus quadris se impulsionarem contra ele, e me dá o beijo mais sensual da minha vida. Ele tem sabor de vinho, menta e homem sexy. E está me devorando da maneira mais deliciosa possível.

Eu sabia que Dominic Salvatore beijava muito bem.

Minhas mãos percorrem seus cabelos e descem por seus ombros e braços... seus braços incrivelmente esculpidos e fortes.

— Não me diga não, *bella*. — Sua voz é áspera conforme ele trilha beijos por meu peito até chegar a um dos meus seios, onde ele coloca meu mamilo na boca e o puxa devagar, fazendo-me esfregar meu centro contra sua coxa nua. — Por favor. Eu preciso de você.

— Isso é loucura.

Mas eu não o afasto. Em vez disso, enfio os dedos em seus cabelos novamente e o puxo para cima, para mais um beijo longo, profundo e faminto. Deus, não me canso dessa boca.

Ele se move, posicionando sua pélvis contra a minha. Seu pau é grande e grosso, e se move facilmente entre minhas dobras escorregadias, a cabeça massageando meu clitóris em um ritmo firme que me deixa com a mente nublada.

— Você está tão molhada — ele sussurra duramente. — Abra os olhos.

Não é um pedido.

Ele me encara com uma intensidade que nunca vi em alguém antes. Deus, é tão bom senti-lo. Arrasto as mãos por suas costas e desço até agarrar sua bunda firmemente, erguendo meus joelhos ao lado do seu corpo, abrindo-me para ele.

— Eu não ia fazer isso com você.

Ele fecha os olhos com força e pousa a testa na minha.

— Não consigo ficar longe de você. Eu tentei, *bella*.

Posso ouvir a Itália em sua voz. Seu corpo está tenso de desejo, mas ele se mantém firme, esperando minha decisão. Cada músculo está rígido. Ele está tremendo.

Como posso dizer não?

Eu não quero dizer não!

— Dom?

— Qualquer coisa. Qualquer coisa que você quiser.

Ondulo o quadril contra ele. Um sorriso lento se espalha nos meus lábios, enquanto ele cerra a mandíbula e murmura um xingamento em italiano entre os dentes.

— Sim — sussurro.

Sua mão apalpa meu seio, e seu polegar circula meu mamilo inchado.

— Tem certeza? — Sua mão desliza pela lateral do meu corpo e alcança minha bunda, puxando-me ainda mais para ele.

— Sim.

— Porra, você está *tão* molhada, Alecia.

— Eu sei.

Ele abre um sorriso largo para mim, afasta os quadris, e então desliza para dentro de mim em um único movimento, preenchendo-me completamente.

Nós dois arfamos, com os olhares presos um no outro, e ele fica parado, enterrado dentro de mim e, juro por Deus, enterrado no meu coração.

Só que corações e flores não são a minha praia.

— Não faça eu me apaixonar por você — imploro. Seus olhos suavizam, mas ele não responde; apenas sai completamente de dentro de mim, olha para baixo, para o ponto em que nos conectamos, e me penetra novamente, repetindo esses movimentos mais duas vezes. — Mais rápido — suplico.

— Não.

Lanço um olhar irritado para ele, que simplesmente sorri para mim antes de beijar minha testa, entrelaçando seus dedos nos meus e prendendo minha mão acima da minha cabeça. Ele, então, começa a movimentar os quadris de verdade, estabelecendo um ritmo punitivo. Seu púbis roça no meu clitóris a cada estocada, empurrando-me cada vez mais para o limite.

— Você tem ideia do quanto eu te queria, Alecia? — ele sussurra na minha orelha, enquanto sua mão livre continua a apalpar minha bunda e ele controla a velocidade e a profundidade das estocadas.

— Não.

Ele beija minha orelha, minha bochecha, meu nariz e, finalmente, meus lábios, conforme aumenta a velocidade, fodendo-me com mais força, mais rápido, fazendo eu me retorcer, gemer e ofegar.

Jesus Cristo, assim eu não aguento.

Minha mão aperta a sua com ainda mais força e meus dedos dos pés se curvam.

— Você vai gozar, *bella*.

— Sim.

— Deixe vir. Goze.

Estou quase lá. Estou tão perto. Porra, se ele continuar acertando meu clitóris assim, bem assim...

BEEP! BEEP! BEEP!

Sento-me na cama de uma vez, suada, ofegante, e com cada nervo do meu corpo pegando fogo, enquanto olho em volta no meu quarto. Tudo está normal. Com exceção do fato de que minhas cobertas estão no chão, minha blusa de alças e minha calcinha sumiram, e estou à beira do orgasmo mais explosivo da minha vida.

E completamente sozinha.

Aperto o botão de soneca com força, xingando alto. Sério?

Sério?!

Ele está em todas as minhas fantasias, e agora está invadindo meus sonhos também? E estou prestes a gozar sem que ele tenha sequer me tocado.

Filho. Da. Puta.

Capítulo Um

Alecia

Estou atrasada. Eu *nunca* me atraso. Não aceito atrasos.

É culpa de Dominic Salvatore.

Ok, talvez isso seja improvável, até mesmo para mim, mas, ele tem mesmo que se infiltrar em todos os meus pensamentos? Até mesmo nos meus sonhos? Sonhos que me deixam suada e ofegante e… e… *droga*.

Encaro-me no espelho e balanço a cabeça.

Recomponha-se.

Não tenho tempo para isso. Não tenho tempo para *ele*. Tenho um dia lotado de reuniões e compromissos com clientes em potencial. Não há tempo para dar atenção ao italiano gostoso que não consigo tirar do meu subconsciente.

Meu cabelo se recusa a cooperar quando o retorço para fazer meu coque habitual e tento segurá-lo com grampos. O que está acontecendo com o meu cabelo hoje? Faço o meu melhor para domá-lo e tento novamente, mas mal passou das 7:30 da manhã e meu dia já está uma merda.

Assopro uma mecha de cabelo rebelde do meu rosto e, com um suspiro profundo, apoio as mãos nos quadris, encarando meu cabelo com raiva. Eu o uso preso todos os dias. Todos. Os. Dias. É profissional.

Não vou usá-lo solto hoje.

Então, faço o melhor que posso com ele, depois visto meu terninho de verão cor-de-rosa favorito — talvez ele melhore a minha sorte hoje — com sapatos de salto alto *Jimmy Choo* também cor-de-rosa, e volto para o espelho com a intenção de fazer uma maquiagem rápida e sair correndo em seguida. Mas logo após terminar de aplicar rímel, eu espirro, deixando manchas pretas do produto ainda molhado nas minhas bochechas.

Sério? Se é assim que o meu dia está fadado a ser, eu deveria voltar para a cama.

Meu celular toca enquanto limpo as manchas pretas do rosto e me dirijo à porta.

— Alecia falando.

— Oi, chefe. Já estou aqui. Onde você está?

— Desejando poder voltar para a cama — respondo de maneira seca e pressiono o botão para chamar o elevador. — Esse dia já está péssimo. A cliente já chegou?

— Ainda não. Você está saindo de casa agora? — Emily, minha assistente, parece chocada. E por um bom motivo.

Eu nunca me atraso.

O elevador chega e, assim que entro, o salto do meu sapato fica preso no trilho da porta e quebra.

— Puta que pariu!

— O que houve?

— Acabei de quebrar meus sapatos *Jimmy Choo* favoritos. — Estendo o braço para impedir que as portas se fechem, arranco meu salto precioso dali e volto para o apartamento mancando, xingando com toda a força do meu ser durante todo o trajeto.

— Uau, você tem um baita repertório de xingamentos.

— Sapatos de oitocentos dólares, Em.

— Talvez você possa mandar consertá-los — ela diz.

— Consigo ouvir a risada na sua voz.

— Não estou rindo. Juro. Acho que a cliente acabou de chegar. Ainda faltam trinta minutos até você estar aqui?

— Isso se eu não pegar trânsito. Droga. Comece sem mim. Compre um café para ela. Puxe conversa. Chegarei aí em vinte minutos.

— Uma multa por excesso de velocidade não vai ajudar.

Desligo sem responder e tiro preciosos dois minutos para ficar de luto pela perda dos meus sapatos. A maneira como o salto quebrou não tem conserto.

Acho que o meu terninho favorito não vai mesmo mudar a minha sorte hoje.

A multa por excesso de velocidade que recebi na Interestadual 5 acrescentou quinze minutos à minha demora, me fazendo chegar quase quarenta e cinco minutos atrasada. Emily me agourou.

Maldita seja.

— Eu sinto muito — começo, caminhando efusivamente até a mesa onde Emily e a cliente em potencial, Summer James, e seu noivo, Robert, estão sentados. Estendo a mão para cumprimentá-los e abro um sorriso radiante. — O trânsito a essa hora do dia é horrível.

— Pensei que você se planejaria de acordo com o trânsito — Robert responde e olha para seu celular, checando a hora. Summer faz uma carranca para ele e sorri para mim.

— Eu compreendo. Emily já nos deu muitas informações ótimas.

— Perfeito. — Abro um sorriso enorme para Emily, que está olhando para o meu cabelo como se ele fosse um bicho-preguiça, e retorno minha atenção para o casal. — Tenho certeza de que vocês já discutiram algumas das suas ideias e planos com Emily, mas eu agradeceria se pudessem me deixar a par rapidamente.

Enquanto converso com o casal sobre a data escolhida e repasso algumas das suas preferências quanto ao chá de panela e quantidade de convidados, Emily pega um café para mim, do qual preciso muito no momento.

Trinta minutos depois, após falarmos sobre as coisas básicas e eu ter informado os preços dos meus serviços, Robert parece levemente enjoado diante do excesso de informações e um tanto chocado, enquanto Summer está com um sorriso radiante.

Típico.

— Eu acho... — Robert começa, mas Summer o interrompe.

— Eu também acho que devemos contratá-la!

— Não, amor, eu ia dizer que acho que podemos fazer tudo isso sozinhos.

Ela fica de queixo caído, piscando rapidamente.

— Sério? Quando teremos tempo?

— Você tem folga aos fins de semana — ele a relembra.

— E você também. Mas isso é um trabalho de tempo integral. Não posso fazer isso sozinha! — Ela está começando a ficar muito estridente, fazendo com que a pulsação nas minhas têmporas piore, então faço o que sempre faço. Intervenho para evitar uma crise.

— Eu compreendo — começo calmamente e coloco a mão no braço de Summer. — Isso pode ser bem estressante, e é um grande compromisso financeiro. Tirem o fim de semana para pensar sobre o assunto e nos liguem na semana que vem.

— Exatamente — Emily concorda com um sorriso largo. — Vocês não precisam decidir hoje.

— É mesmo? — Summer parece estar à beira das lágrimas, e Robert agora parece quase em pânico.

— Sim. — Assinto e afago seu braço, entregando-lhe um arquivo com todas as informações que acabo de discutir com ela. — Tenham um ótimo fim de semana. Aproveitem a festa de noivado.

— Obrigado — Robert responde e conduz Summer para fora da cafeteria.

— Aposto mil dólares que ele irá convencê-la a desistir — Emily diz quando eles estão longe o suficiente para não ouvirem e estamos juntando nossas coisas para irmos embora.

— Aposta aceita. Preciso de sapatos novos.

— Você acha que ela vai convencê-lo a aceitar?

— Vai sim. — Suspiro e tomo mais um gole do meu café, que agora está frio. — Acho que não peguei meu frasco de analgésicos esta manhã.

— Você está bem?

— Levei uma multa por excesso de velocidade. Obrigada por ter me agourado. — Viro-me e a encaro, irritada, mas ela dá risadinhas. — Não acho isso engraçado.

— Você não parece muito bem hoje. — Em inclina a cabeça para o lado e me observa atentamente. — Você tomou um porre ontem à noite?

Dou risada e balanço a cabeça.

— Quem me dera. Não, eu só não dormi bem.

Não posso dizer a ela que sonhei que fazia sexo selvagem com o homem mais sexy que já vi.

— Insônia. — Ela assente. — Você deveria tomar melatonina. Funciona maravilhosamente.

— Lembrarei disso — murmuro e confiro a hora no meu celular. — Tenho que estar em Olympia ao meio-dia.

— Você vai se encontrar com Will Montgomery? — ela pergunta, sorri suavemente e suspira.

— Sim.

— Posso...

— Não, não preciso que você venha comigo.

Ela faz beicinho, o que me arranca uma risada. Emily nunca escondeu que tem uma paixonite pelo lindo astro de futebol americano.

Todas nós temos paixonites por toda a família Montgomery, na verdade. São homens maravilhosos, e suas mulheres são uns amores e engraçadas. Como não gostar? Eles também são os meus melhores clientes, e são a razão pela qual posso pagar o meu apartamento em um condomínio e minha tara por sapatos.

E gosto de pensar que eles se tornaram bons amigos meus, também.

— Só você fica com toda a parte divertida — Emily diz.

— Fico mesmo. E também tenho que lidar com todas as noivas malucas e reclamações. Acredito que isso entra na minha descrição de cargo como "proprietária do negócio".

— É, com isso você pode ficar. Te encontro no seu apartamento hoje à tarde?

— Sim. Você vai encontrar com o casal Peterson para discutir sobre as flores deles, não é?

— Sim. A MDN é um pé no saco.

— A mãe da noiva está pagando por um casamento de cem mil dólares. Ela tem o direito de ser um pé no saco.

— Verdade. — Emily estende o punho para tocar no meu e sorri. — Divirta-se com o gostoso do Will Montgomery.

— Pode deixar. Estarei com meu celular, caso você precise de mim.

— Idem.

Com isso, Emily entra em seu Honda Civic e vai embora. Faço uma pausa e respiro fundo antes de entrar no meu SUV e seguir para Olympia. Ainda está cedo, mas tudo bem.

Pelo menos para *um compromisso* chegarei cedo hoje.

— Você está... interessante.

Blake, o responsável pelo bufê e meu melhor amigo, inclina a cabeça para o lado e me observa cheio de humor nos olhos conforme entro em seu escritório e sento-me na beira da cadeira que fica de frente para ele, com o máximo de dignidade que consigo reunir.

— Vá se foder. — Abro um sorriso doce e tiro meu iPad da bolsa.

— Isso eu já fiz. Com você. Acho que você ainda tem algumas camisetas minhas.

— Eu durmo com elas — lembro a ele e ligo o iPad, passando por arquivos de clientes até encontrar o Casamento McBride-Montgomery. — Mas se você as quiser de volta, pode pegar.

— Não estou nem aí para as camisetas.

Olho para cima e encontro seu olhar cor de chocolate me observando. Blake é um gato. Ele não é como Dominic Salvatore, mas, pensando bem, pouquíssimos são. Blake é alto e esguio. Seus braços são musculosos, graças a todas as horas que ele passa na cozinha. Ele tem uma mandíbula firme e quadrada e cabelos curtos loiro-escuros. É a única pessoa na qual já me permiti confiar plenamente na vida.

— Está pronto para Will e Meg? — pergunto, tentando mudar de assunto.

— Estou pronto para você me dizer o que está acontecendo com você hoje. E o que houve com o seu cabelo?

— Não está tão ruim assim. — Reviro os olhos, mas Blake abre um sorriso malicioso.

— Não está perfeitamente arrumado como de costume. O que significa que você estava agitada esta manhã.

— Só estou tendo um dia de merda. Bem ruim mesmo. Quebrei o salto do meu sapato. — Faço beicinho, fazendo Blake sorrir.

— Aqueles caros?

— Todos são caros.

Ele sorri com malícia novamente. Blake é muito bom nesse tipo de sorriso. Ele pode ser um babaca bem arrogante.

— Foi só isso?

— Levei uma multa por excesso de velocidade e cheguei quase uma hora atrasada para uma reunião com clientes.

— Uau. — O humor deixa seu rosto e ele ergue uma sobrancelha. — Dia ruim.

— É. — Limpo a garganta e baixo o olhar novamente para o iPad.

— Isso tem acontecido muito ultimamente.

Eu o ignoro e fico encarando as palavras na tela em meu colo. Ele tem razão. Tenho andado bem desnorteada nos últimos meses, e não sei por quê. A vida está indo bem. Meu negócio está prosperando. Eu amo o meu trabalho. Tenho um lindo apartamento de frente para Puget Sound e bons amigos.

Mas parece que algo está... *faltando.*

— Quer conversar sobre isso?

— Eu só quero falar sobre Will e Meg, Blake. Eles estarão aqui em alguns minutos.

— A minha equipe está na cozinha dando os toques finais nos pratos sobre os quais já discutimos. Os vinhos estão no ponto. Estamos prontos.

— Ótimo.

— Olá? — A voz de Megan McBride ecoa pelo saguão do escritório de Blake.

Levanto-me em um pulo, feliz por vê-la, e grata pela mudança de assunto. Junto-me a ela e Will, com Blake logo atrás de mim.

— Oi, gente. — Sorrio e abraço Meg, e quando ofereço minha mão para apertar a de Will, ele apenas dá risada e me puxa para um abraço enorme também. Ele é surpreendentemente delicado para um homem tão grande. Com no mínimo um e noventa e cinco de altura, ele é puro músculo e olhos azul-claros maliciosos. Will é o meu favorito entre os irmãos por causa do seu jeito divertido e amável e seu senso de humor.

Meg é uma mulher de sorte.

— Desculpe por termos chegado cedo — Meg pede com um dar de ombros.

— Sempre chego cedo quando há comida envolvida — Will fala e esfrega as mãos. — Podem mandar.

— Ele é tão elegante. — Meg balança a cabeça e entrelaça seu braço com o de Will, beijando seu bíceps.

— Estamos quase prontos — Blake avisa e gesticula para que Meg e Will nos sigam até a sala de jantar. A equipe de Blake organizou a mesa da maneira exata que Meg definiu para sua recepção, completa com o arranjo de centro com as flores que ela escolheu.

— Ah, amor! Olha como está lindo. — Meg abre um sorriso largo e estende a mão para tocar um lírio-tigre.

— Sentem-se. — Acomodo-me e coloco o guardanapo de linho no colo, sorrindo para o casal feliz. Meg está emitindo "oh!" e "ah!" para as flores, as louças, e até mesmo para as lembrancinhas, enquanto Will a observa com o olhar cheio de amor.

A família Montgomery me faz quase acreditar que o amor verdadeiro realmente existe.

— Ok, para começar, temos os bolinhos de caranguejo *Dungeness* com salada de maçã e repolho, acompanhados do vinho *Riesling* de Dominic.

Os funcionários se posicionam aos lados esquerdos de cada um de nós e então, em uma perfeita sincronia, pousam os pratos diante de nós.

— Uau, isso parece estar maravilhoso. — Meg sorri e pega seu garfo, depois dá risada quando olha para Will, vendo que ele já comeu um bolinho de caranguejo inteiro. — Está bom?

— Hummm... — Ele revira os olhos e ataca o próximo bolinho. — Mandou bem ao escolher um menu do noroeste pacífico, amor.

— Mas adicionamos bife para aqueles que não gostam de frutos do mar — ela acrescenta, olhando para Blake para confirmar.

— Sim, vocês também irão provar o salmão e o filé mignon hoje.

— Ai, Deus, não vou poder comer tudo. Tenho que caber no meu vestido de casamento daqui a duas semanas.

— Dê apenas uma mordida ou duas em cada um — sugiro com um sorriso. — Blake não vai se ofender. Assim, você poderá provar tudo e aprovar para os seus convidados.

— Boa ideia.

— Eu vou comer tudo — Will informa e toma um gole do seu vinho. —

Não preciso caber em um vestido. Caramba, esse vinho é bom.

— Os bolinhos e a salada estão aprovados — Meg concorda e toma um gole de vinho.

— Prontos para o próximo? — Blake pergunta, e Meg e Will assentem. Blake sinaliza para que os garçons retornem com uma salada. — Ok, aqui nós temos uma salada de frango grelhado com vinagrete de tangerina. — Os garçons repetem o mesmo ritual de colocar os pratos diante de nós em uma sincronia perfeita.

— Hummm! — Meg sussurra e ataca sua salada.

— Tão bom! — Will concorda com a cabeça, com a boca cheia demais para falar.

Blake e eu piscamos um para o outro. Ele é um mestre na cozinha e meu fornecedor de bufê favorito, especialmente para eventos grandes como esse.

O casamento de Will Montgomery estará em todas os noticiários e em todas as principais revistas. Isso é algo muito importante para todos os prestadores de serviço envolvidos, incluindo a mim. É fundamental que eu trabalhe somente com fornecedores bem estabelecidos que mandam muito bem no que fazem.

E ninguém é melhor que Blake.

— O vinho que acompanha este prato é o Pinot Grigio? — pergunto e dou um gole no vinho delicioso.

— Sim. — Blake assente e dá algumas garfadas na salada, parecendo bem satisfeito com o resultado.

— Estou amando tudo até agora — Meg diz com um sorriso enorme e olha para Will. — E você?

— Estou amando também. — Ele sorri e se inclina para beijar os lábios dela suavemente. — Tudo o que você quiser, amor. Você sabe disso.

— Agora, começaremos com os pratos principais. Primeiro, provaremos o salmão. — Blake faz um aceno de cabeça para o garçom principal. — Este é o salmão grelhado com salada de tomates, cogumelos marinados no vinagre balsâmico e pancetta, acompanhados do vinho Merlot de Dom.

Todos cortamos o salmão crocante e gememos de satisfação. Blake cozinha bem demais.

— Ai, meu Deus — Meg murmura com um gemido e pousa sua mão no peito. A pedra do anel em seu dedo cintila.

— Continue gemendo desse jeito, Megan, e iremos embora daqui antes da próxima rodada. — Will não olha para Meg, mas ela ruboriza furiosamente e se remexe na cadeira. Tenho que morder o lábio para me impedir de rir alto. Eu adoro como os homens Montgomery e Williams não têm medo de deixar claro que não só amam suas mulheres, como também nunca se cansam delas fisicamente.

Eles são mesmo um tipo superior de homens.

— E agora, o filé — Blake anuncia, com os olhos cheios de humor. — Estão ao ponto. Servidos com molho de vinho tinto e amoras, e batata assada.

A carne tem a textura macia como manteiga, fazendo todos nós suspirarmos de prazer.

— E o vinho? — Meg pergunta.

— O Cabernet Sauvignon do Dom.

Meg come um pouco mais do bife e da batata e fecha os olhos ao levar a taça de vinho à boca.

— Isso estava tão bom.

Will conseguiu, é claro, limpar cada prato que lhe foi servido. No entanto, ele tomou apenas alguns goles dos vinhos, escolhendo beber água no lugar.

— Nós temos uma surpresa — respondo com um sorriso enquanto os garçons recolhem nossos pratos.

— Tem mais? — Meg pergunta, arregalando seus olhos cor de avelã. — Minha barriga está cheia.

Para Sempre Comigo   21

— Acho que você vai ter espaço para isso. — Os garçons retornam e colocam pratos diante de nós com quatro mini cupcakes em cada.

— Você pediu à Nic que fizesse nossos cupcakes? — Meg pergunta, referindo-se à Nic Dalton, proprietária da Doces Suculentos e namorada de Matt, irmão de Will.

— Sim, ela fez as versões mini para vocês provarem hoje após as refeições. Eles são dos quatro sabores que você escolheu. Limão e framboesa. — Aponto para cada sabor ao nomeá-los. — Tiramisù, Morte Por Chocolate e baunilha com cobertura de baunilha.

— E o Dom os combinou com um vinho *Riesling* de colheita tardia — Blake acrescenta. — É doce e combinará muito bem com qualquer um desses sabores.

— Uau — Meg murmura, dá uma mordida no cupcake de limão e framboesa e toma um gole de vinho. — Isso está incrível.

— Megan. — Will suspira e fecha os olhos com força. Meg dá risadinhas e lambe a cobertura do cupcake de chocolate, fitando Will com seus olhos grandes e inocentes, claramente o provocando.

— O que eu fiz?

Will dá risada e come os cupcakes restantes em seu prato, limpando a boca em seguida.

— Acho que vou te levar para casa e te mostrar o que você fez.

Meg ergue uma sobrancelha.

— Parece divertido.

— Ah, vai ser mais do que divertido. — Will vira-se para mim com seus olhos azuis quentes e não consigo evitar morder o lábio. Os homens Montgomery são lindos, mas quando estão com tesão, eles ficam... *uau*. — Há mais alguma coisa que precisamos discutir hoje?

— Deduzo, então, que vocês dois aprovam o menu? — pergunto e dou um gole no meu vinho, enquanto olho para o contrato do bufê no meu iPad.

— Eu adorei — Meg confirma.

— Ainda estamos esperando a confirmação de alguns convidados — informo a eles com um dar de ombros. — Mas isso não é incomum. A maioria das pessoas deixa para responder depois do prazo.

— Quantas confirmações você tem até agora?

— Temos 232 presenças confirmadas — respondo e Meg arqueja, enquanto Will dá de ombros.

— Isso é *muita* gente. — Meg olha nervosa para Will. — Isso tudo vai sair muito caro.

Will ri e dá um beijo na testa de Meg.

— Não vai nos falir.

— Acho que posso reduzir as flores.

Blake e eu trocamos um olhar, pensando que deveríamos sair e deixá-los conversar, mas Will apenas dá risada e se inclina para sussurrar no ouvido de Meg. Seu rosto preocupado relaxa, ela morde o lábio e assente, enquanto Will beija sua têmpora e se afasta, balançando a cabeça como se a achasse adorável.

— Pronto, estamos bem. Tenho esses momentos de pânico, às vezes — ela admite. — E o Will precisa me convencer a não surtar de vez.

— Perfeitamente normal. — Sorrio. — Isso é muito importante.

— É. — Meg assente e toma mais um gole de vinho. — Com ênfase no *muito*. Mas o time de Will é grande, temos uma família gigante e muitos amigos. Tenho tantos colegas e amigos do hospital. Não quero deixar ninguém de fora.

— Ei, você deve mesmo celebrar com todo mundo que você ama. — Blake sorri com gentileza para Meg, e eu me lembro por que o amo tanto. Ele é um cara legal.

— Obrigada. — Ela retribui o sorriso e olha rapidamente para Will, que não ainda tirou os olhos dela. — Então, nos encontraremos quarta-feira na vinícola?

— Sim. Vamos percorrer o lugar, falar sobre a organização e todos os detalhes finais. Mas você não tem nada com o que se preocupar. Todos os

Para Sempre Comigo 23

fornecedores estão prontos e a comida agora está aprovada. A parte difícil acabou.

O sorriso de Meg é largo e feliz.

— Ok. Nós vamos nos casar!

— Graças a Deus. Esse foi o noivado mais longo já registrado. — Will franze as sobrancelhas para Meg, que apenas ri e afaga seu braço musculoso.

— Está quase acabando, astro do futebol americano.

— Vamos para casa.

Trocamos abraços e apertos de mão, e quando Will e Meg viram-se para irem embora, retorno para minha cadeira, tomo um gole de vinho e peço a Blake que revise o contrato final comigo.

Ele fica atrás de mim e massageia meus ombros enquanto lemos o contrato juntos, e eu me derreto contra ele.

— Então, esse valor deve atender 250 convidados. Mas preciso que você conte com um valor adicional, como se fosse para 300.

— Ainda tem essa quantidade de pessoas que faltam responder?

— Infelizmente.

— Ei, cara, o que você está fazendo aqui? — Ouço Will dizer quando ele e Megan chegam ao saguão.

— Tenho uma reunião com Blake.

É a voz de Dominic.

— Você deveria ver se eles têm sobras dos pratos que acabamos de provar. Está tudo uma delícia.

— Estou bem, obrigado. Gostaram dos vinhos combinados com cada prato?

— São perfeitos. Obrigada, Dom — Meg responde. — Queria que você nos deixasse pagar pelos vinhos.

— Não, *bella*. É um presente. Tenham um bom dia. Vejo vocês nesse fim de semana.

Um arrepio percorre minha espinha conforme Blake se inclina sobre mim para apontar algo no contrato. Ele ainda está massageando meu ombro com a outra mão. Não faço ideia do que ele acaba de dizer, então apenas assinto.

— Sinto muito por você estar tendo um dia ruim — ele murmura e beija o topo da minha cabeça. — A dor de cabeça melhorou?

— Sim — minto e abro um sorriso pequeno de gratidão, antes de olhar sobre o ombro e ver Dominic nos observando.

Suas mãos estão enfiadas nos bolsos da calça social. Ele está sem o paletó e com as mangas da camisa branca de botões dobradas até os cotovelos, exibindo a pele bronzeada dos antebraços. Sua gravata está frouxa. Seus cabelos estão bagunçados, como se ele tivesse passado os dedos por eles em um sinal de frustração.

Sua mandíbula está cerrada, e seus olhos azuis profundos estão cheios de calor e raiva.

Aperto minhas coxas involuntariamente ao vê-lo, e minha mente vai imediatamente para o sonho que tive. Aquelas mãos e aquela boca na minha pele.

Qual seria a sensação de verdade?

Desvio o olhar e respiro fundo para me acalmar, enquanto Blake atravessa o cômodo até Dom e aperta sua mão.

— Estamos finalizando aqui.

— Sem problemas. Cheguei um pouco cedo. Vou encontrar as minhas irmãs para almoçar daqui a algumas horas, então pensei em ver se você poderia me encaixar agora.

— Com certeza.

— Já terminamos. — Ouço-me dizer, desligando o iPad e levantando-me, preparando-me para os flertes costumeiros de Dom e seu sorriso charmoso. Eu consigo manter o profissionalismo.

Eu *vou* manter o profissionalismo.

Sorrio para os dois lindos homens, mas, em vez de me oferecer um sorriso convencido, Dom simplesmente acena com a cabeça para mim e gira para sair dali.

— Te encontro no seu escritório — ele fala para Blake, que me lança um olhar questionador. Apenas dou de ombros.

— Vai saber. Mas preciso da minha bolsa que ficou no seu escritório. — Vou de cabeça erguida até o escritório de Blake e pego minha bolsa, guardo o iPad dentro dela e viro-me para Dominic. — Os vinhos que você escolheu são perfeitos. Obrigada.

Ele assente.

— O prazer é meu.

Não sei o que dizer, então tento improvisar.

— Aproveite o almoço com as suas irmãs. Obrigada mais uma vez, Blake.

Antes que eu possa me virar para ir embora, Blake me puxa e me dá um abraço de urso, embalando-me de um lado para o outro.

— Te ligo mais tarde. Tome alguma coisa para a dor de cabeça.

Afasto-me e, novamente, Dom está me observando com calor em seus olhos azuis. Ele esfrega as mãos na boca e parece querer dizer alguma coisa, mas não diz.

E não consigo compreender por que *quero* que ele diga. É bom mesmo ele não estar me chamando para sair ou flertando comigo.

Eu apenas recusaria, como sempre faço.

— Tomarei. — Assinto e saio do escritório de Blake, me perguntando o que diabos foi aquilo.

Capítulo Dois

Dominic

Alecia me lança um último olhar longo e sai do escritório de Blake, com a cabeça erguida e os cabelos presos em um coque suave na nuca, que está um pouco desordenado hoje. Ela está usando um terninho cor-de-rosa que lhe cai como uma luva, moldado à sua silhueta incrível, e os sapatos de salto alto mais sensuais que já vi. A confusão em seus olhos castanhos me faz sentir uma dor inesperada no peito, mas ignoro rapidamente.

Consigo compreender que ela rejeitou minhas tentativas de chamá-la para sair durante o último ano em nome do profissionalismo, mas nunca mencionou que estava em um relacionamento.

Se eu soubesse, teria recuado há muito tempo. Não caço no território de outro homem.

Nunca.

Muito menos de um homem que considero meu amigo e um colega de trabalho que respeito.

— Então, como Alecia disse, os vinhos fizeram sucesso com o seu irmão e Meg — Blake fala ao sentar-se à sua mesa.

— Fico feliz por saber disso — respondo e sorrio para mim mesmo. Ainda é meio que uma surpresa ouvir as palavras *seu irmão*.

Tenho quatro irmãos, e apesar de conhecê-los há mais de um ano, há momentos em que isso ainda me causa certa estranheza. Aprendi a amar a família Montgomery e, para meu completo choque, eles me receberam como se eu estivesse com eles desde que nasci.

Mas não foi assim.

— Quantas garrafas precisarei encomendar? — Blake pergunta, despertando-me dos meus pensamentos.

— Nenhuma. Minha equipe vai cuidar disso. Temos muitas em estoque.

Blake ergue uma sobrancelha, surpreso.

— É muito vinho.

— Eu tenho muito vinho — replico, com um sorriso sugestivo.

— Ok, uma coisa a menos para me preocupar. — Ele dá de ombros e digita algumas coisas em seu computador. — Então, precisamos falar sobre o evento de reunião de família no fim do mês que vem.

— Sim. — Entrelaço os dedos e cruzo as pernas. — Eles decidiram o menu?

— Eles não conseguem chegar a um acordo. — Ele revira os olhos. — Alguns são vegetarianos. Outros não são. Blá, blá, blá.

Dou risada e balanço a cabeça.

— Você vai conseguir resolver. Posso escolher um vinho tinto e um branco que combinará com quase qualquer prato e encerrar o assunto.

— Pode ser. — Ele assente. — Sabe, você deveria contratar alguém para cuidar dessas coisas para você.

— Eu não ligo.

— Sério. Alecia faz esse tipo de coisa. Você deveria contratá-la para organizar os seus eventos.

Nem. Pensar.

— Tenho quase certeza de que Alecia já está ocupada o suficiente com seu próprio negócio e seu relacionamento.

Seus olhos desviam para os meus, enquanto suas mãos continuam no teclado.

— Alecia está em um relacionamento?

Inclino a cabeça para o lado e estreito os olhos para o meu amigo.

— Vai me dizer que não está dormindo com ela?

Blake pisca e, então, começa a rir, batendo palmas como se eu tivesse acabado de contar a melhor piada do ano.

Não estou vendo graça alguma.

— Não. — Ele balança a cabeça negativamente e volta a digitar no computador. — Esse barco já partiu, cara.

— E isso significa...?

— Significa que começamos como amigos com benefícios e descobrimos que *gostávamos* muito um do outro, mas não estávamos apaixonados. Nossa, não durmo com a Leash há... quase dois anos. — Ele balança a cabeça de novo e ri.

— Você é bem afetuoso, para um amigo.

Ele para de digitar novamente e me observa por um momento antes de responder. Não desvio meu olhar.

— Eu a amo como uma irmã. Eu a conheço, por dentro e por fora, e faria praticamente qualquer coisa por ela. Ela é provavelmente uma das melhores pessoas que conheço. Teve um dia de merda, e precisava de um abraço. Então, eu a abracei.

Ela teve um dia de merda. E eu contribuí para isso, sem dúvidas.

— Me desculpe por ter entendido errado.

Blake recosta-se na cadeira e tamborila os dedos uns nos outros.

— Você está interessado.

— Estou interessado há muito tempo — admito e passo a mão nos meus lábios, agitado. — Ela já deixou bem claro que não retribui o interesse.

— Hum... — Ele foca em algo atrás de mim, sobre meu ombro, perdendo-se em pensamentos por um instante. — Não é uma má ideia.

— O quê?

— Você e Alecia.

— Você não ouviu o que acabei de dizer? — Balanço a cabeça e desvio a atenção para o celular, abrindo minhas anotações sobre a reunião de família. — Então, será um branco e um tinto...

— A Alecia diz não para todo mundo — ele me interrompe. — Ela demora a confiar. Mas acho que vocês se dariam bem juntos.

— Muito obrigado pela sua aprovação — respondo secamente.

— Ah, você vai precisar — ele diz, perfeitamente calmo. — Porque, sem isso, você estaria fodido.

Simplesmente o encaro, esperando que continue.

— Alecia não tem contato com a família. Eu sou a família dela. Se eu não gostasse de você, não ia dar certo mesmo.

— Não vai dar certo, de qualquer jeito. Ela. Não. Está. Interessada.

Ele dá de ombros e volta para o computador.

— Acho que Alecia é o tipo de mulher pela qual vale a pena um esforço extra.

A raiva e a frustração são repentinas. Esforço extra? Eu tentei convencê-la a sair comigo durante um ano inteiro, porra. A resposta é sempre a mesma: obrigada, mas não.

Odeio ouvir essa porra de palavra. Não.

— Oi, irmão lindo! — Jules abre um sorriso enorme, com os cabelos loiros soltos em volta do seu lindo rosto. Ela está usando um vestido de verão vermelho esvoaçante e está maravilhosa.

— *Ciao, bella.* — Beijo sua bochecha.

— Eu também! — Natalie se aproxima para me dar um beijo, pressionando-se contra mim e me dando um longo abraço.

Junto com quatro irmãos e todas as suas lindas mulheres, também ganhei duas lindas irmãs. Natalie, assim como eu, entrou para a turma mais tarde na vida, depois dos seus pais terem morrido em um acidente. Parece que os Montgomery gostam de adicionar crias à sua ninhada.

— *Ciao, cara* — sussurro em seu ouvido. Seus cabelos estão presos em uma trança que cai pelas costas. Ela está usando calça jeans e uma blusa de alças, toda linda e feliz. — A que devo a honra de ser convidado para almoçar com vocês duas?

— Nós só queríamos te ver — Natalie responde inocentemente.

— O que ela quer dizer é... — Jules começa, dando uma rápida olhada no cardápio antes de jogá-lo sobre a mesa e inclinar-se na minha direção, apoiando os cotovelos na superfície de ferro forjado. — Precisamos de informações escandalosas.

— Informações escandalosas? — Dou risada, também colocando o cardápio de lado.

— Nós não te conhecemos bem o suficiente.

— Vocês me conhecem há mais de um ano, *bella*. Nós passamos bastante tempo juntos.

— Você vai espantá-lo — Natalie cantarola, lançando um olhar irritado para Jules e fazendo-me rir. Essas duas são engraçadas.

— Ah, pelo amor de Deus. — Jules revira os olhos. — Eu não vou espantá-lo.

— Depende do rumo que essa conversa está tomando — respondo em um tom seco, mas não consigo tirar o sorriso do rosto.

— Você é tão lindo. — Natalie abre um sorriso suave enquanto me observa. — Adoro a sua covinha.

— Agora você está querendo alguma coisa.

— Ele ficou bom nesse negócio de ser irmão — Jules diz para Natalie, fazendo meu coração parar.

Espero que sim.

— Então, nós somos suas irmãs — Natalie fala, e Jules assente. — E nós te amamos.

— Eu também amo vocês — murmuro, já amolecendo. Meu Deus, se eu tivesse crescido com elas, me teriam na palma da mão desde o primeiro instante em que eu colocasse os olhos nelas.

A quem estou querendo enganar? Elas me têm *mesmo* na palma da mão desde o primeiro instante em que coloquei os olhos nelas. Assim como em todas as mulheres dessa família incrível.

— Você sabe que qualquer coisa que precisar, eu darei. Apenas diga.

— Oh, você é tão fofo — Jules diz no momento em que a garçonete coloca nossas águas na mesa.

— Ele é, sim. — A garçonete pisca para mim. — Ele está disponível?

— Bem... — Nat começa, mas eu a interrompo.

— Não.

— Que pena. Desculpem pela demora, o terraço sempre fica cheio quando o tempo está bom assim. O que vão querer?

Pedimos bebidas e, quando ela se afasta, alterno olhares entre as meninas.

— Nós realmente só queríamos conversar e te ver. — Natalie pousa sua pequena mão no meu braço. — Não passamos muito tempo só com você.

— E precisamos de informações escandalosas.

— Jules! — Natalie ri.

— Que tipo de informações escandalosas vocês querem?

Tomo um gole de água e me engasgo quando Jules pergunta:

— Você está transando com alguém?

— Você está tentando matá-lo? — Natalie exige saber, dando-me tapinhas nas costas enquanto tusso.

— Que diabos de pergunta é essa? — Empurro a água para longe. Acho que preciso de algo bem mais forte, então estendo a mão para procurar a lista de vinhos no cardápio, satisfeito quando vejo os vinhos Mama Salvatore ali.

— Bom, você sempre foi bem quieto em relação à sua vida sexual, e eu sei que você não é celibatário, então quero saber. — Jules dá de ombros como se essa fosse a conversa mais normal do mundo, e Natalie me oferece um sorriso, mas não tenta deter o questionamento de Jules.

— Não vou ter essa conversa com vocês — respondo lentamente. *De jeito nenhum.*

— Por quê? — Jules pergunta, inclinando a cabeça de lado.

— Porque vocês são minhas *irmãs.*

— Sim, mas somos adultas. Nós fazemos sexo. Nós duas temos filhos, pelo amor do menino Jesus!

Natalie assente e agradece à garçonete quando ela serve nossas bebidas. Peço uma taça de Merlot da minha vinícola e nós três pedimos o que queremos comer.

— Vamos mudar de assunto — sugiro.

— Desmancha-prazeres — Jules murmura, fazendo-me rir.

— Como estão as coisas com Alecia? — Natalie pergunta.

Parece que vou ser obrigado a lembrar de Alecia em todo lugar que vou hoje.

— Não tem coisa nenhuma com Alecia.

— Ah, tem coisa sim — Jules replica presunçosamente. — Já percebi o jeito que você olha para ela.

Franzo a testa, mas, antes que eu possa responder, Natalie diz:

— E eu sei que você a chamou para sair.

— E ela recusou — retruco.

— E daí?

Por que ninguém entende que não significa não?

— Fui ensinado a recuar educadamente quando uma dama diz não. — Tomo um gole de vinho.

— Mas você só a chamou para, o quê, jantar? — Jules questiona, claramente confusa.

— Sim, eu a chamei para jantar. Três vezes. — Encolho-me e balanço a cabeça. — Existe um limite de rejeições que um homem consegue aguentar de uma mulher.

— Mas o que mais você fez? — Natalie indaga.

Faço uma pausa e franzo as sobrancelhas para ela.

— Como assim?

— O que você fez para mostrar a ela que não eram só tentativas de levá-la para a cama?

O que estou deixando passar?

— Sair para jantar não significa necessariamente querer *levá-la para a cama.*

— Claro que significa. — Jules faz um gesto vago com a mão.

— Por exemplo — Natalie continua. — Antigamente, o Luke pedia café e mandava entregar para mim. Ele ainda faz isso, às vezes.

— Ah, e lembra de quando ele deixou todas aquelas flores na nossa varanda depois de pisar na bola aquela vez? — Jules diz com uma risada.

— Sim — Nat responde com um sorriso.

— Para mim, era cheesecake de chocolate — Jules revela. — Nate sempre tinha cheesecake de chocolate no apartamento dele, que agora é nosso, porque ele sabia que eu amava.

— Sério? O jeito de ganhar o coração de vocês é com café e cheesecake? — Rio, mas Jules me dá um soco no ombro. — Ai!

— Você não está prestando atenção! Não é pelo café e o cheesecake.

— É o fato de que eles prestavam atenção aos pequenos detalhes — Natalie concorda. — Eles não diziam apenas "Ei, amor, quer sair para jantar e depois ir para o meu apartamento para fodermos como coelhos?".

— Mesmo que a gente faça isso — Jules acrescenta.

— Eles *demonstravam* que estavam interessados em *nós.*

— E isso funcionou para vocês. — Minha voz é cheia de sarcasmo, mas o que elas estão dizendo faz sentido. Tudo o que fiz foi chamar Alecia para sair quando estávamos em algum evento de família, e geralmente ela estava trabalhando. Nunca fiz um esforço de verdade.

Não que eu vá admitir isso para essas duas.

— Então, o que você vai fazer? — Natalie pergunta.

— Quem disse que vou fazer alguma coisa?

Jules me dá um soco no braço novamente.

— Faça isso de novo, *sorellina*, e eu vou te colocar no colo e te dar umas palmadas.

— Não pense que consegue me encantar com as suas palavras italianas chiques — Jules replica, claramente sem medo de mim.

— Mas o que você disse? — Nat pergunta, inclinando-se na minha direção. Toda vez que uso palavras em italiano, elas querem saber o que significa, e isso me faz rir.

— Eu disse *irmãzinha*.

— Awn! — Nat se derrete. — Adorei.

— É, tá, que fofo — Jules diz, impaciente. — Mas o que você vai *fazer*?

— Vou pagar pelo almoço e ir para casa.

— Nós falhamos com você — Jules fala e seu lábio estremece, como se ela fosse chorar.

Ela não me engana.

Dou risada enquanto a garçonete serve nossos sanduíches e Jules limpa lágrimas imaginárias das suas bochechas perfeitamente secas.

— Os outros irmãos caem nessa?

— Eles caíam quando éramos crianças — ela responde e sorri ao colocar uma batata frita na boca. — Eu conseguia produzir lágrimas de verdade, naquele tempo.

— Nós só queremos que você seja feliz — Natalie diz. — Queremos de verdade. Nós te amamos.

— E amamos Alecia. Dá para notar como vocês se olham. — Jules, perfeitamente séria dessa vez, pousa uma mão no meu rosto. — Pense um pouco sobre o assunto. Alecia não é o tipo de mulher que você pode simplesmente convidar para jantar enquanto ela está trabalhando em um chá de bebê.

Natalie desliza um cartão de visitas sobre a mesa para mim, com um sorriso pequeno.

— Apenas para o caso de você precisar do número de telefone e endereço dela. — Ela pisca e troca um olhar com Jules.

— Ela coloca o endereço nos cartões de visita? — Franzo as sobrancelhas ao olhar para o cartão. Se isso for verdade, ela e eu teremos uma conversinha.

— Não, eu escrevi no verso — Nat responde.

— Então, você gosta dos Mariners? — Jules pergunta.

— Agora estamos mudando de assunto, não é?

As duas sorriem enquanto mastigam sua comida.

— Sim, eu gosto dos Mariners.

— Ótimo. Vamos a um jogo daqui a algumas semanas. Todos nós.

— Vamos?

— Sim — Jules confirma. — Noite dos adultos. Sem crianças.

— Você deveria convidar a Alecia — Natalie sugere. — Como se diz *irmãozão* em italiano?

Dio, elas me fazem sorrir tanto.

— *Grande fratello*.

Ela sorri e repete, pronunciando errado, mas não me importo.

Nada soa mais doce que isso.

Dirigi para casa e fiquei andando de um lado para o outro no meu escritório por uma hora antes de sair novamente, colocando o endereço de Alecia no GPS e seguindo em direção ao seu apartamento, fazendo uma parada no caminho. Com o trânsito horrendo típico de uma sexta-feira, levo duas horas para chegar a Ruston Way, a rua onde ela mora. Fica perto da água, com uma vista incrível para Puget Sound e o Monte Rainier, com quilômetros e quilômetros de pistas de caminhada que rodeiam restaurantes e píeres perto do seu prédio.

Estaciono e fico sentado por alguns momentos, analisando essa decisão. Mas não consigo esquecer sua expressão antes de ela sair do escritório de Blake hoje, ou fingir que não sei que ela teve um dia de merda.

Ela estava com dor de cabeça.

Talvez eu não seja bem-vindo, mas gostaria de ajudá-la a se sentir melhor.

Quando chego à sua porta, toco a campainha e espero. No instante em que estou começando a pensar que ela ainda não chegou em casa, a porta se abre e ela franze a testa para mim, com confusão preenchendo seus olhos castanhos incríveis.

— Dominic?

— Natalie me deu o seu endereço — respondo suavemente. Ela tirou o casaco e os sapatos de salto, mas ainda está usando a saia do terninho. A blusa branca está enfiada no cós da saia, moldando-se em volta dos seus seios cheios e exibindo sua cintura fina e os quadris arredondados.

Meu pau se contorce dentro da calça, mas respiro fundo e mantenho o foco na tarefa.

— Como está se sentindo?

— Ah, eu estou bem... — ela começa, mas se encolhe e pressiona dois dedos nas têmporas. A dor de cabeça ainda a está machucando. — Estou com uma dor de cabeça filha da puta — ela admite.

— Tenho suprimentos. — Ergo a sacola e abro um sorriso.

— Por quê?

Boa pergunta.

— Porque eu não gostei de te ver com dor hoje mais cedo, e tenho a sensação de que tive algo a ver com isso.

Ela dá um sorriso sugestivo e se afasta do vão da porta, permitindo que eu entre.

Para Sempre Comigo   37

— Isso é muito presunçoso da sua parte.

— Estou errado?

Ela dá de ombros e me conduz por uma cozinha pequena e limpa até sua sala de estar. Seu apartamento fica de frente para a água, e a vista é de tirar o fôlego.

— Você tomou alguma coisa para a dor?

Ela senta no sofá e fecha os olhos.

— Esqueci que acabou o Advil, e não tive forças para sair e comprar mais.

Pobre bambina.

— Onde fica o seu armário de toalhas?

Ela aponta para o corredor e vou em busca de uma toalha pequena de mão. Quando encontro uma, vou para a cozinha e a ensopo com água gelada, encho um copo, pego o Advil que trouxe, só para o caso, e volto até ela. Seus olhos ainda estão fechados. Seus cabelos ainda estão presos.

Faz meses que meus dedos coçam de vontade de bagunçar seus cabelos.

Em vez disso, sento-me ao lado dela.

— Aqui, tome isso.

— Você precisa mesmo gritar comigo? — ela pergunta com uma carranca.

— Estou sussurrando, *cara.* — Ofereço-lhe um sorriso e o Advil e a água.

— Por que você está segurando folhas?

— São folhas de lilás. — Coloco as folhas na toalha dobrada e pego o copo da sua mão. — Recoste-se com a cabeça apoiada na almofada e feche os olhos, por favor.

— Por que você tem folhas de lilás?

— Isso vai ajudar. É um antigo remédio italiano para dor de cabeça.

Ela faz o que peço, recostando-se contra as almofadas macias do sofá e fechando os olhos. Coloco a toalha fria com as folhas em seu rosto, cobrindo sua testa e seus olhos, pressionando um pouco.

— Ohhh... — ela suspira. Não resisto à vontade de tocá-la e roço os nós dos dedos por sua bochecha.

— Isso vai ajudar, *cara* — murmuro para ela.

— Meu nome não é Cara — ela sussurra, fazendo-me rir.

— *Cara* significa querida, em italiano — respondo com um sorriso.

— Ah, que gentil. Nós temos um compromisso na segunda-feira, não é?

— Sim. Mas não pense em trabalho agora. Apenas relaxe.

Ficamos em silêncio por um longo tempo, enquanto continuo a pressionar a toalha na sua testa e a tocar levemente a pele do seu rosto, descendo por seu pescoço, e colocando atrás da sua orelha mechas de cabelo que ousaram soltar do coque. Ela relaxa, e a tensão está visivelmente deixando seu corpo aos poucos. Quando a toalha começa a aquecer devido ao calor do seu corpo, volto para a cozinha para molhá-la com água fria novamente e torno a sentar ao lado de Alecia, pressionando a toalha em sua testa.

— Como se sente? — sussurro. Ela estremece. — Está com frio?

— Não — responde suavemente. — Acho que a dor de cabeça está passando.

— Há mais folhas frescas na bancada da cozinha, junto com mais Advil e sopa.

— Sopa?

— Você precisa comer, Alecia.

Seus lábios curvam-se em um sorriso conforme ela ergue a mão para cobrir a minha, puxando-a junto com a toalha para retirar da sua cabeça.

— Obrigada.

— *Prego*. De nada.

Ela olha para a bancada da cozinha e depois volta sua atenção para mim.

— Tulipas cor-de-rosa?

— Acho que você gosta de cor-de-rosa.

Ela pisca rapidamente e, antes que possa recuar, roço delicadamente o dorso da mão por sua bochecha mais uma vez, prendo uma mecha de cabelo atrás da sua orelha e inclino-me para beijar seu rosto.

Merda, ela está cheirando a lilases, junto com seu sabonete, e é simplesmente incrível.

— Tome a sopa, *cara*. Use as folhas, se precisar delas. — Fico de pé para ir embora e ela faz menção de me seguir. — Fique aqui, eu saio sozinho.

— Dom?

Paro e olho para ela, com uma sobrancelha erguida.

— Eu gosto mesmo de cor-de-rosa. Muito.

Abro um sorriso largo e aceno com a cabeça, virando-me para ir embora enquanto ainda consigo.

Porque cada instinto meu está gritando para que eu a pegue nos braços, encontre seu quarto e fique lá com ela pelo resto do fim de semana.

Capítulo Três

Alecia

Ele me fez sentir melhor.

E me trouxe flores. Tulipas cor-de-rosa. Não rosas vermelhas comuns ou o que quer que estivesse disponível no mercado.

Tulipas estão fora de estação. Ele teve que *encontrá-las*.

O sol está brilhando esta manhã, mas ainda não está quente na beira-mar de Tacoma que fica perto do meu condomínio. Estou caminhando rápido — ok, estou quase correndo —, apenas com velocidade suficiente para sentir meu coração saltar.

Ou talvez sejam os pensamentos sobre Dominic Salvatore fazendo isso comigo.

E não é ridículo? Ele só foi gentil e pronto. Não acredito que deixei meu suprimento de Advil acabar, em casa *e* no meu kit de emergência que levo para todo lugar.

Essa vai ser a primeira tarefa do dia depois da minha caminhada: repor o estoque de analgésicos.

Enquanto ajusto meus fones de ouvido e mudo para uma música da banda *Plain White T's*, uma águia voa de maneira majestosa sobre as águas calmas da enseada. A maré está baixa, revelando todo tipo de iguarias para os animais selvagens, e como era de se esperar, dentro de poucos momentos, a águia mergulha e pega algo com as garras. Provavelmente um caranguejo.

A águia vai embora com seu café da manhã e meu estômago ronca quando chego a um restaurante no píer, a mais ou menos três quilômetros do meu condomínio.

Giro e volto para casa, tentando não pensar em Dom.

Não vou pensar no italiano sexy que sabe curar dores de cabeça e me fazer ficar dolorida em outros lugares mais interessantes.

Não, não vou cair nessa.

Merda. Ultimamente, tenho caído muito nessa. Mesmo enquanto eu sentia uma dor de cabeça de nível onze em uma escala de um a dez, seus dedos tocando minha pele delicadamente e sua voz sussurrada no meu ouvido fizeram minhas partes femininas ficarem bem atentas.

Ele ainda teve que colocar os lábios em mim, e aí já era.

Não me sinto atraída por um homem dessa maneira há...

Anos.

Não me lembro da última vez. Talvez nunca tenha acontecido. E com a minha sorte, tinha que acontecer logo com ele. Dominic não é o tipo de cara com quem você pode ter uma relação de *amigos com benefícios* sem se apaixonar. Simplesmente não é possível.

E de jeito nenhum vou me apaixonar por ele.

Eu não me apaixono. O amor não é real.

Afeto. Luxúria. Essas coisas, sim, são reais.

E, pela minha experiência, já sei que elas desaparecem muito rápido.

Porra, eu já vivi isso.

Meu vizinho de baixo — *Ray? Ralph? Rob?* — passa dirigindo por mim e acena do seu conversível chamativo. Ele já deixou perfeitamente claro que gostaria de tentar esse negócio de amigos com benefícios comigo. Ele é bonito. Mas não é memorável, e acho que se não consigo lembrar ao menos o nome do cara, não ficaria muito impressionada com o que ele deve fazer na cama.

Aceno de volta e solto um suspiro profundo de alívio quando viro a esquina para o meu prédio. Odeio fazer exercícios. Odeio usar tênis. Odeio suar.

E tenho uma bunda e os quadris que provam isso.

Dou de ombros mentalmente e pressiono o botão para chamar o

elevador enquanto *Hey Soul Sister*, do Train, toca nos meus fones de ouvido.

Disso eu gosto. Eu poderia dançar o dia todo. Como estou sozinha no elevador, aproveito para dançar com vontade, parando de repente e ajustando minha expressão quando a porta se abre, caso alguém esteja parado do outro lado esperando para entrar.

Meus passos de dança são mais apropriados para serem executados em particular. Não sou uma Meredith Summers da vida.

— Aí está você! — Emily exclama e enfia seu celular na bolsa. Ela está encostada na minha porta.

— Por que você está aqui assim tão cedo? — pergunto enquanto destranco a porta e entro, com Emily logo atrás de mim.

— Nós temos dois chás de bebê e uma festa de senhoras hoje.

— Festa da Sociedade do Chapéu Vermelho — replico e retiro meus tênis tão rápido quanto humanamente possível. — Como as pessoas conseguem usar isso?

— A irmã da futura mamãe da festa número um já me ligou três vezes esta manhã — Emily continua. — A grávida é alérgica a melancia.

— Não vamos servir melancia. — Reviro os olhos e tiro a calça de corrida e a camiseta velha dos Mariners do Blake, passando por Emily em direção ao chuveiro.

— Eu sei, só pensei que, já que estou recebendo ligações ao nascer do sol, poderia pelo menos estar com você ao recebê-las.

— Que gentil da sua parte — murmuro e entro no chuveiro.

— Como o Will estava ontem? — Emily grita da minha pia, onde está arrumando os cabelos.

— Faminto, como sempre — respondo com uma risada.

— E o Dominic?

Faço uma pausa no meio da depilação da perna e franzo a testa para a porta embaçada do chuveiro.

— Como você sabe que vi o Dominic?

— Porque você está meio alegrinha esta manhã. Blake não faz isso com você.

— Sempre estou alegre — minto, voltando à tarefa.

— Não está, não. Amei essa sombra para olhos! Mas, e aí? O Dominic estava sexy ontem?

Tão sexy que é difícil de acreditar.

— Ele é bonito, para quem gosta daquele tipo.

Emily cai na gargalhada, e não consigo evitar sorrir junto com ela.

Quem não gosta daquele tipo?

— Idosas são muito melhores do que mulheres grávidas emotivas — Emily sussurra ao passar por mim, enchendo novamente as xícaras de chá das senhoras com água quente.

Estamos no nosso terceiro e último evento do dia, um chá de final de tarde com integrantes da Sociedade do Chapéu Vermelho. Oito mulheres estão presentes hoje, com idades entre cinquenta e cinco e cento e cinco anos.

E Wilma, a senhora de cento e cinco anos, é muito atrevida.

— Eu belisquei o traseiro dele! — vangloria-se e cai na risada cheia de alegria, com o chapéu de aba larga sombreando seu rosto feliz. A festa está organizada sob uma tenda para proteger as mulheres do calor, e a anfitriã, srta. Kitty, também alugou aparelhos portáteis de ar-condicionado para o evento.

— Ai, meu Deus, Wilma, ele deve ser uns vinte anos mais novo que você! — Betty, a irmã mais nova de Wilma, ri e toma um gole de chá.

— Quando se tem a minha idade, *todos* eles são vinte anos mais novos. Preciso aproveitar para me divertir como posso.

Sorrio ao colocar um prato de bolinhos na mesa.

— Esses bolinhos estão deliciosos — Wilma comenta e segura minha mão, apertando com firmeza. — Foi muita gentileza da sua parte trazê-los para nós, Alecia.

— O prazer é meu — respondo com um sorriso e afago seu ombro delicado com a mão livre. — Estão se divertido, senhoras?

— Ah, sim! — Todas elas assentem e sorriem, com seus lindos chapéus vermelhos e vestidos roxos. Sendo bem sincera, esse é o tipo de festa que mais gosto.

— Bem, nós temos surpresas para vocês este mês. — Aceno com a cabeça para Emily, que traz um carrinho cheio de lindas sacolinhas de presente roxas com papel de seda vermelha, e as mulheres fazem sons de animação.

— Oh, vocês não precisavam fazer isso. — Leona, uma mulher muito gentil de setenta e poucos anos com pele negra, cabelos em um penteado impecável e batom vermelho vibrante sorri como uma criança na manhã de Natal.

— Eu sei, mas vocês são as minhas senhoras favoritas, então pensei em trazer algo extra especial.

— É aquele livro *Cinquenta Tons de Cinza*? — a srta. Kitty pergunta, ansiosa.

— Hã, não — respondo, mordendo o lábio para reprimir a risada, enquanto Emily e eu entregamos as sacolinhas.

— Estou ouvindo o audiolivro — a srta. Kitty informa às suas convidadas. — Aquele Christian Grey é babado fortíssimo.

— Meus filhos me deram um daqueles *e-readers* de Natal — uma senhora chamada Beth conta. — Eu adorei. Assim, posso ler todos esses livros safados e ninguém irá saber. — Ela assente de maneira conspiratória com a srta. Kitty, e em seguida, todas as senhoras dão atenção as suas sacolas.

— Podem abri-las.

As mulheres retiram das sacolas lindas echarpes de seda, nas cores vermelho e roxo.

Para Sempre Comigo 45

— Sei que ainda é verão, então provavelmente não irão usá-las por um tempo, mas não pude resistir.

— Oh, querida, elas são lindas! — Wilma exclama, colocando a sua em volta do pescoço. — Eu sempre estou com frio. Tenho a circulação ruim. — Ela pisca para mim e gesticula para que eu me incline e lhe dê um abraço.

— Eu tenho um encontro esta noite! — Leona anuncia. — Usarei minha linda echarpe nova.

— Quem é o cara de sorte? — Emily pergunta.

— Ed Brenner. Ele é voluntário na sociedade histórica comigo, e depois de fazê-lo esperar por um tempo, finalmente aceitei sair para jantar.

— Que bom para você — digo para ela.

— E você, querida? — Wilma indaga. — Tem um encontro hoje à noite?

Viro-me para Emily e arregalo os olhos para ela, que apenas sorri e fica esperando pela minha resposta, junto com as outras.

— Não, senhora.

— Eu tenho um neto muito bonito — Wilma revela. — Mas ele tem sessenta anos, então acho que talvez possa ser um pouco velho para você.

— Só um pouco — concordo com uma risada.

— O meu neto tem trinta anos — a srta. Kitty diz, pensativa. — Ele está passando por um péssimo divórcio e tem três filhos, mas acho que vocês se dariam maravilhosamente bem.

Nem mesmo se acontecesse o Armageddon, e ele fosse o último homem da Terra.

— Ah, não, obrigada.

— Então você vai para casa sozinha esta noite? — Wilma abre uma expressão triste.

— Bom, não. Vou passar a noite com Ben e Jerry.

— Ela também lê livros safados — a srta. Kitty fala para sua irmã, escondendo a boca com a mão, mas sem fazer esforço para falar baixo.

Quem me dera a minha vida sexual fosse interessante assim.

Ele vai se atrasar.

Checo a hora no celular pela quinta vez em vinte minutos e faço uma carranca.

Odeio atrasos.

A porta da frente da Starbucks que fica perto do meu condomínio se abre e olho para cima. Meu queixo cai e minha boca fica seca quando vejo Dominic tirar seus óculos escuros e olhar em volta da pequena cafeteria, procurando por mim. Seus olhos se enchem de calor quando me encontram.

Ele está usando uma camiseta preta e calça jeans. O tipo de jeans que se molda perfeitamente em volta de coxas firmes e uma bunda durinha, capazes de fazer uma garota esquecer como pensar.

Caramba, olha só como esse homem fica usando calça jeans. Raramente eu o vejo usando esse tipo de roupa.

É uma vista e tanto.

— Você está quase atrasado — eu o informo conforme ele se aproxima da mesa, fazendo-o curvar os lábios.

— Mas não tanto assim — ele retruca e inclina-se para beijar minha bochecha, colocando uma sacola no chão ao lado da sua cadeira. — Você se importa se eu pedir um café rapidinho?

— De jeito nenhum — respondo, fechando as mãos em punho no colo para não erguer uma delas e cobrir minha bochecha no lugar onde seus lábios tocaram. Pareço a droga de uma adolescente apaixonadinha.

Ou melhor, uma adolescente com tesão.

É nojento.

Abro minhas anotações no iPad e começo a dar uma lida enquanto Dom pede o café e volta até mim, carregando dois copos e colocando um deles diante de mim.

— O que é isso?

— Seu chá — ele responde e toma um gole do café.

— Como você sabia o que eu bebo?

— Perguntei ao barista. — Ele sorri. — Não gosta de café?

— Odeio. — Dou de ombros. — Prefiro um chá forte com mel.

— Anotado, então. Como está a dor?

Inclino a cabeça para o lado e o observo por um momento.

— Passou completamente. As suas folhas mágicas funcionaram.

Ele ri e balança a cabeça.

— Não há mágica. A minha avó costumava fazer isso para nós.

— Nós? — pergunto antes que me dê conta. O que aconteceu com o combinado de manter isso estritamente profissional?

— Meus dois primos e eu. Nós morávamos na vinícola dos meus avós.

— Na Toscana.

— Na Toscana. — Ele assente e segura minha mão, como se fosse a coisa mais natural do mundo, e entrelaça nossos dedos.

— Tenho certeza de que é um lugar lindo. — Meus olhos estão cravados nas nossas mãos.

Afaste-se, Alecia Marie. Agora mesmo.

— Hum.

Meus olhos encontram os dele novamente, e preciso piscar e balançar a cabeça para me tirar do seu transe.

Esse homem é potente.

Puxo a mão e volto a atenção para o iPad.

— Então, precisamos falar sobre os fornecedores para o casamento.

— Eu gostaria de uma lista dos funcionários dos fornecedores, também — ele diz sem perder um segundo.

— Por quê?

48   Kristen Proby

— Quero que minha equipe de segurança faça uma verificação de antecedentes.

— Isso não é necessário...

— Sim. É, sim. — Ele mantém o olhar firme no meu. — É a minha família, Alecia. Minha família muito pública, rica e com celebridades. Já contratei a equipe de segurança, e eles farão a verificação de antecedentes de todos os fornecedores. Incluindo você.

— Eu?! — Jogo a cabeça para trás e dou risada. — Eu trabalho com as famílias Montgomery e Williams há dois anos.

— Por quê? — ele pergunta, e o sorriso some imediatamente do meu rosto.

— Como é?

— Acho que é uma pergunta válida.

— Acho que é uma pergunta babaca.

Ele ergue uma sobrancelha.

— Como preferir.

Recosto-me na cadeira e cruzo os braços contra o peito, com todos os sentimentos quentes e confusos em relação a Dominic saindo pela janela.

— Trabalho para eles porque sou muito boa no que faço. Conheço suas preferências e tenho um bom relacionamento com eles, especialmente com as meninas. Não banco a fã impressionada e não permito que a minha equipe faça isso também. Eu *gosto* deles, droga! Então, se você acha que eu contrataria fornecedores que os colocariam em qualquer tipo de risco...

— Eu não disse que você faria isso.

— Mas pensa que continuo a trabalhar para eles porque acho o máximo trabalhar com celebridades? Para sua informação, sr. Salvatore, eu planejo casamentos e eventos para políticos, atletas profissionais, atores, e donos de empresas que fazem parte da lista Fortune 500 que você nem conseguiria pronunciar o nome.

— Sou muito bom com idiomas, na verdade.

Para Sempre Comigo 49

— Dane-se. Você acha que eles continuariam a me contratar se eu não fosse excelente no que faço?

— Não.

Ele está perfeitamente calmo, tomando seu café enquanto eu solto os cachorros nele, irritada e ofendida, e só então percebo que isso foi um teste.

Deixo os ombros caírem e apoio a cabeça nas mãos.

— Passei no teste, então?

— Sim, impecavelmente.

Separo os dedos e o encontro sorrindo para mim.

— Você não tem graça.

— Gostei muito disso. — Ele dá de ombros, e seus músculos flexionam sob sua camiseta. Seus braços são bronzeados e fortes, suas mãos têm dedos longos e, sem conseguir evitar, imagino se ele toca piano.

— Você toca piano?

— Sim. Por quê?

— Você tem mãos de quem toca piano.

— Não é só nisso que minhas mãos são boas.

Mordo o lábio e continuo a encarar suas mãos, enquanto ele corre as pontas dos dedos para cima e para baixo em seu copo de café.

Aposto que essas mãos são boas em muitas coisas.

— Você também contratou sua própria equipe de segurança? — ele pergunta.

— Hum.

— Como é? — Ele dá risada e eu ruborizo furiosamente.

— Sim, contratei.

— Vou pedir ao chefe da minha segurança que os contate para que possam se coordenar.

— Vou querer conhecer as duas equipes na próxima sexta-feira no local para saber como eles coordenarão. Nada pode estragar esse casamento.

— Concordo. — Ele pega um muffin de uma sacola de papel marrom e retira o papel do fundo, entregando a metade para mim em seguida. — Tome.

— Não, obrigada.

— Você comeu alguma coisa no café da manhã?

— Não.

— Tome.

Suspiro e recebo o muffin, sabendo que é inútil discutir.

— Obrigada.

— Espero que goste de chocolate.

— Eu sou mulher. — Rio e dou uma mordida do bolinho delicioso. — Gostar de chocolate faz parte do meu DNA.

— Tenho um vinho que combina perfeitamente com um delicioso chocolate meio amargo.

— Eu sei. O Cabernet Sauvingon de colheita tardia. Você não põe esse à venda com frequência.

Ele estreita os olhos e toma um gole do café antes de responder.

— Você conhece bem vinhos.

— Conheço sim. Eu adoro vinho, mas também faz parte do meu trabalho. Não posso servir vinhos ruins nos eventos.

Ele pega a sacola do chão e a coloca sobre a mesa, diante de mim.

— Para você.

Dentro dela, está o vinho branco de edição limitada que cobiço todo verão.

— Oh! — ofego, aturdida. — Eu amo esse vinho.

— Eu sei.

Olho para cima, surpresa.

— Quando levei um desses para o casamento de Brynna e Caleb no verão passado, você praticamente babou em cima dele.

— É muito bom. Todo verão, eu tento encomendar alguns. Vou dividir este com Emily.

— Quem é Emily?

— Minha assistente. Este também é o vinho favorito dela.

Ele passa o dedo indicador pelo lábio inferior.

— Tenho certeza de que consigo uma garrafa para ela também.

— Obrigada.

Como posso resistir a um homem que me traz o meu vinho favorito e é generoso o suficiente para oferecer o mesmo aos meus funcionários?

— Quando você irá trabalhar na vinícola? — ele pergunta baixinho.

Tenho evitado isso. Eu adoro a vinícola dele. E me sinto atraída por *ele*. E essa não é uma combinação que me deixa confortável.

Mas ele tem razão. Eu tenho que ir lá.

— Pode ser na quarta-feira? Não precisa me mostrar o lugar. Tenho certeza de que você tem funcionários que podem me ajudar.

— Vou me certificar de que você seja bem cuidada — ele diz, de maneira evasiva.

— Obrigada. Bem, tenho outra reunião em Seattle em uma hora, então é melhor eu ir.

— Claro. — Ele se levanta e estende a mão para mim, ajudando-me a ficar de pé. — Você precisa de instruções para chegar à vinícola?

— Não, eu sei onde fica.

Ele assente e segura a porta aberta para mim.

— Onde você estacionou?

— Ah, não tinha vaga quando cheguei, então estacionei em outro quarteirão. Não precisa ir andando comigo até lá.

— Vou com você.

— Você é bem teimoso, não é? — indago, conforme caminhamos até o meu SUV.

— É o que a minha mãe sempre dizia — ele revela com uma risada. — Mas ela também me ensinou a sempre garantir que uma mulher chegue ao seu destino em segurança.

Ah, borboletas no estômago.

— O cavalheirismo não morreu, afinal de contas — murmuro.

— Não deveria mesmo.

Destravo as portas e ele abre o lado do motorista para mim, inclina-se para colocar o vinho no banco do passageiro e olha para o banco de trás, que está abarrotado.

— O que você tem aqui, *cara*? Está muito cheio.

— Decorações, amostras. Coisas. Nunca se sabe quando posso precisar de alguma delas.

Ele vira-se para mim novamente com um sorriso, mas, quando seus olhos encontram os meus, sua expressão fica séria. Ele ergue uma mão e prende uma mecha do meu cabelo atrás da orelha, antes de envolver minha mandíbula em sua palma gentilmente e traçar círculos leves com o polegar na minha bochecha. Meus mamilos enrijecem, minha respiração fica mais pesada, e ele lambe os lábios ao deixar o olhar descer até minha boca.

Ele vai me beijar. Eu me inclino para frente, apenas um centímetro, desejando ter seus lábios nos meus, mesmo sabendo que essa é uma *péssima* ideia.

A pior ideia de todas.

Não quero que ele me beije.

Porra, eu quero tanto que ele me beije.

Mas, ao invés de trazer seu rosto para o meu, ele se afasta, respira fundo e retira a mão delicadamente do meu rosto, deixando-me ansiando por ele.

— Te vejo na quarta-feira, *cara*.

Mordo o lábio, decepcionada, mas abro um sorriso rápido.

— Quarta-feira.

E com isso, ele gira e volta por onde viemos, com as mãos nos bolsos, enquanto aquela calça jeans se move deliciosamente em sua bunda e sua camiseta preta exibe cada músculo em seus ombros e costas. Cada pedaço de mim grita por ele.

Péssima ideia.

Capítulo Quatro

Alecia

— Bom dia — cumprimento com um sorriso ao atender meu celular através do bluetooth no carro.

— Oi, Alecia. É a Meg.

— Como você está hoje? — pergunto, mudando de pista. O trânsito na Interestadual 5 está surpreendentemente leve esta manhã, em direção ao sul. Acabo de passar por Fort Lewis, e a cada quilômetro que percorro, fico mais nervosa.

Essa é uma distração bem-vinda.

— Estou estressada. Por que ninguém me disse que casar era tão estressante? Eu deveria ter feito como o Leo e me casado em Vegas.

— Casar em Vegas combinou bem com Leo e Sam, mas não acho que seja seu estilo.

O irmão de Meg, Leo, um mega astro do rock, casou-se com sua namorada de anos, Samantha Williams, mês passado em Las Vegas, quando a turma inteira — todos os irmãos Montgomery e Williams e os respectivos parceiros — esteve lá para as festas de despedida de solteiro e solteira para Will e Meg.

Fui convidada para ir com eles, e estava bem empolgada, mas acabei pegando um casamento de última hora e tive que furar.

E então, Leo e Sam se casaram e eu perdi! Malditos sejam.

— Teria sido bem menos estresse, vai por mim.

— Ok, converse comigo. O estresse é *meu* trabalho. O que houve?

Meg respira fundo.

Para Sempre Comigo   55

— Mais vinte e oito convidados confirmados desde que te vi semana passada.

— Ok.

— *Ok?* Qual é o problema dessas pessoas? Todas essas confirmações deveriam ter sido feitas há seis semanas! Serão mais vinte e oito pessoas para a quais precisaremos encontrar lugares para sentar, e mais pratos para Blake fazer. Lembrancinhas! Ai, meu Deus, mais vinte e oito lembrancinhas!

— Respire fundo, Meg. — Minha voz agora está firme e em modo negócios. — Foi para isso que você me contratou, lembra? Já cuidei disso.

— São vinte e oito pessoas a mais para o orçamento, Alecia. Sei que o Will diz que não se importa com o dinheiro, mas esse casamento já se tornou um evento absurdamente caro com celebridades e tantas pessoas, e está custando uma fortuna para ele!

Assinto, mesmo sabendo que ela não pode me ver. Está mesmo custando uma fortuna.

— Meg, o Will *quer* te dar esse casamento. Ele te ama *muito*. Qualquer um pode ver isso.

— Tudo que ele faz é muito — ela sussurra, e consigo ouvir as lágrimas em sua voz. Toda noiva fica nervosa e preocupada com seu grande dia, e poucas conseguem lidar com o estresse de um evento desse tamanho tão bem assim.

— É mesmo muita gente. Celebridades e pessoas ricas, sim, mas, Meg, eles são seus amigos. Você conhece cada uma das pessoas que foram convidadas.

— Eu sei. Garanti que fosse assim. Não vamos transformar isso em um circo de mídia. Apenas convidados que conhecemos e dos quais gostamos estarão lá.

— Exatamente.

Ouço-a respirar fundo mais uma vez.

— Estou sendo ridícula.

— Você está sendo uma noiva — retruco com uma risada. — Tudo bem. Ainda terão muitos momentos como esse entre agora e o sábado que vem, mas, sério, não se preocupe tanto assim. Está tudo sob controle. Calculamos uma margem extra para pessoas que confirmassem após o prazo. Isso não me preocupa nem um pouco.

Isso não é totalmente verdade, mas ela nunca saberá.

— Ok. Me sinto melhor agora.

— Ótimo. Estou chegando à vinícola do Dom agora. Vou conferir os planos para a montagem do ambiente e colocar as coisas em andamento.

— Ai, meu Deus! Está mesmo acontecendo! As borboletas no meu estômago estão de volta.

— Por que você está com borboletas no estômago, querida? — Will pergunta para ela. Ele deve estar abraçando-a, porque sua voz está bem próxima ao telefone.

— Alecia está indo para a vinícola hoje para dar início aos preparativos.

— Oi, Alecia — ele diz ao telefone.

— Diga oi para ele. Vá atacá-lo ou algo assim para espairecer. Estou cuidando de tudo. Prometo.

— Sim, vá atacá-lo — Will concorda. — Tchau, Alecia.

— Tchau, gente. — Dou risada e encerro a ligação conforme estaciono na entrada de carros em frente à enorme casa de campo. Meg transa com Will Montgomery.

Vaca sortuda.

Desligo o motor e encaro a casa por um momento, respiro fundo, e rezo para que a pessoa designada para me mostrar o lugar seja a assistente de Dom. Ele é uma distração da qual não preciso hoje.

E ele me distrai *demais*.

Mas a sorte não está muito a meu favor, porque a porta da casa se abre e Dom sai, correndo até mim para abrir a porta do carro.

Você consegue fazer isso! Você é profissional!

— Bom dia — ele murmura e estende a mão para mim.

Para Sempre Comigo 57

— Bom dia.

Coloco a mão na sua e permito que ele me ajude a sair do carro, xingando-me mentalmente quando a pontada de consciência viaja pelo meu braço e pousa direto na boca do meu estômago, fazendo com que meu corpo aqueça inteiro.

Maldito italiano sexy.

— Você chegou mais cedo do que eu esperava.

— Há muita coisa para fazer, e alguns fornecedores virão esta tarde para deixar materiais. Eu queria começar o quanto antes.

Ele assente e me conduz pela calçada, para longe da porta da frente da casa.

— Vamos dar uma olhada por fora primeiro, e depois eu te mostro a casa.

— Tudo bem. — Puxo minha mão da dele para ligar o iPad e abrir minhas anotações.

— Você gostaria de trocar de sapatos? — ele pergunta, fazendo com que eu pare de repente. Pisco para ele, confusa, e olho para meus sapatos pretos de salto.

— Por quê?

— Nós vamos andar um bocado, e esses sapatos não me parecem dos mais confortáveis. São sensuais pra caralho, mas não exatamente práticos.

Abro um sorriso convencido. Sim, meus sapatos são sensuais pra caralho.

— Esses aqui *são* como tênis para mim, Dom. Estou bem.

— Como quiser — ele replica com um meio-sorriso, exibindo a covinha em sua bochecha e fazendo meus mamilos enrijecerem.

Malditos mamilos.

Ele está usando calça social cinza-escura hoje. E com isso, acabo de decidir que sua bunda fica fantástica em qualquer tipo de calça. Jeans, social, não importa. Ele também está usando uma camisa social branca de botões com risca-de-giz cinza, com as mangas dobradas e o primeiro botão aberto.

Quero me aproximar e inspirar seu cheiro.

Calma, garota.

— Para onde vamos primeiro? — indago, encarando meu iPad.

— Para onde você prefere?

— Vamos olhar o local onde ficarão o palco e a pista de dança. É o maior projeto que precisa ser construído, e quero ver logo como é. — Olho para cima, encontrando Dom sorrindo para mim com calor nos olhos. — O quê?

— Eu gosto do seu lado mulher de negócios.

— Que alívio — respondo secamente. *Pare de flertar comigo!*

Ele apenas ri e me conduz em volta da casa. O caminho de concreto é ladeado por uma grama verde e exuberante, com jardins e jardins aquáticos em volta. O terreno da vinícola é simplesmente deslumbrante.

Ainda é bem cedo, então não está muito quente, mas fico feliz por ter colocado um vestido de linho leve em vez de um terninho, já que estarei ao ar livre durante a maior parte do dia.

— Você mora tão afastado da cidade — digo, sentindo a necessidade de quebrar o silêncio com o qual Dom parece estar tão confortável. Ele olha para mim com um sorriso fácil.

— Espere até ver por quê.

— Bem, posso ver que aqui é lindo.

— Ah, você ainda não viu as melhores partes.

— Pode conduzir, senhor.

A área dos fundos da casa é tão linda quanto a frontal. Há janelas largas, que se abrem para as vistas incríveis dos vinhedos e dos jardins. A mais ou menos quarenta e cinco metros de distância, na direção perpendicular à casa principal, fica uma casa menor de apenas um pavimento, com portas largas de celeiro, que estão abertas no momento.

Para Sempre Comigo 59

— Ali será a loja — Dom explica. — Tenho uma equipe lá dentro organizando tudo. Quero que esteja pronta e funcionando na semana após o casamento.

— É uma ótima ideia. As coisas parecem estar diferentes desde que estivemos aqui ano passado, quando vim com Meg para dar uma olhada.

Ele assente.

— Estou fazendo reformas. Fiz expansões na parte de trás da casa principal, para ter mais quartos. Essa é a minha ala. — Ele aponta para a seção da casa pela qual estamos passando no momento. — E aquela ala será para hóspedes. Talvez eu comece a usar como uma pousada.

— Você poderia fazer shows e eventos aqui. Tem bastante espaço.

Seus olhos encontram os meus.

— Talvez, eventualmente. A ala dos hóspedes já está pronta, e vou te levar lá mais tarde para te mostrar onde serão as suítes do noivo e da noiva.

— Ótimo. O que tem ali? — Aponto para a área por trás do local onde será a loja.

— As videiras ficam naquele lado da propriedade. É uma área montanhosa, com perfeitas condições de cultivo. A tenda da recepção do casamento ficará aqui. — Ele me conduz para a esquerda, onde a calçada termina e inicia um caminho de terra comprido que leva até um campo com gramado, que deve ter quase um hectare quadrado de área.

— Isso é perfeito. — O terreno é nivelado, então as pessoas não terão que tentar dançar em um chão torto e cair depois de beberem demais. — Vou pedir que montem o palco nessa extremidade. — Caminho até o lado esquerdo, xingando quando um dos meus saltos afunda na grama, então tiro os sapatos para não arruiná-los.

— Eu sabia que você desistiria deles.

— Meus pés não estão doendo, mas esses sapatos são muito caros para estragarem na grama — explico, mantendo os olhos no campo e medindo o espaço mentalmente. — Sim, o palco ficará perfeito aqui. E com o equipamento de som de frente para a casa principal, todos poderão ouvir a música, mesmo se decidirem passear pelos jardins e tal. — Mordo o lábio e viro-me para olhar o restante do lugar. — Aqui é o lugar perfeito para montar a pista de dança. Há bastante espaço para as mesas em volta do perímetro.

— Você disse que terá uma tenda? — Dom pergunta por trás de mim, me assustando.

— Sim. A tenda protege os convidados de sol e chuva, e nunca se sabe qual dos dois acontecerá por aqui.

— Vai ser uma tenda bem grande.

— É por isso que virão amanhã para começar a montá-la — respondo e pego meus sapatos. — Aqui tem bastante espaço tanto para o jantar formal quanto para dançar. Eu adorei. Ok, vamos agora para o local da cerimônia.

Começo a me afastar, e então percebo que ele não está ao meu lado. Giro para encontrá-lo parado, com as mãos nos bolsos, me observando.

— O que foi?

— Você é boa nisso.

— Claro que sou.

Seus lábios se retorcem conforme ele se aproxima de mim.

— Você fica linda assim.

— Eu estou trabalhando.

— E isso significa...

— Nada de flertar.

— É isso que estou fazendo?

— Não é?

Ele dá risada e ergue a mão para arrastar a ponta do dedo pelo meu pescoço, começando atrás da minha orelha até a clavícula.

— Sim, mas não de propósito.

— Bem, pare mesmo assim. — Viro-me e começo a caminhar novamente, ignorando a maneira como minha pele ferve onde seu dedo esteve. — Local da cerimônia?

— Por aqui — ele fala e me conduz por mais um caminho de concreto, que passa por um celeiro marrom-escuro enorme. — Os barris ficam lá dentro, junto com os equipamentos de engarrafamento.

— Ah, que legal. Eu adoraria dar uma olhada.

— Eu te mostro depois — ele diz e me conduz até um campo que fica logo após o celeiro, onde há filas de videiras perfeitamente alinhadas.

— Que lindo!

Ele abre um sorriso largo e assente.

— Meg queria casar *nos* vinhedos. Então, ela irá. Como pode ver, há um vasto espaço no meio das videiras, onde colocamos os materiais de colheita. Acho que será um bom lugar para montar a cerimônia.

Meus olhos esquadrinham as lindas videiras de folhas verdes, pesadas com uvas roxas, e meu coração suspira. Queria poder fazer *todo* casamento aqui.

É incrível.

Ao fundo, há uma colina íngreme com mais videiras subindo por ela, e a Cordilheira das Cascatas é o pano de fundo, fornecendo uma paisagem gloriosa.

— Isso é muito lindo — sussurro. — Onde o sol se põe? — Coloco a mão na testa para proteger minha vista e olho em volta, procurando pelo sol.

— Atrás de nós. Assim, os convidados não vão ficar de frente para o sol.

— Perfeito. — Sorrio e digito algumas anotações no iPad, fazendo uma dancinha feliz internamente. — Com as cores das videiras e as montanhas, não vamos precisar de muitas flores. Vou pedir para a minha equipe de construção montar um pergolado naquela extremidade e pedirei à florista que incorpore algumas flores nele.

Discutimos a disposição das cadeiras e seguimos de volta até a casa principal.

— Quando você vai colher as uvas?

— A colheita geralmente começa no fim de agosto e dura até o final de setembro. É um período bem ocupado para mim.

— Por quê?

— Porque é quando colho uvas, ué.

— Sozinho? — indago, incrédula.

— Não. — Ele ri. — Eu contrato mais ou menos cinquenta pessoas para ajudar. Mas eu adoro fazer isso, então trabalho junto com eles.

— O que você ama em relação a isso?

— A sensação das uvas nas minhas mãos. Elas são mais pesadas do que você pensa. Ver os baldes encherem. Sujar as mãos. Nem me importo com as bolhas.

— É um trabalho bem pesado — comento suavemente.

— Muito. Mas é gratificante. — Sua voz é como chocolate cremoso, cheia de afeição e paixão pela vida que ele ama. E como não amar? Esse lugar é simplesmente de tirar o fôlego.

— Ok, acho que agora podemos ir lá para dentro e olhar as suítes dos noivos.

Dom assente e gesticula para que eu o acompanhe até a casa.

— Vou te levar pelos fundos.

— Adoro esse pátio. — O pátio dos fundos é coberto, com um espaço com cadeiras e uma linda porta que dá para a cozinha. O chão é revestido com azulejo toscano, assim como uma das paredes externas, emoldurando uma enorme lareira a gás. — Dá para fazer *s'mores* naquela lareira.

— Eu ainda não a usei. — Ele ri. — Mas acho uma ótima ideia. Acho que nunca comi *s'mores*.

Ele abre a porta dos fundos e me guia por um solário bem aberto, com móveis de cores terrosas profundas. Uma pequena fonte gorgoleja em um dos cantos.

É o espaço perfeito para se aconchegar e ler um livro.

Não que eu tenha tempo para ler.

Para Sempre Comigo 63

Esse cômodo conduz um caminho até a cozinha. Tenho certeza de que Blake chora de pura alegria quando vem trabalhar aqui. É uma cozinha industrial e enorme, e ainda assim, tem um toque convidativo e caseiro.

— Gostaria de beber alguma coisa? — Dom oferece.

— Eu adoraria uma água, por favor.

Ele pega uma garrafa da geladeira e tira a tampa antes de me entregar.

— Mais alguma coisa?

— Não, obrigada.

— Ok. As suítes para hóspedes ficam por aqui. — Sigo Dom, passando por uma sala de jantar para doze pessoas até uma escadaria que leva ao segundo andar. — Esse corrimão e o corredor separam as duas alas — Dom diz, gesticulando para o corrimão de carvalho escuro que vai do corredor até o saguão. — A ala pessoal fica ali. — Ele aponta para a direita. — E a ala de hóspedes fica por aqui.

Seis portas pesadas estão abertas para seis suítes mobiliadas, todas decoradas com cores toscanas, mas cada uma com seu estilo. Algumas têm camas king-size, outras têm duas beliches, e a menor de todas tem uma cama queen-size que parece ser muito confortável, uma poltrona generosamente estofada e um divã que implora que alguém deite e se aconchegue nele.

Mais um lugar para ler.

— Esses quartos são lindos, Dom.

— Obrigado. — Ele sorri e me conduz até o último quarto. — Esta será a suíte da noiva.

Ofego quando entro. As janelas vão do chão ao teto e preenchem toda a parede, enchendo o ambiente de luz. Há uma sala de estar com uma lareira. E duas portas, uma em cada extremidade do quarto.

— O banheiro fica aqui. — Dom aponta para a esquerda, e eu imediatamente abro a porta e fico embasbacada mais uma vez diante da decoração. Dá para nadar na banheira que há ali. — E o quarto fica naquela outra porta, mas não pedi uma cama para ele. Em vez disso, coloquei sofás, poltronas e mesas para que tanto lá quanto na sala de estar tenha bastante espaço para as garotas fazerem o que quer que garotas façam no dia do casamento.

Sorrio, mas sinto meu coração derreter, e se eu fosse esse tipo de garota, soltaria um "Awwn!" bem alto. Ele fez tudo perfeitamente, tão bem pensado e com tanto amor para sua família.

— Está perfeito, Dom.

— Você acha?

— Tenho certeza.

Ele assente uma vez e olha em volta do ambiente, satisfeito.

— Onde os meninos ficarão?

— No andar de baixo, na sala de jogos.

Solto uma risada alta.

— Muito apropriado.

— Eu não podia nos colocar na suíte do outro lado do corredor. O Will nunca iria querer sair daqui.

— Você tem toda razão — concordo. — Me mostre, então.

Quando descemos as escadas, Dom me conduz para o lado oposto da casa e abre uma porta para um salão de jogos enorme, com duas mesas de sinuca, assentos de cinema de frente para uma grande tela, e um bar.

— Este é o salão dos meninos. — As palavras saem da minha boca antes que eu possa impedi-las, e sinto minhas bochechas esquentarem imediatamente. — Me desculpe...

— Não, você tem razão — Dom diz com uma risada. — Já recebi meus irmãos aqui uma ou duas vezes para me ajudarem a usar esse espaço.

— Também é perfeito para os homens no dia do casamento. Vou pedir que o bar seja abastecido com bebidas e lanches, e farei o mesmo com a suíte da noiva. — Adiciono anotações ao meu iPad. — A partir de amanhã, estarei aqui das seis da manhã até a noite, todos os dias, até o dia após o casamento.

— Por que você virá no dia após o casamento?

Para Sempre Comigo 65

— Para supervisionar a limpeza. Um evento desse tamanho faz uma bela bagunça, acredite em mim.

— É um trajeto bem grande para se fazer todos os dias — ele diz e enfia as mãos nos bolsos.

— Tudo bem. — Olho de volta para o iPad.

— Fique aqui.

Ergo a cabeça de uma vez e franzo a testa para ele.

— Por quê?

— É mais conveniente. Tenho bastante espaço. Não precisa ficar indo e voltando.

— Dominic, tudo bem para mim. Faz parte do trabalho.

— Deixe-me reformular — ele retruca e dá um passo para se aproximar de mim. Ele toca minha bochecha com sua palma, e seus olhos azuis brilhantes são intensos ao encararem os meus. — Eu prefiro que você fique aqui comigo. É mais seguro.

— Com licença, sr. Salvatore?

Nós dois viramos em direção à voz que vem da porta. Uma mulher baixinha, com mais ou menos quarenta anos, usando um terninho preto e com cabelos pretos curtinhos, sorri para Dom.

— Celeste — Dom diz, pousando uma mão na minha lombar. — Esta é Alecia. De agora em diante, qualquer coisa que ela precisar é prioridade número um.

— Claro — ela responde com um sorriso e assente. — Sinto muito por interromper, mas tem uma ligação para o senhor da Itália.

— Vou atender no meu escritório. — Dom vira para mim e sorri. — Não vá embora agora.

— Vou ficar aqui por mais algumas horas.

— Ótimo. — Ele sai correndo, e Celeste sorri para mim.

— Posso fazer algo por você, Alecia?

— Não, obrigada. Vou dar uma volta lá fora.

— Se precisar de alguma coisa, é só me avisar. — Ela pisca e sai pelo mesmo lugar que Dom.

Ando devagar pela casa e percorro o caminho de volta pelo jardim de inverno, o pátio logo após a porta da cozinha, e sigo até passar da loja de vinhos para ver as videiras que não vi antes.

Quando chego aos fundos do lado de fora da loja, fico com a respiração presa na garganta. O terreno é montanhoso, mas, até onde se pode ver, é coberto em filas perfeitamente retas de videiras. O sol bate nas folhas verdes conforme elas balançam com a brisa leve. Uvas verdes e roxas suculentas estão penduradas nas videiras.

As cores são espetaculares. A brisa é leve e refrescante. Consigo sentir o cheiro de terra e de ar puro, e, nesse momento, compreendo por que Dom escolheu essa propriedade, tão afastada da cidade.

É puro paraíso.

De repente, o ar muda, e posso sentir seu calor vindo por trás de mim. Ele percorre a curva do meu pescoço com um dedo ao se aproximar, e somente com isso, meu corpo inteiro fica em sintonia com ele, implorando para ceder à atração que sinto quando estou perto dele.

— Essa é a paisagem mais linda que já vi.

Ele põe a mão no meu ombro, apertando-o de maneira tranquilizadora, e então dá um pequeno puxão para que eu gire e fique de frente para ele. Mantenho os olhos grudados no seu peito, até ele erguer meu queixo com o dedo. Seus olhos estão brilhando, cheios de calor e afeto, o que me deixa desconcertada.

Como ele pode me conhecer bem o suficiente para me olhar com tanta afeição assim, droga?

— Fique esta semana, *cara*.

Diga que não. O deslocamento não é um problema.

Mas, em vez disso, acabo assentindo, e seus olhos descem até meus lábios. Suas mãos seguram minha mandíbula, as pontas dos seus dedos roçam nos meus cabelos, e ele inala profundamente antes de aproximar o rosto do meu. Seus lábios tocam minha boca suavemente, mal passando pela minha pele. Ele encosta o nariz no meu antes de voltar aos meus lábios, beijando-me com ternura, como se pudéssemos ficar aqui e nos beijarmos o dia inteiro. Sua língua toca meus lábios e mal encosta na minha antes que ele se afaste novamente, ao invés de aprofundar o beijo. Dom, então, pressiona seus lábios úmidos na minha testa e sorri para mim.

— Obrigado — ele sussurra.

Pelo quê?, quero perguntar. Por concordar em ficar? Corresponder ao beijo? Meu corpo está formigando de expectativa. Seu calor, sua força, seu cheiro, tudo está me envolvendo, e preciso me afastar antes de fazer algo realmente constrangedor, como pular nele.

De repente, surge uma caminhonete barulhenta buzinando em frente à casa principal.

— O empreiteiro chegou. — Minha voz está tensa, até mesmo para os meus ouvidos.

— É melhor voltarmos ao trabalho, então.

Ele me lança um sorriso rápido, exibindo aquela covinha sexy, e entrelaça os dedos nos meus ao me conduzir para longe daquela paisagem magnífica.

Capítulo Cinco

Alecia

— É um ótimo começo — elogio para Scott, o mestre de obras da minha equipe de construção na manhã seguinte. Ele é um dos funcionários de Isaac Montgomery, e diante do fato de que Isaac é o irmão mais velho de Will Montgomery, sei que toda a equipe dará uma atenção extra para esse projeto. — O palco está incrível.

— Está bem firme — ele fala com um sorriso. — Conhecendo a família Montgomery, sei que terá muitas pessoas subindo e descendo desse palco, e dançando também. Não podemos permitir que ele acabe cedendo.

— Não podemos mesmo. — Dou risada, sabendo que ele tem razão. — Além disso, alguns dos companheiros de time de Will pesam uns bons cem quilos. Cada um.

— Vou adicionar mais suporte — ele diz, empalidecendo, fazendo-me rir novamente.

— Vai ficar ótimo. Obrigada, Scott. Te vejo amanhã.

Scott acena para mim e se afasta para falar com sua equipe, e eu viro em direção à casa, sorrindo quando vejo Dominic.

— Como foi o primeiro dia? — ele pergunta ao se aproximar, vindo da direção para a qual estou me dirigindo.

— Cheio, mas produtivo. — Aperto minha nuca com a palma e inclino a cabeça de um lado para o outro. Estou exausta, e secretamente aliviada por ele ter me convencido a ficar aqui. Dirigir pelo longo caminho para casa cansada desse jeito não deve ser a coisa mais segura a se fazer.

— Já terminou?

— Sim. — Abro um sorriso largo e respiro fundo. Adoro o cheiro

Para Sempre Comigo   69

daqui. — Como foi o seu dia?

— Cheio, também. — Ele ergue uma mão e roça um dedo pelo meu pescoço, fazendo-me estremecer.

Jesus, tudo o que ele precisa fazer é me tocar com um dedo, e já quero pular nele.

— O que você fez? — pergunto, tentando manter minha voz firme.

— Você nunca usa o cabelo solto? — ele inquire, ao invés de responder à minha pergunta.

— Não em dias de trabalho. — Franzo a testa.

— Por quê?

— Porque é mais profissional e mais fácil usá-lo preso.

Ele abre um sorriso torto malicioso e se inclina para mim, como se fosse me contar um segredo.

— Mal posso esperar para bagunçá-lo.

Meu queixo cai, e antes que eu possa responder, ele sorri de maneira sugestiva e segura minha mão, gesticulando para que eu o acompanhe.

— Eu gostaria que você viesse jantar comigo no pátio esta noite.

— Não estou esperando que você coma comigo toda noite, Dom.

— Acho que acabei de *pedir* que você se junte a mim.

Não, obrigada, Dom. Vou para o meu quarto agora.

Olho para cima e encontro sua mandíbula cerrada e seus lábios formando uma linha, como se ele estivesse se preparando para mais uma rejeição. Mas, para ser sincera, estou louca para comer no pátio. O sol irá se pôr em breve, e sei que a vista será incrível.

Estarei aqui por uma semana inteira. Então, é melhor aproveitar.

— Tudo bem.

Sua mandíbula e lábios relaxam, e ele olha para mim com um sorriso.

— Excelente.

— Então, o que você fez hoje? — repito, enquanto ele puxa uma cadeira para mim na mesa do pátio.

— Fechei negócio com uma cadeia de lojas de bebidas para que os vinhos da Coppa di Vita estejam disponíveis em suas unidades que irão abrir em Washington, Oregon e Idaho. Fiquei ouvindo a minha prima, Gianna, reclamar por mais ou menos uma hora sobre seu irmão, Marco, em relação a algo que não tenho muita certeza, porque não prestei atenção. E depois, Jules me ligou para saber se eu estava sendo gentil com você. — Ele ergue uma sobrancelha ao sentar-se de frente para mim, do outro lado da mesa, e começa a tirar a rolha de uma garrafa de vinho. Suas mãos são incríveis, e ele trabalha com eficiência, abrindo a garrafa em segundos.

— O que você disse a ela? — pergunto com uma risada.

— Que eu mal te vi desde que você chegou esta manhã.

— Recebi a mesma ligação. — Ele me entrega uma taça de vinho, e inalo o cheiro com prazer. — Hummm, que cheiro bom.

— Da Jules ou da minha prima Gianna? — Dom pisca para mim, e dou risada.

— Jules. Mas ela queria saber se *eu* estava sendo gentil com *você*.

— O que você disse a ela?

— Que você é um menino crescido e pode cuidar de si mesmo.

— Aposto que ela não gostou dessa resposta.

— Acho que ela ameaçou vir aqui amanhã para ver como estamos, mas fingi que estava sendo chamada por um dos homens da construção e desliguei na cara dela. — Pisco para ele e tomo um gole do vinho.

— A minha família é... tenaz. — Dominic começa a tirar as tampas prateadas dos pratos, e meu estômago ronca alto. — Está com fome?

— Meu Deus, sim. Acabei de perceber que não comi nada desde hoje de manhã.

— Bem, tem bastante comida. — Ele serve porções generosas de massa e molho vermelho em dois pratos e me entrega um. — É receita da minha mãe.

Para Sempre Comigo 71

— Você cozinhou isso?

— Não é difícil. — Ele dá de ombros e me oferece pão, observando-me com humor em seus olhos azuis. Seus cabelos estão um pouco bagunçados, como se ele tivesse passado os dedos por entre os fios várias vezes. Dou uma garfada na massa e recosto-me na cadeira, fechando os olhos, saboreando os temperos.

— Caramba, que delícia.

Ouço Dom inspirar bruscamente e abro os olhos para encontrá-lo me observando com calor no olhar.

— Acho que adoro te ver comer — ele murmura.

— Sou boa nisso — respondo com uma risada e tomo um gole de vinho. — Esse vinho é excelente com o molho.

— Eu sei. — Seu sorriso é presunçoso.

— Então, quer dizer que a sua família foi um pé no saco hoje — tento encorajá-lo a continuar falando. Adoro o som da voz dele.

Ele para de enrolar a massa no garfo e me encara com as sobrancelhas franzidas.

— Não. A minha família nunca é um pé no saco. Eles podem ser desafiadores, até mesmo frustrantes, mas nunca um pé no saco. — Ele descansa seu garfo e toma um gole de vinho. — A minha família é a melhor parte da minha vida.

— Melhor que a vinícola?

— Melhor que qualquer coisa.

— Isso deve ser bom — murmuro, e dou mais uma garfada na massa para manter minhas mãos ocupadas. Sinto-me envergonhada de repente e com *inveja*, e isso é simplesmente ridículo. Nem todo mundo tem uma família próxima e unida.

— Conte-me sobre a sua família.

— Ah, confie em mim, você não quer ouvir essa história.

— Eu confio em você, e quero ouvir essa história.

Respiro fundo e tomo mais um gole de vinho. Esse homem é bom com as palavras.

— Não somos próximos.

— Por quê?

Dou de ombros e mantenho o olhar no meu jantar.

— Não tem um motivo específico, nós simplesmente nunca fomos muito próximos. Não falo com eles, atualmente. Por que você esperou tanto tempo para procurar o Steven? — pergunto, e desejo imediatamente retirar minhas palavras. — Me desculpe. Você não precisa responder isso.

— Não me importo. — Ele usa seu pão para pegar o restante do molho no prato, coloca na boca e recosta-se na cadeira. Ele passa os dedos pelos cabelos, enquanto pensa um pouco.

Steven Montgomery é o patriarca da família Montgomery, e somente há mais ou menos um ano, veio à tona a notícia de que Dominic era o filho sobre o qual Steven nunca soube da existência.

— Quando minha mãe estava viva, eu sentia que querer encontrá-lo era uma traição a ela — ele confessa, rodopiando o vinho em sua taça de maneira distraída. — Ela me deu uma ótima vida, Alecia. Ela era tão jovem.

Quando termino de comer, empurro o prato, pego a taça e me levanto.

— Vamos nos sentar próximos à lareira para a hora da história.

— Boa ideia.

Dom abre um sorriso largo e me segue até lá, ligando um interruptor que faz as chamas acenderem, antes de sentar ao meu lado em um pequeno sofá de dois lugares muito aconchegante. Ele vira para mim, com um joelho sobre o assento, para poder olhar nos meus olhos.

— Ela era jovem — incentivo que ele continue.

— Muito. Ela tinha vinte e dois anos quando nasci. Estava aqui nos Estados Unidos fazendo faculdade com bolsa, e tinha a intenção de ficar para sempre. Ela não queria voltar para a Itália. Mas não tinha família aqui, e criar um filho sozinha é difícil, então, quando eu tinha uns cinco anos, nós voltamos para viver com a família dela na Toscana. Meus avós

Para Sempre Comigo 73

nos receberam de braços abertos e nos amaram muito. Nós passamos a morar na vinícola deles, que foi onde aprendi a amar esse estilo de vida. — Ele ergue a mão e coloca uma mecha do meu cabelo atrás da orelha, massageando meu lóbulo com o polegar e o indicador.

O homem está sempre me tocando.

E eu não me importo nem um pouco.

— *Mamma* trabalhou como assistente pessoal para um hoteleiro poderoso em Florença, cujo local ficava a mais ou menos vinte minutos da nossa casa. Quando eu tinha dezesseis anos, o hoteleiro decidiu vir para os Estados Unidos para construir um resort novo, e é claro que ele esperava que a mamãe viesse com ele, então nós dois viemos.

— O que você achou disso? — pergunto. Não consigo tirar meus olhos dele. Ele é tão expressivo e seu sotaque fica mais acentuado quando ele fala sobre sua família e seu lar de infância.

— Eu não queria vir. Fui horrível com ela. Eu suspeitava de que ela estava tendo um caso com ele, e por isso que ele queria que ela viesse junto.

Ergo as sobrancelhas.

— Ela estava?

— Provavelmente. Se estavam, eram muito discretos. O que sei é que tinham bastante afeto e respeito um pelo outro.

— Que bom — murmuro.

— Então, fomos para a Califórnia. O chefe da minha mãe, Arturo Baldovini, estava construindo um resort enorme perto de Sonoma.

— A terra dos vinhos — comento com um sorriso, e Dom nos serve com mais bebida, esvaziando a garrafa.

— Exatamente. Assim que nos estabelecemos, consegui me adaptar bem. Arranjava empregos nas vinícolas durante as colheitas, ganhava meu próprio dinheiro. Me formei no ensino médio por lá e fiz faculdade na Universidade Estadual de Sonoma.

— Por que lá?

— Eu não queria ficar longe da minha mãe, caso ela precisasse de mim. — Ele dá de ombros. — Mas então, o resort ficou pronto quando eu estava no segundo ano, e Arturo e *Mamma* voltaram para a Itália.

— E você ficou.

— Eu fiquei. Amo estar aqui. Trabalhei em vinícolas por toda a Califórnia, aprendendo tudo o que podia, para poder um dia ter a minha própria.

— Você não tem um sotaque muito acentuado, a menos quando fala em italiano.

— Morei aqui por muito tempo. Bem, até a minha mãe adoecer, há cinco anos. Eu tinha trinta anos, e recebi uma ligação de Gianna me dizendo que *Mamma* estava com câncer, e que eu deveria ir para casa. Então, eu fui. — Ele toma um gole de vinho e se encolhe. — Ela faleceu menos de seis meses depois.

— Eu sinto muito.

— Bom, o ponto disso tudo é que, enquanto ela estava viva, nunca me passou pela cabeça procurar pelo meu pai biológico. A minha vida era feliz e completa, e eu tinha uma família maravilhosa. E durante os poucos momentos em que eu pensava nisso, sentia como se estivesse sendo desleal com ela.

"Cerca de um mês após ela falecer, eu estava mexendo em algumas das coisas dela e encontrei uma caixa cheia de diários. Eu os deixei de lado, com a intenção de lê-los algum dia, porque não estava pronto ainda.

"Arturo me procurou, e disse que *Mamma* havia pedido a ele que a ajudasse a investir seu dinheiro, e para meu choque total, tinha dado muito certo. Ela me deixou milhões, Alecia."

Meu queixo cai enquanto continuo a observar seu rosto, cheio de amor e admiração.

— Arturo disse: "O seu maior sonho sempre foi ter uma vinícola. Essa é a sua chance de fazer isso, em qualquer lugar do mundo que você queira".

— E você escolheu aqui.

— Eu escolhi essas terras antes de saber que Steven era meu pai.

— Mentira! Isso é muita coincidência.

— É verdade. — Ele pega uma garrafa do chão e tira a rolha habilmente, servindo mais vinho em nossas taças. — Eu já era dono desse lugar há cerca de dois anos quando revisitei aquela caixa de diários. Peguei um da caixa, e uma carta endereçada a mim caiu dele. Nela, minha mãe dizia que sentia muito por não ter me contado antes sobre o meu pai, mas que ela não sabia como isso afetaria *a ele*. Ela não me deu todos os detalhes, mas Steven me contou tudo o que ela não pôde. Ele estava em uma viagem de negócios e a conheceu em um bar. Foi apenas uma noite, e depois que eles transaram, ele confessou que estava separado da esposa, e que sentia falta dela e dos filhos.

— Uau.

— É. Ele entregou a ela um cartão de visitas, para que ela pudesse contatá-lo, e quando ela descobriu que estava grávida, ligou para o número do cartão, mas a esposa dele atendeu.

— Eles haviam se reconciliado — palpito.

— Sim, e *Mamma* não conseguia nem pensar em destruir a família dele. Então, ela não contou. Eu quase não fui procurar por ele, sabendo sobre sua família. Não queria que pensassem que eu estava tentando causar algum drama, ou interromper suas vidas. Mas admito que fiquei curioso.

— Eu também ficaria — acrescento. Esse vinho já está me subindo à cabeça.

— Então, contratei um investigador particular e, cerca de um mês depois, ele o encontrou.

— E o tempo todo, você estava a menos de uma hora de distância.

Ele assente, pensativo, e balança a cabeça.

— Eu estava nervoso pra caralho. Fizemos exames de sangue para confirmar a paternidade, mas essa não foi a parte mais difícil.

— Qual foi, então? — pergunto, esperando ouvi-lo dizer que foi conhecer seus irmãos.

— Conhecer Gail.

— Sério? A Gail é maravilhosa!

— Eu sei disso agora, mas, Alecia, como dizer olá para uma mulher, sabendo que você foi o resultado de um caso que o marido dela teve há mais de trinta anos?

— Bem, me diga você.

Ele balança a cabeça novamente e toma um gole de vinho.

— Ela me abraçou. — Seu olhar encontra o meu e ele franze as sobrancelhas. — Me olhou apenas uma vez, me envolveu em seus pequenos braços e disse "Lamento tanto por você ter perdido a sua mãe, garotinho".

— Nossa. — Lágrimas enchem meus olhos, só de pensar.

— É. — Ele toma minha mão na sua e entrelaça nossos dedos. Sua mão é fria e macia contra a minha. — Eu sei que isso deve tê-la magoado, Alecia. Mas ela nunca me tratou com nenhuma maldade.

— Ela nunca faria isso.

— A segunda parte mais difícil foi conhecer os irmãos. — Ele dá risada e acaricia minha bochecha com o dorso da mão. — Isso não foi fácil. Mas, durante o último ano, passamos a nos conhecer bem e, mais importante ainda, a confiar uns nos outros.

— É uma família enorme, sufocante e maravilhosa. — Sorrio, pensando em todos. — São as pessoas mais divertidas que conheço.

— Eu também. — Ele ri. — Sou sortudo por tê-los. Eles nunca serão um pé no saco para mim.

— Eles que são sortudos por terem você — sussurro. — O chá de bebê de Olivia, filha de Natalie, foi o meu primeiro trabalho com eles. Isso foi há mais de dois anos. Desde então, ajudei com todo casamento, chá de bebê, festa de aniversário e eventos grandes que eles fizeram. Acho que todos vocês são sortudos.

— Quem são as pessoas sortudas por terem você, *cara*?

Pisco para ele e, no mesmo instante, meu celular apita com a chegada de uma mensagem.

Para Sempre Comigo   77

Salva pelo gongo.

Olho para baixo e dou risada.

— O que foi?

— Uma das minhas noivas. Ela já mudou a escolha de flores quatro vezes, e o casamento será em três meses. Nem sei por que ela está se dando ao trabalho. Esse casamento vai acabar em um ano e meio.

— É uma atitude bem cética para uma organizadora de casamentos — Dom diz secamente.

— Não é porque sou boa em planejar uma festa de casamento que acredito no amor. — Olho para cima e o vejo erguer uma sobrancelha, esperando que eu continue. — Vamos apenas dizer que não acredito muito em felizes para sempre, e sim, estou falando por experiência própria, e não, não vou te contar a história esta noite.

— É uma história para outra noite, então.

— Ou uma história para nunca ser contada. — Respiro fundo e me alongo, e, ao olhar em volta, percebo que a noite já chegou e as estrelas estão brilhando no céu. — Está tarde. Tenho que acordar cedo amanhã.

Dom levanta e me ajuda a ficar de pé, depois me escolta até meu quarto, que fica no segundo andar e no mesmo corredor que o seu.

Espero que esse não seja o momento em que eu comece a ter sonambulismo, porque ele me fez ficar tão tensa que é provável que eu vá parar em seu quarto e me junte a ele na cama.

— Obrigada por vir até aqui comigo — digo quando chegamos à minha porta. — E obrigada pela história. Gostei bastante.

— Para minha grande surpresa, eu também. Nunca contei essa história antes.

Estou de frente para ele, mas sem tocá-lo. Posso sentir o cheiro do seu sabonete líquido junto ao aroma que é simplesmente característico de Dominic, e meu corpo inteiro fica tenso.

Que química intensa é essa entre nós?

Antes que eu possa me afastar, ele desliza gentilmente os nós dos dedos pela minha bochecha e depois ergue a outra mão para pousar a palma no meu pescoço e mandíbula, e o ar em nossa volta parece cintilar de desejo e luxúria. Ele se inclina para baixo, roça os lábios levemente nos meus e, assim como ontem, me beija com ternura, mordiscando meus lábios delicadamente. Por fim, ele se afasta apenas um centímetro para recuperar o fôlego e pousa sua testa na minha.

— Durma bem, *cara* — ele sussurra, puxando-me para um abraço longo e firme. Mesmo usando salto alto, eu me encaixo logo abaixo do seu queixo, e estar pressionada contra seu peito é a melhor sensação do mundo. Ele é firme, quente e... *confortável*.

Eu poderia ficar aqui a noite inteira.

Então, faço a única coisa que faz sentido e me afasto devagar, sem ao menos tentar mascarar a confusão e o desejo que devem estar estampados no meu rosto.

— Durma bem, Dominic.

Ele me observa com os olhos azuis cheios de calor enquanto me viro e fecho a porta do quarto, encostando-me na madeira suave.

Como um homem pode me beijar como se fosse a primeira vez... *mais uma vez*?

80   Kristen Proby

Capítulo Seis

Alecia

Limpo o espelho embaçado do banheiro gigantesco e encaro meus olhos vermelhos.

Maldito italiano sexy.

Dormi muito mal, porque tudo em que conseguia pensar era na sensação dos seus lábios nos meus, em como me senti mais segura do que nunca quando estava em seus braços, e em como seu sotaque quando fala em italiano é suficiente para derreter a calcinha de uma garota a um metro de distância.

Tenho coisas demais para fazer hoje para ficar pensando nele. Preciso manter o foco. Manter os olhos no prêmio. Minha... merda, como é mesmo aquela metáfora sobre o alvo?

De qualquer modo, não tenho tempo para ficar toda sonhadora por Dominic Salvatore.

Assim que começo a passar hidratante nas minhas pernas ainda úmidas, há uma batida na porta.

Vestindo um roupão, caminho pelo quarto e abro a porta para encontrar uma Celeste sorridente, segurando uma bandeja de café da manhã.

— O sr. Salvatore me pediu para trazer algo para você comer. Posso colocar aí dentro?

— Você não precisava ter feito isso — respondo, estendendo as mãos para receber a bandeja dela. — Obrigada, pode deixar comigo.

— Sem problemas. E, cá entre nós? — Ela dá risada e cruza os braços contra o peito. — Ele escolheu tudo que está nessa bandeja. Foi bem... surpreendente, na verdade.

— Surpreendente?

— Eu nunca o vi ter tanto interesse em um café da manhã antes. Tenha um bom dia.

Ela acena e vai embora, e carrego a bandeja até a área de estar próxima à janela. A bandeja de prata está forrada com uma pequena toalha cor de creme, e ostenta um vasinho com uma única tulipa cor-de-rosa, fazendo-me sorrir, e meu coração suaviza, só um pouco.

Sob a tampa prateada, encontro ovos mexidos, bacon e iogurte.

E ele lembrou até mesmo como tomo meu chá.

Ele não é somente um italiano sexy. Ele é um italiano sexy e *doce*.

Enquanto mordo um pedaço de bacon e sinto o cheiro das pétalas macias da tulipa, noto um cartão branco com o meu nome escrito em uma caligrafia ousada.

Dentro dele, um bilhete.

> Alecia, bom dia.
> Espero que você tenha dormido melhor do que eu.
> Não conseguia parar de pensar no quanto eu queria continuar te beijando e bagunçar o seu cabelo lindo.
> Obrigado por me ouvir ontem à noite.
> Dom

Eu o leio mais três vezes com um sorriso enorme e bobo no rosto, sentindo minha barriga se encher com borboletas gigantes.

Ai, ai. O que eu vou fazer com ele?

— Não dou a mínima se cada buraco já foi cavado, você vai tapá-los e cavar novamente.

Isaac Montgomery, o irmão mais velho do clã, está irado, e com razão. A pessoa encarregada de cavar buracos para a tenda não os mediu corretamente.

— Pode deixar, chefe.

— Mark — ele chama Mark Williams, mais um membro da enorme família, e parte da equipe de Isaac. — Como está indo a construção do pergolado?

Mark se encolhe e junta-se a nós.

— Oi, Alecia.

— Oi, Mark. O que você está fazendo aqui hoje?

— O filho do Scott está com apendicite, então vim substituí-lo. — Ele vira para Isaac. — Não temos materiais suficientes. Um dos caras esqueceu de recarregar a caminhonete ontem à noite.

— Que porra é essa? — Isaac reage, colocando as mãos nos quadris. — Desde quando isso se tornou uma operação amadora?

— Ele voltou para a cidade para pegar o que precisamos, mas atrasaremos duas horas.

Isso significa que *todos* nós iremos trabalhar duas horas a mais hoje.

— Ok, fazer o quê? — Consulto meu iPad e faço anotações. — Mark, você sabe quando os banheiros externos serão entregues?

— Meu irmão tinha mesmo que pedir banheiros chiques. — Isaac ri.

— Desculpe, mas me recuso a colocar baldes do lado de fora para os convidados usarem. — Balanço a cabeça.

— Mas os homens podem simplesmente procurar um arbusto — Mark diz com um sorriso sugestivo, e começa a rir quando vê minha carranca. — Estou brincando.

— Isso não é uma festa qualquer de fraternidade, sabia?

— Espere até a música começar a tocar e as pessoas beberem. — Isaac

Para Sempre Comigo 83

dá leves batidinhas no meu ombro, quase como se estivesse se desculpando. — E não é com os caras que você tem que se preocupar.

— Nossas garotas sabem como se divertir — Mark fala com um sorriso.

— Ah, estou bem ciente disso, e mal posso esperar — respondo. As meninas são divertidíssimas, embora um pouco descontroladas. — Vocês adoram isso, que eu sei.

— Não poderia ser diferente — Isaac confirma, com um meio-sorriso. — Vou checar alguns outros detalhes antes de te deixar nas mãos capazes do Mark.

— Me avisem se precisarem de alguma coisa. — Aceno com a cabeça para os rapazes e viro-me para me afastar no instante em que meu celular começa a tocar. — Oi, Tonya.

— Mas que porra, Alecia! Eu te mandei mensagem *nove vezes* hoje!

— Estou sabendo. Não tive tempo de responder.

— Eu preciso de mais atenção que isso! Isso é ridículo! Preciso sentir como se eu fosse a sua única cliente!

Reviro os olhos e massageio a nuca.

— O seu evento é importante e o aprecio muito, Tonya, mas você não é a minha única cliente. O que está havendo hoje?

— Se você tivesse lido minhas mensagens, saberia. A irmã do meu noivo é uma vaca. Não a quero no meu casamento.

— Ok. — Respiro fundo e penso *olá, suja, conheça a mal lavada*. Tonya é a minha cliente mais desafiadora. Se você procurar o termo "noiva-monstro" no dicionário, a foto dela estará lá. — Você já a informou que ela não irá à sua festa?

— Esse é o *seu* trabalho.

— Não, Tonya, esse não é o meu trabalho. É um assunto de família.

— Para que eu te contratei?

Respiro fundo mais uma vez e conto até dez.

— Quer saber? Se você não vai fazer a porra do seu trabalho, eu não preciso de você! Não preciso de todo esse estresse! Você está demitida!

Ela desliga na minha cara, e eu expiro com força. A comissão era *enorme*, mas, Jesus, não vale aguentar as merdas que essa garota arranja.

— O que houve?

Ergo a cabeça de repente e encontro Dominic a alguns metros de distância, com as mãos nos bolsos, observando-me com serenidade.

— Estou bem.

Sua mandíbula tensiona, e quando dou por mim, ele segura minha mão e me leva até os fundos da casa principal, conduzindo-nos até o jardim de inverno e fechando a porta atrás de nós.

— Você não está bem. — Ele vem até mim, todo alto, musculoso e com um olhar azul intenso, e basta apenas isso para que minha respiração fique mais pesada e eu não consiga me lembrar por que estou frustrada ou irritada. Dou passos para trás conforme ele avança, até minhas costas atingirem a parede. Ele pousa uma mão na parede ao lado da minha cabeça e toca minha bochecha com a outra. — Você não está bem — ele sussurra, e no segundo seguinte, seus lábios encontram os meus em um beijo lento e preguiçoso, assim como nas duas últimas vezes.

Mas não estou a fim de nada lento ou preguiçoso.

Gemo e enfio os dedos em seus cabelos, agarrando-os em punho, e pressiono-me contra ele, transformando o beijo leve em ardente em um segundo. Mordo seu lábio e devoro sua boca, chupando e mordiscando, e sinto como se não conseguisse ficar perto dele o suficiente.

Ele rosna ao derreter-se contra mim, pressionando-me entre seu corpo firme e a parede dura. Suas mãos viajam pelos meus ombros, descem pelos meus seios e continuam pelas laterais do meu corpo, até ele alcançar minha saia e puxá-la para cima, enrolando-a em volta da minha cintura. Ergo uma perna, prendendo-a em volta do seu quadril, e gemo de prazer quando sua mão apalpa minha bunda com firmeza, pressionando-me contra sua ereção rígida.

— *Cazzo, cara* — ele sussurra, beijando um caminho da minha mandíbula até o pescoço.

Para Sempre Comigo 85

Ai, Deus, meu pescoço! É o meu ponto fraco.

Não serei responsável por meus atos se ele continuar a beijar a porra do meu pescoço.

De repente, vindo de algum lugar atrás dele, alguém limpa a garganta audivelmente, fazendo nós dois paralisarmos. Dom traz seu olhar até o meu e balança a cabeça devagar, pedindo que eu não me mexa.

Graças a Deus ele está me protegendo da linha de visão da pessoa que está atrás dele.

— Sim, Celeste.

— Precisam do senhor no celeiro.

— Obrigado.

Ouvimos Celeste ir embora e ele solta minha perna. Estamos ofegantes, meus mamilos estão duros, cutucando o peito dele, e, meu Deus, eu nunca desejei tanto alguém da maneira como estou dolorida de desejo por ele nesse momento.

— Você está bem? — ele pergunta.

— Nós nem a ouvimos — murmuro, frustrada. O que estou fazendo? Graças a Deus as persianas estão fechadas. Caso contrário, toda a equipe de construção lá fora teria assistido a um show e tanto.

— Você está bem? — ele repete.

— Sim. — *Porra, eu não estou bem.*

Ele me observa por um segundo, antes de pressionar os lábios na minha testa.

— Mentira. Você só tem direito a uma mentira, *cara.*

— Eu não estou...

— Conversaremos hoje à noite. — Ele dá um passo para trás, certifica-se de que estou em perfeito equilíbrio e arrasta as pontas dos dedos pela minha bochecha. — Nunca deixe ninguém falar com você da maneira que aquela mulher falou.

Ergo uma sobrancelha inquisitiva.

— Ela estava gritando. Dava para ouvi-la como se *eu* estivesse com o celular na orelha. Você não precisa aturar abusos assim dos seus clientes.

Ruborizo e aliso minha saia, colocando-a de volta no lugar.

— Não importa. Não vou mais trabalhar para ela.

— Ótimo. — Ele ergue meu queixo e fico presa em seu olhar azul confiante. Droga, eu *gosto* dele.

— Obrigada pelo café da manhã.

— Disponha. — Ele sorri dessa vez, um sorriso amplo e contagiante que ilumina o ambiente, antes de se inclinar e pressionar mais um beijo nos meus lábios. — Hoje à noite.

Ele pisca e segue para fora da casa, em direção ao celeiro. Preciso de um momento para recuperar o fôlego.

O que diabos foi *aquilo*?

Não consigo me controlar perto desse homem. Ele mal me beijou e eu subi nele como se ele fosse uma árvore.

E, Deus me ajude, mas quero fazer isso de novo.

Balanço a cabeça e entro na cozinha. Preciso uma garrafa de água gelada IMEDIATAMENTE, e depois preciso voltar ao trabalho.

Paro de repente quando vejo Blake na cozinha, movendo-se de um lado para o outro e assobiando alegremente.

— Não esperava te ver aqui hoje.

— Eu precisava conferir algumas coisas com o Dom e decidi começar a organizar as coisas por aqui da maneira que quero que fique. — Ele inclina a cabeça de lado e estreita os olhos para mim, com um sorriso maquiavélico abrindo-se lentamente em seus lábios. — Você está transando.

— Cale a boca. — Reviro os olhos e vou até a geladeira para pegar uma água.

— É por isso que você tem me evitado? — ele pergunta, fazendo uma anotação em seu bloquinho.

— Não estou te evitando.

Para Sempre Comigo 87

Exatamente.

— Eu te liguei duas vezes — ele murmura e evita meu olhar ao abrir a porta de um armário para contar os utensílios de cozinha.

— Tenho andado ocupada. Você sabe que esse é meu maior evento do ano.

Ele assente e aperta os lábios.

— O que foi? Ficou *magoadinho*? — Abro um sorriso malicioso e tomo um longo gole de água.

— Bom, considerando que você nunca deixou de retornar minhas ligações nos últimos três anos, talvez eu esteja um pouco zangado mesmo.

— Eu não tenho que estar sempre às suas ordens, porra — replico com veemência, e me odeio no mesmo instante.

Que porra há de errado comigo?

Estou sexualmente frustrada e tendo um dia de merda.

— Então, quem pisou no seu rabo hoje, Leash? Porque seja lá quem tenha sido, será que podemos passar um remedinho para você parar com essa grosseria?

Meu problema é Dominic Salvatore.

Mas é claro que não vou dizer isso a ele.

— Me desculpe. — Dou a volta na bancada para dar um abraço nele, e suspiro quando seus braços fortes me envolvem e me abraçam com força. — Eu sou uma cretina.

— Você não é uma cretina. Mas está meio fora de si.

— É um evento enorme — repito.

— Você não costumava mentir para mim. — Encolho-me e penso nas palavras de Dom sobre mentir quando estávamos no jardim de inverno.

— Só estou tendo um dia ruim. É sério. — Esboço um sorriso e olho em seus grandes olhos castanhos. — E me desculpe por não ter retornado as suas ligações. Eu estava distraída ontem à noite.

Ele ergue uma sobrancelha.

— Não desse jeito. — Afasto-me e pego minha água antes de me dirigir à porta, indo para longe do olhar onisciente de Blake. — Te ligo mais tarde.

— Tome cuidado, Leash.

— Estou bem. — Reviro os olhos, o que faz com que ele sorria, e volto ao trabalho.

Cacete, não consigo dormir.

De novo.

Não houve mais problemas com a equipe de construção esta tarde, mas com os atrasos que sofremos, acabamos trabalhando até depois da hora do jantar, e quando dei o dia por encerrado, simplesmente não tive forças para enfrentar a frustração sexual que surge quando estou com Dom. Subi apressada para o meu quarto para retornar ligações, checar meu e-mail e me preparar para o dia seguinte.

E agora que meu trabalho está todo em dia, está tarde, e eu deveria conseguir dormir rápido.

Em vez disso, tudo em que consigo pensar é no italiano sexy que, provavelmente, está dormindo a dois minutos de distância.

Expiro com força pela boca e jogo as cobertas para o lado, prendo meu cabelo em um coque desalinhado no topo da cabeça e visto um short de ioga com uma blusa branca de alças, antes de abrir a porta do quarto e colocar a cabeça para fora, para me certificar de que não há ninguém andando pelo corredor.

E, por ninguém, quero dizer Dominic.

Após me certificar de que a barra está limpa, caminho com cuidado pelo corredor até o armário de toalhas e quase pulo de alegria quando encontro materiais de limpeza. Encho meus braços com esponjas e produtos de limpeza e volto para o quarto, indo para o banheiro.

Quando estou estressada, eu limpo. É calmante, e penso melhor quando estou esfregando alguma coisa até cansar.

Pego minhas caixinhas de som da mochila do meu computador e as conecto ao iPhone, buscando minha playlist de "fazer limpeza com raiva".

Eminem e Rihanna começam a cantar sobre monstros e lá vou eu, balançando meus quadris com a música estrondando.

Ser a única pessoa nessa ala da casa principal é uma ótima vantagem. Assim, ninguém vai poder ouvir a minha música.

Meia hora depois, já esfreguei a pia, a privada, o chuveiro, e agora estou de quatro no chão, limpando o chão em volta da banheira.

Por que Dominic sempre surge do nada e insiste em se aproximar de mim? Eu disse não às suas tentativas de me chamar para sair antes. Ele já deveria ter se tocado, pelo amor de Deus!

E que braços são aqueles que ele tem? Por que eles têm que ser tão... *definidos*? Aposto que ele nem ao menos tenta ser lindo assim.

Ele simplesmente *é lindo assim.*

Afasto-me em direção à porta e faço uma carranca.

— E aqueles remedinhos italianos secretos dele? — pergunto para o cômodo vazio, conseguindo me ouvir em meio ao som de Lady Gaga cantando *Alejandro*. — Queria saber qual é o remédio italiano para frustração sexual!

Uma risada masculina profunda ecoa atrás de mim, fazendo com que eu paralise no lugar e, em seguida, baixe a cabeça, derrotada.

— Merda.

Olho para trás, por cima do ombro, e, é claro, ali está ele, encostado no batente da porta do banheiro, com os braços cruzados no peito *nu* e um sorriso malicioso em seus lábios deliciosos.

— Você não sabe bater?

— Você não me ouviu por causa da música alta.

Desligo a música, fazendo com que um silêncio recaia sobre o cômodo.

— O que posso fazer por você?

Você pode, por favor, cobrir esse seu peito ridiculamente musculoso?

Jesus, ter esse peitoral não é contra a lei?

— Você não apareceu para o jantar.

— Eu tinha que trabalhar. — Cruzo os braços contra o peito, torcendo para que eu consiga disfarçar o fato de que não estou usando sutiã, e desvio o olhar do seu torso. — E já estava tarde quando terminei.

— Sabe, eu tenho funcionários para fazer isso. — Ele gesticula para os materiais de limpeza no chão.

— Eu limpo quando estou estressada.

Sua expressão fica séria.

— O que está te deixando estressada, *cara*? Posso dar um jeito nisso.

Solto uma risada sem humor.

— Ah, tá.

— Fale comigo.

Mordo o lábio e balanço a cabeça.

— Estou bem.

— Mentira número dois. — Sua voz, que normalmente é calma e descontraída, agora está rígida, assim como seus olhos.

— Ok, você quer saber o que há de errado comigo? — Desencosto-me da pia e começo a andar de um lado para outro no banheiro. — Eu tive muitos problemas com a construção para resolver hoje, o que nos atrasou por *horas* e precisava ser compensado *hoje* para continuarmos no prazo.

Vou em direção a Dom e me arrependo imediatamente quando vejo seus olhos se estreitarem e seus bíceps crescerem quando ele cruza os braços novamente.

— Perdi o casamento com a Tonya. Sim, ela é um baita pé no saco, mas a comissão era boa.

Para Sempre Comigo 91

Caminho para longe dele novamente.

— Magoei o Blake, e eu *nunca* o magoo. Às vezes, eu esqueço que ele tem sentimentos. E fui insensível e grosseira com ele, que não merecia.

Viro de volta para Dom, completamente agitada e incapaz de parar meu vômito verbal.

— E aqui está *você*, todo sexy, engraçado e gentil, e você enlouquece o meu corpo! Estou tão frustrada sexualmente que mal consigo enxergar direito.

Meu peito sobe e desce com a respiração pesada enquanto o encaro, mortificada por ter dito o que acabei de dizer, e ainda muito irritada.

De repente, ele vem até mim com passos medidos e cuidadosamente controlados, e pousa uma mão no meu quadril, puxando-me para ele.

— Você acha que é a única, *cara*? — Seus olhos caem até meus lábios e depois voltam para os meus. — Eu te quero desde o minuto em que te vi pela primeira vez.

Ele avança e me faz caminhar para trás, como fez mais cedo no jardim de inverno, e logo meus quadris estão pressionados contra a pia.

— Por quê? — sussurro.

— Eu te reconheci, mesmo sem nunca ter te visto antes. Meu corpo anseia por você. Nunca me canso da sua risada. E se eu não colocar as mãos no seu cabelo *agora mesmo*, porra, eu vou perder o juízo.

Com os olhos cravados nos seus, ergo uma mão e desfaço meu coque, deixando meus cabelos caírem pelos ombros. Dominic respira fundo, subindo as mãos pela base do meu pescoço e puxando minha cabeça para trás.

— Se for dizer não, diga agora, Alecia.

Capítulo Sete

Dominic

Seus olhos se dilatam enquanto seu peito acelera com sua respiração ofegante, e, porra, sei que nunca vi nada mais sexy em toda a minha vida. O corpo dela está pegando fogo, pressionado contra mim. Minhas mãos se fecham em punhos em seus cabelos longos e macios, puxando sua cabeça para trás para que eu possa olhar bem nos seus olhos cor de chocolate.

Ela engole em seco e lambe os lábios, e a minha sanidade fica por um fio.

Baixo meu rosto, mas não a beijo. Não ainda. Meus lábios pairam sobre os dela, meu nariz roça levemente na ponta do seu, e suas pálpebras tremem.

— Sim ou não, *cara*?

— Dominic...

— Responda.

— Sim!

Ela se impulsiona para cima e toma meus lábios em um beijo frustrado, planta uma mão na minha nuca, mantendo minha boca na sua, e sua outra mão percorre todo o meu torso nu, descendo pelo meu peito, passando pelo meu abdômen e seguindo para minhas costas, fazendo depois o caminho inverso, como se não pudesse se conter e quisesse me tocar em toda parte, ao mesmo tempo.

E, porra, eu me sinto exatamente da mesma maneira.

Eu a ergo sobre a pia e afasto seus cabelos para trás, permitindo que minhas mãos viajem por seus braços e depois se infiltrem por baixo do tecido fino da sua blusa branca de alças.

Caralho, ela não está usando sutiã.

Eu não achava que o meu pau poderia ficar ainda mais duro, mas então, passo os polegares sobre seus mamilos enrijecidos e seus quadris se impulsionam contra minha pélvis, e é o que basta.

Já era.

Ela consegue alcançar o cós da minha bermuda de treino e a puxa para baixo até a metade da minha bunda, apenas o suficiente para libertar meu pau. Reviro os olhos quando ela o acaricia com dois movimentos fluidos e lentos.

— Jesus, Alecia. — Minha voz é áspera.

— Você é bronzeado em todo lugar — ela murmura, observando a mão que envolve meu membro. Não vou durar muito se ela continuar com isso.

Seguro suas mãos, beijo as duas, e as prendo atrás do seu corpo, fazendo com que seus seios fiquem mais empinados, perfeitos para os meus lábios.

— Quero te tocar — ela ofega, jogando a cabeça para trás e emitindo um gemido alto quando coloco um mamilo perfeito na boca e chupo, soltando em seguida com um estalo audível antes de dar atenção ao outro.

— Adoro os seus peitos, *cara* — sussurro. Olho para cima e encontro seus olhos fechados e seu lábio inferior preso entre os dentes. Sua blusa está enrolada acima dos seios, sob as axilas, e seus quadris fazem um movimento circular rítmico.

Toco seu sexo com minha palma, por cima do short de ioga, e abro um sorriso largo quando ela arfa e me fita com os olhos arregalados.

— Gostou disso?

— Me toque — ela sussurra.

— Ah, eu pretendo fazer muito mais do que isso — respondo, soltando suas mãos. Ela imediatamente se apoia nos meus braços quando coloco as mãos entre suas pernas e rasgo seu short e calcinha, deixando as peças em retalhos logo abaixo da sua bunda gostosa.

— Eu teria tirado para você — ela diz com um sorriso malicioso.

— Sem tempo — replico e seguro meu pau, mas, ao invés de penetrá-la de uma vez, arrasto a extremidade por suas dobras molhadas, subindo até seu clitóris e descendo novamente, deixando-o apenas encostado na sua boceta antes de beijar sua boca novamente.

Impulsiono meus quadris contra ela, provocando seu clitóris a cada movimento, fazendo-a se contorcer e apertar as pernas em volta do meu quadril, com as mãos nas minhas costas puxando-me mais para ela.

Mas não vou entrar nela. Não ainda.

— Dom — ela rosna.

— Sim.

— Dentro. De. Mim. Agora.

— Ainda não.

— Meu Deus! — ela choraminga conforme fico de joelhos, separo bem suas pernas, e sinto meu coração falhar uma batida.

Santa Mãe de Deus, ela é esplêndida.

Ela cobre a barriga com uma mão e se equilibra com a outra, e franzo a testa para ela, confuso.

— Esse não é o meu melhor ângulo — ela diz, com a bochechas ficando vermelhas.

— Você tá de sacanagem?

Ela está com vergonha?

Seguro sua mão e dou um beijo molhado na palma, pressionando-a em seguida na minha bochecha enquanto encaro seus olhos castanhos profundos, cheios de luxúria e excitação, e um pouco de medo.

— Você é linda, *tesoro*. Não se esconda de mim.

Levanto e beijo seus seios, desço por sua barriga em direção ao umbigo e a leve curva do seu abdômen até sua boceta lisa, e no momento em que pouso meus lábios no seu clitóris, seus quadris se movem novamente e ela enterra as mãos nos meus cabelos, mantendo-me pressionada contra seu sexo.

Respiro fundo, inalando seu aroma almiscarado, e a beijo ali com vontade, arrastando a língua por suas dobras e puxando seus lábios entre os meus, até ela estar prestes a cair da pia do banheiro.

— Dominic — ela geme. Suas coxas estão começando a tremer incontrolavelmente, e sei que ela está perto.

Enfio um dedo em sua boceta molhada e fecho os lábios em seu clitóris. Ela goza de maneira espetacular, gritando e gemendo, puxando meus cabelos. É a reação mais incrível que já testemunhei.

Antes que ela possa se recuperar completamente, fico de pé, pego-a nos braços e a carrego para a cama, deitando-a de costas antes de cobrir seu corpo por completo, com minha pélvis aninhada entre suas pernas, meu pau pulsante acomodado em suas dobras. Afasto seu cabelo das bochechas conforme ela me fita, tentando recuperar o fôlego.

— Esse foi um.

— Um o quê? — ela pergunta, sem fôlego.

— Um orgasmo.

— Você está contando? — Ela dá risadinhas, o que faz com que seu centro se mova contra o meu pau, fazendo-me ofegar.

— Ah, sim, estou contando. Logo o seu cérebro não vai conseguir contá-los.

— E o objetivo é de quantos? — Ela enfia os dedos nos meus cabelos, afastando-os da minha testa. Nunca senti algo tão bom. Adoro o jeito como ela me toca.

— Quantos forem possíveis.

— Um já basta para mim. — Ela dá de ombros, mas sorrio para ela.

— Para mim, não. — Descanso os lábios nos dela, roçando de um lado para o outro. Retraio um pouco os quadris e a ponta do meu pau está prestes a deslizar para dentro dela quando seus olhos se arregalam.

— Pare!

— O quê? Qual o problema?

— Camisinha!

Encosto a testa na sua, com um grunhido frustrado.

— Eu não estava esperando que isso fosse acontecer.

— Coloquei DIU há um tempo. Não posso engravidar. Você está limpo?

— Limpíssimo.

Um sorriso suave se espalha em seu rosto lindo conforme suas mãos descem por minhas costas, agarram minha bunda por baixo do tecido da bermuda, e me puxa para dentro dela em um único e suave movimento, fazendo nós dois gemermos e estremecermos.

— Tão apertada — sussurro, mantendo-me o mais imóvel possível. Meus dedos acariciam suas bochechas, e não resisto a dançar meus lábios sobre os dela levemente conforme seu corpo se estica e se ajusta a mim. — Porra, tão pequena.

— Acho que é você que é grande — ela responde com uma risada, envolvendo meu quadril com suas pernas, abrindo-se ainda mais, e fazendo-me xingar baixinho. Não consigo evitar, preciso me mover; preciso sentir como é deslizar para dentro e para fora da sua carne quente e molhada.

— *Si sente così fottutamente incredibile.* — *Dio*, não consigo me controlar.

— O quê? — ela pergunta com uma risada ofegante.

— *Mi dispiace.* — Dou risada e balanço a cabeça. — Desculpe. Eu disse que você é incrível pra caralho.

— Hum, gostei disso — ela diz, colocando as mãos no meu peito.

— Deus, você me faz esquecer como se fala a sua língua.

Sinto vontade de me erguer e olhar o ponto em que nos conectamos, assistir ao meu pau entrar e sair dela, mas tudo o que consigo fazer é cobri-la e beijá-la, segurando seu lindo rosto entre as mãos conforme meus quadris aumentam a velocidade.

Sinto Alecia tensionar, sua boceta ordenhando meu pau, e sei que ela está prestes a cair no abismo de mais um orgasmo.

— Goze — sussurro nos seus lábios. — Goze.

— Oh, meu Deus — ela choraminga.

— *Si* — respondo.

Ela balança a cabeça e me lança um olhar quase desesperado conforme sua boceta se contrai e as ondas começam. Suas costas arqueiam e coloco um dos seus mamilos na boca, circulando-o com a língua enquanto ela grita, explodindo com pura energia.

— Agora foram dois — digo com um rosnado, saindo de dentro dela e virando-a de bruços. Retiro minha bermuda impacientemente e monto em suas pernas, afasto suas nádegas e guio meu pau de volta para dentro dela, fazendo-a choramingar, e quase explodo quando ela se aperta em volta de mim.

Ainda não.

Começo a fodê-la com vontade, meus quadris batendo em sua bunda com força. Afasto seus cabelos das suas costas, expondo um ombro, e inclino-me para frente para mordê-la, bem no ponto onde seu pescoço e seu ombro se encontram, e sua boceta espasma em volta do meu pau novamente.

Seu pescoço é seu ponto sensível.

Sorrio e repito a ação, tomando cuidado para não deixar marcas. Seus quadris se impulsionam para cima, arqueando suas costas de uma maneira incrível de se ver. Agarro um lado da sua cintura para segurá-la no lugar enquanto a fodo ainda mais forte, e sinto minhas bolas se contraírem. A base da minha espinha começa a formigar, e sei que estou prestes a perder o controle.

— Goze de novo, Alecia — ordeno com uma voz firme. Ela arfa e se contrai em volta do meu pau. — De novo — repito, ao me enfiar nela o mais fundo que consigo. — Agora!

Ela grita conforme o terceiro orgasmo toma conta do seu corpo, e gozo com ela, intensamente.

Destruído.

Arruinado.

Dio, o que ela fez comigo?

Quando consigo respirar novamente, saio de dentro dela e volto para o banheiro, molho uma toalha de mão e, quando retorno para o quarto, sorrio ao ver que ela não se moveu um centímetro.

— Você dormiu? — pergunto suavemente e pressiono a toalha entre suas pernas, sobressaltando-a.

— O que você está fazendo?

— Limpando você — respondo calmamente. Ela suspira, deixando-me limpá-la, e quando termino, jogo a toalha no chão e junto-me a ela na cama novamente. — Como se sente?

— Muito bem fodida — ela fala com um sorriso, conforme a coloco deitada de lado para poder deitar com sua cabeça descansando no meu peito. Enfio os dedos por seus cabelos e observo as mechas loiras passando entre meus dedos.

— Bom, você foi mesmo muito bem fodida — comento com um sorriso.

— Foi bem inesperado — ela diz suavemente.

— Você perguntou qual era o remédio caseiro italiano para frustração sexual. Pensei que seria melhor simplesmente te mostrar.

— Hum — ela murmura. Posso sentir seu sorriso contra o meu peito. — Eu estava muito brava.

— Isso eu vi. — Beijo sua cabeça e inspiro o cheiro cítrico do seu shampoo. — Você parece estar mais calma agora.

— Hum — ela murmura novamente.

— Vai ser um prazer te ajudar a se manter calma. — Não consigo evitar o sorriso ao pensar nisso.

— Aham, sei. — Ela roça o nariz no meu peito, fazendo meu pau se contorcer.

— Apenas espere e veja, *tesoro*.

Ela respira fundo e coloca uma perna sobre as minhas, conectando-as.

Seu braço está jogado sobre a minha barriga e sua orelha, pressionada no meu coração.

Sinto-me contente só de estar deitado com ela, escovando seus cabelos com os dedos. Estou exausto, mas não quero dormir.

Estou finalmente na cama de Alecia, e não pretendo perder um único momento disso.

— É melhor eu dormir — ela sussurra na minha pele. Sorrio e beijo sua cabeça.

— Pode dormir.

Ela fica tensa, cada músculo do seu corpo parece despertar, e ela ergue a cabeça para me olhar com a testa franzida.

— Nós não vamos dormir juntos.

Soco bem na boca do estômago.

— Como é? — Mantenho minha voz calma e ergo uma sobrancelha.

— Nós fodemos, mas isso não significa que vamos passar a noite juntos.

Ela senta e tenta sair da cama, mas sou mais rápido. Puxo-a de volta e cubro seu corpo com o meu, mantendo meu rosto a centímetros de distância do dela.

— Nós não apenas fodemos.

— Foi apenas isso, sim. — Ela tenta se desvencilhar de mim, mas sou mais forte. — Dominic, você está me machucando.

Digo o mesmo, querida.

Solto-a imediatamente e balanço a cabeça. Estou magoado.

Essa é nova.

Olho para ela e vejo que está enrolada em um lençol, olhando para mim com incerteza. Não é medo, é como se ela não soubesse o que fazer a seguir.

— Eu vou sair. — Visto minha bermuda e viro de volta para ela. — Mas vou tomar café da manhã com você.

— Isso não é...

— É necessário para mim, Alecia — replico e curvo-me para capturar seus lábios inchados com os meus. — Te vejo de manhã.

Saio sem olhar para trás, seguindo pelo corredor comprido de volta para o meu quarto.

Porra, ela me expulsou.

Isso nunca aconteceu antes.

Caio de costas na minha cama e fico olhando para o teto. Ainda consigo sentir seu cheiro, e isso me faz desejar que ela estivesse com o corpo junto ao meu. Repasso a noite na mente, me perguntando em que momento algo deu errado.

O sexo foi...

Incrível.

Fantástico.

O melhor da minha vida.

E sei que não estou sozinho nessa conclusão. A maneira como ela reagia ao meu toque foi extraordinária.

Mas, quando estávamos aconchegados, prontos para dormir, ela entrou em pânico.

Meu *piccolo tesoro* fica desconfortável com intimidade.

Sinto meus lábios se curvarem em um sorriso, pensando no quão prazeroso será ajudá-la a se manter calma.

Assim como ela faz comigo.

E, porra, isso é tão sexy.

É cedo quando entro no quarto de Alecia. Ela ainda está na cama, sob as cobertas, deitada de lado e curvada em posição fetal. O lençol branco contorna o movimento delicado das suas curvas deliciosas conforme ela respira. Seus cabelos loiro-mel estão espalhados sobre o travesseiro, suas bochechas, coradas de sono, e seus lábios rosados estão entreabertos e úmidos.

Ela é um anjo.

Coloco a bandeja de café da manhã sobre a mesa ao lado da cama, conecto meu iPhone às suas caixas de som e aperto *play* na minha nova *playlist* chamada "Alecia". Está cheia de músicas suaves e tocantes, como as de Sarah Bareilles e Adele. Incapaz de resistir, pego a tulipa rosa do vaso e deito debaixo do lençol ao lado dela, enquanto Adele começa a cantar *Chasing Pavements*. Ainda estou usando minha bermuda de treino. Eu preferia estar pelado, mas não tenho muita certeza de que ela não vai gritar e colocar a casa abaixo quando perceber que estou na cama com ela.

Me aproximo mais um pouco, arrastando as pétalas da flor por sua bochecha macia antes de substituí-la por meus dedos, e sorrio quando ela se inclina em direção ao meu toque, como se mesmo dormindo fosse atraída por mim.

— Alecia — sussurro antes de pressionar os lábios em sua testa.

— Hum. — Ela franze a testa, ainda dormindo.

Ela é adorável.

— Alecia — repito e beijo seu nariz. — Acorde.

— Não. — Ela entreabre um olho, pega a flor da minha mão e a aninha próximo à sua bochecha, cheirando-a, afundando-se mais sob as cobertas em seguida.

Dou risada e a envolvo nos meus braços, puxando-a contra o meu peito. *Ah, assim é melhor.*

— Eu te trouxe café da manhã.

— Por que você está na cama comigo?

Sorrio contra sua cabeça e pressiono um beijo em seus cabelos, enquanto ela me envolve pela cintura com os braços e me segura firme, sonolenta.

— Porque já está de manhã. Não dormi aqui, como você pediu, e eu precisava te ver.

— Não consigo resistir ao seu charme quando não estou completamente acordada — ela murmura e beija meu peito com ternura. — Se você tiver trazido chá, te deixarei vivo.

— Chá, frutas e outras coisas deliciosas.

— Morangos? — ela pergunta.

— Você gosta de morangos, querida?

— Sim. E eu gosto mais quando você fala em italiano.

Rio e dou algumas palmadinhas em sua bunda sobre o lençol.

— Me lembrarei disso.

— Pensei que estivesse bravo comigo — ela admite baixinho. Inclino a cabeça dela para trás para poder olhar em seus olhos castanhos profundos e balanço a cabeça.

— Confuso, mas bravo, não.

— Dormir juntos coloca o que está acontecendo entre nós em uma categoria com a qual não sei se me sinto bem.

— Já estamos nessa categoria, Alecia. — Ela começa a ficar tensa novamente, mas beijo sua testa e a aperto contra mim, nem um pouco disposto a permitir que ela se afaste de novo. — Mas isso não significa que não iremos levar as coisas em um ritmo com o qual você não esteja confortável. Temos todo o tempo do mundo.

— E se a única coisa que eu for capaz de te dar for sexo?

Meu coração dói por ela. Quem a ensinou que amor significa dor? Por que ela tem medo de ver no que isso vai dar?

— Então, serei um homem muito satisfeito sexualmente — respondo, em vez de verbalizar minhas dúvidas. Ela suspira profundamente e volta a relaxar contra mim, e não consigo evitar o sorriso de satisfação. — Alecia, enquanto eu puder te sentir desmontar nos meus braços, e compartilhar com você momentos como esse e aquele da outra noite quando estávamos sentados à minha lareira, estarei contente.

— Por enquanto.

— Ei. — Afasto a cabeça para trás um pouco para poder olhar nos seus olhos. — O presente é tudo o que importa. Não estou pedindo para colocar um anel no seu dedo.

Ela morde o lábio e parece tão cheia de dúvidas.

— Eu preciso ser honesta, Dominic.

— Sempre — concordo.

— Não acredito no amor. Se acha que é nessa direção que seja lá o que está acontecendo entre nós vai, deveria saber que não sou capaz de oferecer isso.

Que absurdo.

Em vez de discutir, suspiro e afago seu braço.

— Entendido.

— Sério?

Porra, não.

— Sério.

Ela suspira de alívio e me oferece um sorriso doce.

— Ok. Estou com fome.

— Eu também.

— Estou com fome de frutas e chá — ela esclarece com uma risada, e meu estômago se contrai. Adoro a risada dela, e seu sorriso quando está feliz e despreocupada assim. Isso acontece tão raramente.

Quero dar a ela muitos sorrisos.

— Então, vamos alimentá-la, *tesoro*.

— O que aconteceu com *cara*?

Estou me apaixonando aos poucos por você há muito tempo, e acho que me apaixonei de vez ontem à noite, e você agora é muito mais do que minha querida. Você é meu tesouro.

Mas isso faria com que ela voltasse correndo e gritando para Tacoma. Então, simplesmente rio e balanço a cabeça enquanto sirvo seu chá.

— Você é bem autoritária quando se trata de nomes carinhosos.

Ela dá de ombros e toma um gole de chá.

— Gosto do italiano.

— E ele é todo seu, *cara*. Estou bem aqui.

Ela coloca um pedaço de abacaxi na boca e me observa de maneira especulativa.

— O que você quis dizer ontem à noite quando disse que eu te fiz esquecer como se fala a minha língua?

— Exatamente isso — respondo, passando geleia de morango em um muffin inglês torrado. — Eu nem mesmo me toquei de que estava falando em italiano, de tão perdido que estava em você.

Esse pensamento parece deixá-la feliz. Ela sorri.

— Há quanto tempo você fala a minha língua?

— Desde que *aprendi* a falar. Minha mãe me criou bilíngue.

Ela assimila essa informação enquanto mastiga suas frutas, e em seguida dá uma mordida no meu muffin, lambe a geleia que fica em seu lábio e depois sorri para mim.

— Então, foi bom?

— *Bom*? — Balanço a cabeça. — Não.

— Não?

Balanço a cabeça novamente e coloco seu chá na bandeja, tirando-o do caminho para poder colocá-la no meu colo. Ela abraça meus ombros e percebo que, depois que saí do seu quarto ontem à noite, ela deve ter vestido a blusa de novo, e uma calcinha nova. Seus cabelos estão soltos, caindo em ondas em volta do rosto, que está limpo e livre de qualquer maquiagem.

Ela é tão linda que faz meu coração parar.

Para Sempre Comigo   105

— Foi... — Deslizo a ponta do dedo por sua têmpora e prendo seu cabelo atrás da orelha. — Foi o momento mais incrível... — Beijos seus lábios. — Excitante... — Beijo sua bochecha. — E valioso da minha vida. — Beijo sua mandíbula e vou descendo por seu pescoço.

— Fique sabendo que, se você beijar o meu pescoço, não serei responsável pelos meus atos.

Sorrio contra a pele macia do seu pescoço e deslizo as mãos por baixo da sua blusa.

— Desafio aceito, *tesoro.*

Capítulo Oito

Alecia

Deus, eu adoro quando ele está sem camisa. Enfio os dedos nos cabelos de Dom e seguro com força, enquanto suas mãos se movimentam por baixo da minha blusa, subindo pela lateral do meu corpo para tocar meus seios com delicadeza, seus polegares mal roçando nos mamilos, que já estão túrgidos e preparados para a atenção que ele dará.

— Eu amo o jeito que você me toca — murmuro contra seus lábios. É a mais pura verdade. As mãos dele fazem coisas comigo que eu nem sabia que era possíveis.

E não sou nenhuma virgem.

— A sua pele é tão macia — ele sussurra, e mordisca um caminho descendo pelo meu pescoço, enviando arrepios por todo o meu corpo.

Sarah Bareilles começa a cantar *Gravity* na minha caixa de som e eu sorrio.

— Adoro essa música.

— É apropriada — ele responde antes de morder meu queixo.

— Como assim?

Ele me puxa, agarra minha bunda e esfrega sua ereção contra mim.

— Não consigo ficar longe de você, Alecia. Mesmo sabendo que você poderia me expulsar daqui esta manhã, não consegui me afastar, do mesmo jeito que não consigo lutar contra a gravidade.

E isso me aterroriza, porque o sentimento é completamente mútuo.

Antes que eu possa responder, ele tira minha blusa, joga no chão e cobre meu seio com seus lábios. Suas mãos estão percorrendo minhas costas, pressionando as pontas dos dedos na minha carne de uma maneira deliciosa.

Sua intensidade é intoxicante. Quando ele me toca, ele realmente *me* toca. Não há meio-termo nisso, não há dúvidas sobre o que ele está pensando.

Fica perfeitamente claro. Ele está pensando em mim.

E, porra, eu não consigo pensar em mais nada além dele.

Envolvo sua cintura com minhas pernas e esfrego meu centro contra ele, sorrindo quando ele solta um rosnado baixo e longo. Existe algo eletrizante em fazer um homem forte e controlado como Dominic Salvatore se desmontar inteiro assim.

Ele age rápido e me coloca na cama, agarra minha calcinha e, lentamente, a puxa pelas minhas pernas, joga a peça por cima do ombro e olha para mim como se eu fosse um banquete e ele não comesse há dias.

— Você tem noção... — ele murmura, dando beijos leves na parte interna da minha coxa. — Do quão linda você é? Você é toda macia, quente, ainda está um pouco sonolenta, e vou me esbaldar em você, Alecia.

Tudo o que consigo fazer é morder meu lábio e observá-lo continuar a beijar minha pele, subindo por um lado do meu quadril, até minha barriga e chegando entre meus seios. Minhas mãos vagueiam por seus ombros musculosos, braços, costas. Sua pele é macia, quente e masculina pra caralho, e não consigo tirar meus olhos dele. Prendo os dedos dos pés em sua bermuda e a empurro para baixo, e ele abre um sorriso malicioso para mim, exibindo a covinha sexy em sua bochecha.

— Você também não é nada mal, sabia? — Minha respiração fica presa quando sinto seus dedos subirem pela lateral do meu corpo, descendo em seguida para minha barriga e continuando até chegar ao meio das minhas pernas. Tomar fôlego está fora de questão, porque ele começa a tocar minha boceta como se fosse um instrumento musical. — Puta merda — sussurro. Seus lábios estão grudados ao meu pescoço, causando todo tipo de estrago em mim, e ele ainda tem a coragem de rir enquanto estou prestes a me desfazer inteira.

108   Kristen Proby

— Você precisa que eu pare? — ele pergunta.

— Não ouse! — digo e agarro seus ombros com ainda mais força, temendo que ele faça exatamente isso. Seus dedos estão deslizando entre as minhas dobras, espalhando toda a minha lubrificação, e se eu não estivesse tão excitada agora, talvez ficasse um pouco constrangida com o quão molhada estou.

Meus quadris estão se movendo por vontade própria, em círculos, seguindo suas ações. E justo quando estou prestes a explodir, ele para.

Porra, ele *para*!

— Que droga é essa? — Meus olhos encontram os seus. Espero encontrar um sorriso presunçoso, mas sua expressão está intensa e sensual, enquanto ele ofega tanto quanto eu. — Por que você parou?

— Não quero que você goze ainda.

— Por quê?

Ele balança a cabeça e beija minha bochecha.

— Eu tenho um plano.

— Um plano? — Seguro seu rosto e o encaro enquanto ele paira sobre mim, buscando fôlego. Seu pau está na minha barriga, grosso e pesado. — Talvez você deva reavaliar o plano.

— É um bom plano, *tesoro*.

Seus lábios mordiscam os meus, quase de maneira preguiçosa, e meu corpo ainda está vibrando. Ele enterra as mãos nos meus cabelos e me beija durante longos minutos, suavemente a princípio, passando depois para um ritmo profundo, apaixonado, esfregando seu peito no meu, movendo seu corpo contra mim em uma dança inigualável. Enfio a mão entre nós para pegar seu pau, mas o bombeio apenas duas vezes e sinto a gota pré-gozo com meu polegar antes que ele se afaste, entrelace seus dedos nos meus e prenda minha mão acima da minha cabeça.

— Tocar não faz parte do plano? — sussurro.

— Você já está me levando ao limite.

Para Sempre Comigo 109

— Eu mal te toquei. — Busco seus olhos azuis brilhantes e sinto meu coração saltar quando ele pousa a testa na minha e respira fundo.

— Tudo o que você precisa fazer é me olhar, e já me sinto como um adolescente.

— Agora você só está tentando me encantar.

Ele dá risada ao recuar os quadris e, em seguida, desliza para dentro de mim, por inteiro, e a risada desaparece da sua expressão enquanto ele me fita. Meu corpo se remexe debaixo dele, ajustando-se a ele, e sua mandíbula fica tensa.

— Nossa, você é apertada, *cara*.

Respiro fundo.

— Eu vou gozar — aviso, e fecho os olhos. Deus, não consigo aguentar. Ele me penetrou por inteiro, pressionando seu púbis no meu clitóris, e *puta merda*.

— Pode gozar. — Ele suspira e começa a impulsionar os quadris, esfregando a base do seu pau no meu ponto sensível, de novo e de novo, e não sou capaz de impedir a erupção que começa no meu centro e explode para cada nervo do meu corpo, fazendo com que eu me contraia em volta dele e me retorça inteira.

Ele solta palavrões, mas põe uma mão no meu rosto com ternura, solta minha outra mão e agarra minha bunda, puxando-me com ainda mais firmeza contra ele.

— Abra os olhos.

Obedeço e encaro seu olhar azul gélido conforme ele começa a se mover mais rápido, seus quadris estocando, seu pau entrando e saindo de mim com força, e sua mão agarrando minha bunda com tanta força que tenho certeza de que ficarão marcas depois.

Mal posso esperar para vê-las.

— De novo — ele rosna.

— Não aguento. — Balanço a cabeça, mas ele me beija com urgência e esfrega seu púbis no meu clitóris. Cada músculo do seu corpo impressionante se contrai, em um desejo sexual bruto.

Ele é simplesmente de tirar o fôlego.

— De novo — ele insiste. — Oh, Deus, Alecia.

Meu nome saindo em seu sussurro rouco é tudo o que é preciso para me empurrar para o limite novamente. Choramingo, segurando-me nele com todas as forças que tenho, conforme meu mundo se desfaz novamente. Dominic mal emite sons, além da sua respiração pesada e áspera, conforme sucumbe ao seu próprio ápice.

Jesus. Nenhum de nós consegue respirar. Estamos ofegando, tremendo.

Nunca tive um orgasmo assim.

E por *assim* quero dizer como todos os pelo menos seis orgasmos que ele me deu nas últimas doze horas.

Uma garota pode ficar viciada nisso.

— Esse é o plano — ele diz, com um sorriso convencido. Eu devo ter dito a última parte em voz alta.

— Preciso de um banho. — Os olhos dele se iluminam com animação, como uma criança na manhã de Natal. Rindo, dou um tapa no seu braço. — Nós temos que trabalhar, seu ninfomaníaco.

— Poderíamos economizar água.

Balanço a cabeça, mas não consigo evitar meu sorriso conforme ele se inclina e me beija como sempre me beija, com uma confiança preguiçosa, como se fosse, mais uma vez, o nosso primeiro beijo.

Ele é *bom* pra caralho nisso.

— Você está bem? — Ele afaga minha bochecha com os nós dos dedos e me observa atentamente.

— Sim — respondo, e percebo que estou sendo sincera. Eu *estou* bem. Ele me analisa por mais um longo minuto, e beija meu nariz antes de se afastar, dando-me espaço para sentar e me alongar. — Mas você tem que ir embora. Chega de me distrair. Preciso ir trabalhar.

— Essa doeu. — Viro e, então, relaxo quando vejo que ele está deitado

Para Sempre Comigo 111

de barriga para cima com as mãos atrás da cabeça e um sorriso confiante nos lábios. — Pensei que eu fosse mais do que uma distração.

— Você é uma distração sexy — qualifico e, sem cobrir minha nudez, vou para o banheiro.

Ligo o chuveiro e estou prestes a entrar debaixo do jato de água quente quando Dominic entra no banheiro, vestindo sua bermuda novamente, e me puxa para um abraço gostoso. Suas mãos deslizam por minhas costas, descem até minha bunda e sobem novamente, mas, em vez de se juntar a mim no chuveiro, ele dá um beijo na minha cabeça e murmura:

— Tenha um bom dia. Te vejo mais tarde.

Dominic Salvatore dá os melhores abraços do mundo. Seguro-o por mais um tempo, deleitando-me com seu calor, sua calma e seu cheio almiscarado, antes de me afastar e oferecer-lhe um sorriso enorme.

— Tenha um bom dia também.

Ele inclina a cabeça para o lado e estreita os olhos.

— Obrigado.

Ele enxerga demais.

Assinto e viro-me para entrar no chuveiro, mas ele pega minha mão, fazendo-me olhar para ele sobre o ombro.

— Sim?

— Termine seu café da manhã quando acabar o banho.

— Sim, senhor. — Dou tapinhas no seu peito rijo e, então, entro no chuveiro, fechando a porta de vidro. — Te vejo depois.

— Até depois.

Ele sai e fecha a porta do banheiro, e eu imediatamente desinflo como um balão. O que diabos eu estou fazendo? Ontem à noite foi... Deus. Nem sei como descrever. Nunca me senti tão conectada com alguém em toda a minha vida.

Nem mesmo com Blake.

Nem mesmo com meu ex-marido.

Eu queria que ele ficasse. Queria deitar em seus braços e sentir sua respiração a noite inteira, então fiz a única coisa que fez sentido para mim e pedi que ele fosse embora. Seu olhar magoado ficará gravado na minha mente para sempre. Eu queria dizer "deixa pra lá". Queria pedir que ele voltasse para a cama.

Mas ele *me assusta*! Ele me faz sentir coisas que eu não deveria sentir. Ele pode negar o quanto quiser, mas, em algum momento, vai acabar querendo mais do que apenas sexo entre nós.

Porra, até eu mesma talvez vá acabar querendo mais do que sexo.

E isso seria um desastre, porque amor não é a minha praia. Não dá.

Como Jonathan costumava dizer, eu são sou capaz de amar.

Não posso fazer isso. Não posso encarar Dominic hoje. Preciso pensar em como dizer para ele que isso foi coisa de apenas uma noite.

Bom, uma noite e uma manhã.

Termino de tomar banho, com uma decisão tomada, e visto-me rapidamente com um vestido azul de verão e sapatos de salto alto pretos, prendo meu cabelo em um coque, pego meu computador e minha bolsa, e sigo para as escadas.

— Isaac! — grito para o homem alto conforme me aproximo do local da recepção do casamento.

— Oi, Alecia — ele diz com um sorriso. — As coisas irão correr bem melhores hoje. Prometo.

— Ótimo. — Sorrio e olho em volta da área, satisfeita com o progresso que já foi feito hoje. — Parece que as coisas estão mais sob controle hoje.

— Estão, sim. — Ele percebe que estou segurando minha bolsa e inclina a cabeça para o lado. — Você precisa ir embora?

— Preciso. — *Preciso tanto.* — Mas estou com meu celular, então se precisar de mim para alguma coisa, posso voltar para cá na hora.

— Ficaremos bem — ele assegura. — Te vejo amanhã?

— Você vai vir todos os dias? — pergunto, surpresa.

Para Sempre Comigo 113

— Sim. É o casamento do meu irmão. Não haverá mais nenhum erro. Mark e eu estamos com tudo sob controle.

— Que bom. — Assinto, sem realmente prestar atenção nele, apenas pensando ir logo embora. — Obrigada por tudo, e não hesite em me ligar se precisar.

Ele faz um aceno afirmativo com a cabeça e eu me viro para dar a volta na casa principal rapidamente, quase esbarrando em Celeste quando ela está chegando para trabalhar.

— Oh! Oi, Alecia.

— Olá, Celeste.

— Você está indo embora? — Ela ergue uma sobrancelha. — Está tudo bem?

— Sim — minto. — Preciso cuidar de algumas coisas no trabalho. Você pode, por favor, dar esse recado ao Dominic? Só voltarei amanhã.

Covarde, minha mente me provoca.

— Claro, eu o aviso, sim. Tenha um bom dia.

Ela acena e desaparece dentro da casa, e acabo recuando de repente, me arrependendo imediatamente de estar indo embora, mas não consigo voltar.

Quatro horas depois, estou andando para lá e para cá na minha sala de estar. Já me convenci e mudei de ideia quanto a tentar uma relação física com Dominic seis vezes.

Seis. Vezes.

Estou de saco cheio de mim mesma.

Pego meu celular e, antes que perceba, já está pressionado à minha orelha e chamando.

— Então, você lembra mesmo que eu existo. — A voz seca de Blake ressoa no meu ouvido e sinto vontade de chorar. Mordo o lábio e olho pela janela, encarando os barcos flutuando nas águas azuis da enseada, e me concentro em respirar. — Alô?

— Estou aqui.

— O que houve? — ele pergunta, imediatamente preocupado, e isso também me dá vontade de chorar. — Droga, Leash, fale comigo.

— Eu sou uma idiota.

— Às vezes — ele concorda, e depois dá risada. Respiro fundo. — Por que, dessa vez?

— Você não está ajudando.

— Comece pelo início. O que está rolando?

— Eu dormi com ele. — Caminho distraidamente até a janela de vidro e apoio a testa nela. A sensação da superfície gelada na minha pele quente é boa. — E gostei.

— Que bom que gostou, né? Se não fosse assim, que sentido teria?

— Não está ajudando.

— Com quem, exatamente, você dormiu?

— Dominic Salvatore. — Engulo em seco e fecho os olhos. — Transei com ele ontem à noite, e de novo hoje de manhã, depois fugi de lá e vim para casa. Eu sou uma idiota.

Consigo ouvir Blake se movendo e, em seguida, sua cadeira range conforme ele se recosta nela.

— Por que transar com o Dominic é algo ruim? Ele é um cara legal.

— Esse é o problema. Ele é um cara legal. E é sexy, gostoso, e a melhor transa que já tive.

— Ei!

— Ah, pare com isso. — Reviro os olhos e vou para a cozinha.

— Então, vou perguntar de novo. Qual é o problema?

Para Sempre Comigo 115

— Essa não é simplesmente uma situação de amigos com benefícios, Blake. Eu sou muito... — Gesticulo vagamente, tentando encontrar as palavras certas.

— Linda? Incrível? Maravilhosa?

— Eu ia dizer incapaz de ter um relacionamento de verdade. — Mordo o lábio, sentindo-os se espalharem em um sorriso em seguida. — Mas obrigada pelos elogios.

— Não sei que porra o Jonathan fez com você, mas ele influenciou muito a sua visão dos relacionamentos. Leash, é claro que você é capaz de ter um relacionamento de verdade. Você e eu temos um há mais de três anos.

— Que começou com sexo, e agora somos apenas amigos. E eu te amo, mas não de forma romântica.

— E você acha que poderia amar o Dom dessa forma?

Para minha angústia, lágrimas enchem meus olhos.

— Eu gosto dele.

— Você acha que ele também gosta de você, ou só está querendo sexo?

Você me faz esquecer como se fala a sua língua.

— Ele gosta de mim.

— Ele seria burro se não gostasse. — Blake dá uma risada triste. — Alecia, você é uma mulher sexy, linda e inteligente. Nem todos os relacionamentos românticos dão certo, mas alguns dão.

— Não para mim.

— Cale a boca e escute! Nossa, você é teimosa pra caralho.

— Você me mandou calar a boca?

— Sim, e você não é boa em obedecer a ordens, obviamente.

Goze, Alecia. Sou boa em obedecer às ordens do Dominic.

— Apenas respire fundo, Leash. Você está pensando demais. Eu te conheço. Você se divertiu, e isso te assustou, e agora está fazendo essa coisa de garota, analisando tudo mais do que o necessário.

— Eu *sou* uma garota.

— Tô sabendo. — Ele dá risada. — Eu te amo, menina. Você é a melhor amiga que já tive. E ainda é o melhor *sexo* que já tive.

— Blake...

— Você merece ser feliz. Apenas seja feliz, Leash.

— Eu também quero ser feliz — digo, um pouco engasgada.

— Então, faça isso. Seja feliz. Transe com ele até perder os sentidos. Ria com ele. Deixe que ele te ensine sobre vinhos e todas essas merdas legais, e não se preocupe com nada mais.

— Como você ficou tão inteligente assim?

— Fui apaixonado por você por muito tempo, e você não pôde me corresponder. — Meu coração falha uma batida, ao mesmo tempo em que meus olhos se arregalam e meu queixo cai. — Tenho sorte simplesmente de ter você na minha vida. Eu superei, e agora te considero mais como uma irmã, mas não rejeite o Dom como fez comigo. Não se pensar que vocês dois podem dar certo.

— Blake.

— Estou falando sério. Volte para lá.

— Vou ajudar Emily hoje à noite no casamento Haverland. — Ainda estou presa no "Fui apaixonado por você por muito tempo". — Blake, eu não sabia.

— Você não estava bem naquele tempo, menina. Agora você está. Estou bem.

— Estamos bem?

— Estaremos se você voltar para a vinícola hoje à noite. A Emily não precisa da sua ajuda. O casamento Haverland é muito pequeno, e ela tem tudo sob controle.

— É o meu negócio. Eu deveria estar lá.

— É o seu negócio, e você contratou pessoas competentes. Você só está sendo teimosa de novo.

Para Sempre Comigo 117

— Eu também te amo, sabia?

— Eu sei. Vá para a vinícola.

— Não.

— Eu te dou mil dólares.

— Não preciso. — Dou risadinhas e me jogo no sofá, sentindo-me mais relaxada do que estive desde que saí dos braços de Dom. — Você é mandão.

— Tá. Faça o que quiser. — Ele suspira de maneira dramática. — Não tenho que ficar arranjando transa para o Salvatore, mesmo.

— Ele já transou hoje. Ele está bem.

— Não quero saber disso.

Dou risada novamente e respiro fundo, relaxando bem.

— Então, eu exagerei.

— Provavelmente. Qual é o problema das mulheres? Por que vocês não podem simplesmente foder até não poder mais e depois seguir com o dia? Por que têm que esboçar um plano de três anos e discutir sobre ele até cansar? Apenas aproveitem o sexo, pelo amor de Cristo.

— As pessoas deveriam te pagar por esse conselho — digo, seca. — Por falar em sexo, você está saindo com alguém?

— Estou saindo com algumas pessoas — ele responde com um sorriso na voz. — Não fico preso a uma transa só.

— Você é nojento. Me diga que está tomando cuidado.

— Eu compro caixas de camisinha.

— Eca.

— Você perguntou, querida.

Capítulo Nove

Dominic

— Bom dia, sr. Salvatore.

Olho para cima, desviando a atenção do computador, e vejo Celeste entrando animada no meu escritório.

— Bom dia.

— Acabei de ver a Alecia — ela começa, e abre seu iPad para repassar anotações comigo, o que faz parte da nossa rotina matinal. — Ela estava indo embora.

Meu coração para.

— Indo embora?

— Ela disse que tinha alguns assuntos de trabalho que precisavam de atenção, e me pediu para dar esse recado para o senhor.

— Tudo bem. — Assinto, respirando aliviado. Negócios. Sim, é a cara da minha Alecia sair de última hora se seu negócio precisa dela. Adoro sua ética de trabalho, sua paixão por sua carreira.

Mesmo assim, é interessante o fato de que, enquanto ela planeja casamentos, é completamente cética quando se trata de amor.

Me pergunto se conseguiria fazê-la mudar de ideia quanto a isso.

Começo a listar as tarefas para Celeste supervisionar durante o dia.

— Mick, o chefe da segurança, estará aqui amanhã pela manhã, e todos os dias depois disso, até o casamento.

— Sim, tenho isso no cronograma — Celeste responde com um assentir. — Você quer que eu peça almoço para os seus irmãos hoje?

— Meus irmãos? — pergunto, com uma sobrancelha erguida.

— Sim, todos eles estão aqui.

Pisco para Celeste, confuso.

— Todos eles?

— Sejam de sangue ou de coração, estão todos aqui. O quintal se transformou em uma reunião enorme de testosterona. Você pode trazê-los aqui mais vezes?

Dou risada ao levantar e balanço a cabeça para minha assistente.

— Eles são todos completamente apaixonados pelas mulheres deles, sabia?

— Eu não preciso tocá-los para apreciá-los. Tenho certeza de que as mulheres deles entenderiam.

— Clay entenderia? — pergunto, referindo-me a seu marido, com quem está há mais de doze anos.

— Clay não precisa saber. — Ela sorri e me segue para fora do escritório. — Então, almoço?

— Sim, peça sanduíches da cafeteria que gosto em Olympia. Estarei no quintal.

— Cretino sortudo. — Ouço-a murmurar, e não consigo evitar o sorriso que surge nos meus lábios.

Sou seguro o suficiente quanto à minha masculinidade para admitir que o lado Montgomery da minha família é lindo mesmo. Não vejo nenhum deles quando procuro na área da recepção, mas consigo ouvir vozes alteradas vindas do local da cerimônia, nos vinhedos.

— Por que você está com o mesmo cheiro que eu? — Isaac pergunta para Matt, o segundo irmão mais velho, com uma carranca.

— Tive que usar o seu sabonete quando tomei banho no escritório antes de virmos para cá — Matt responde calmamente, com certa diversão em seus olhos azuis, que são marca registrada dos Montgomery.

— Porra, tá de brincadeira? — Isaac grita, e o resto dos irmãos dá risada. — Você não pode usar o meu sabonete!

— É só sabonete, cara — Caleb diz, balançando a cabeça. Caleb é apenas um ano mais novo que eu.

— Agora vou ter que queimar a porra do sabonete — Isaac murmura.

Tiro um momento e olho para todos eles, assimilando-os. Não são só meus quatro irmãos que estão aqui. Luke e Mark Williams também estão, junto com Leo Nash e Nate McKenna.

A porra da família inteira.

Mark está medindo tábuas e Isaac está manuseando uma serra. Franzo a testa ao perceber que todos eles estão usando calças jeans, segurando ferramentas, martelando tábuas.

Até mesmo o McKenna.

— Está rolando uma festinha da qual não fiquei sabendo? — pergunto ao me aproximar.

— Ah, ótimo, você está aqui. — Will sorri e aperta minha mão, dando tapinhas no meu ombro em seguida. — Vamos montar o pergolado.

— Vamos? — Olho para Isaac. — Você não tem uma equipe para isso?

— Decidimos que assim teria mais significado — Luke responde com um sorriso. — Vamos montar o pergolado, e Will vai levá-lo para casa depois do casamento para colocar no jardim deles.

— É como um presente dos irmãos — Leo acrescenta com uma careta. — Tentei convencê-los a me deixar apenas compor uma música, mas o Will está obcecado em ter uma coisa bonita no jardim dele.

— Vá se foder, cara, a Meg adora aquele jardim — Will retruca, e segura o pescoço de Leo em um mata-leão com o braço e esfrega sua cabeça com os nós dos dedos da outra mão. — Você está me dizendo que, se a Sam te dissesse que queria uma coisa bonita no jardim, você não daria a ela?

— Eu daria qualquer coisa que ela me pedisse — Leo fala, lutando para se desvencilhar do braço de Will. — Fiz isso hoje de manhã.

— Cuidado, hein? — Luke avisa. — Ela pode ser sua esposa agora, mas é minha irmã, e ainda posso te dar uma surra se precisar.

Matt balança a cabeça e revira os olhos.

Para Sempre Comigo 121

— Enfim... — Ele sorri para mim. — Estávamos te esperando. Você tem que martelar uns pregos para a sua futura cunhada também.

Arregaço as mangas e pego o martelo que Mark me oferece.

— Como está a bebê? — Caleb pergunta para Nate, e todos nós rimos quando o ex-lutador forte e durão se derrete todo com um sorriso bobo.

— A Stella é incrível. — Nate limpa a testa suada com sua camiseta preta e toma um longo gole de água. — Ela é linda pra caralho.

— Bem, olhe só a mãe dela — Mark diz naturalmente enquanto mede mais tábuas, recebendo uma sobrancelha erguida de Nate.

— *Você* tem reparado na mãe dela? — Nate pergunta, e todos olhamos uns para os outros, tentando segurar as risadas.

— Claro... quer dizer... — Mark para de repente, franzindo as sobrancelhas, e olha para Nate. — Cara, não *desse* jeito. É a Jules, pelo amor de Deus.

— Estou muito bem ciente de quem é a mãe da Stella — Nate replica com uma risada. — E você tem razão. Ela é linda, então faz sentido que Stella seja tão linda quanto.

— Essa família é boa em produzir lindos bebês — Isaac concorda.

— Estou achando meio perturbador o fato de que não tem nenhuma mulher por perto e estamos falando sobre bebês — Will observa. — Não deveríamos estar falando sobre sexo, carros e futebol?

— Se você for falar sobre sexo, vai falar sobre a minha irmã, e não vou gostar nada disso — Leo avisa.

— Como estão as coisas com Meredith? — pergunto para Mark, tirando o foco da conversa de bebês e sexo.

— Ótimas. — Ele abre um largo sorriso e entrega uma tábua para Isaac cortar.

— E como você está? — Caleb pergunta para ele. Todos nós ficamos sérios enquanto esperamos por sua resposta. Mark foi atropelado por um carro no trabalho há pouco mais de um mês, e mesmo que não tenha se machucado gravemente, foi um momento assustador para a família.

— Estou novinho em folha. Mas não me importo de ter a Meredith por perto para me mimar de vez em quando.

— E como estão todas as suas lindas mulheres? — indago. Os caras assentem e sorriem, pensando em suas mulheres. Não consigo resistir e também penso na *minha* mulher e sorrio.

— A minha mulher vai amar isso. — Will gesticula para a madeira empilhada no chão. — Ela não faz ideia. E vai ter muito mais significado para ela, porque foram vocês que fizeram. — O rosto de Will fica sério conforme ele olha para cada um de nós. — Ninguém nunca precisou tanto de uma família como a minha Megan.

— Bem, agora ela tem de sobra — Caleb comenta e tira sua camiseta suada, jogando-a de lado.

— Ok, as tábuas estão cortadas — Isaac anuncia e começa a nos dar instruções para montá-las da maneira mais eficiente. Nós nos dividimos em grupos.

— Você está quieto hoje — Caleb fala enquanto ele, Matt e eu trabalhamos no topo do pergolado.

— Eu sou quieto todo dia — replico. — Além disso, olha quem fala.

Caleb dá de ombros e me passa um punhado de pregos.

— Quem é ela? — Matt pergunta baixinho.

— Quem é quem?

— A mulher que colocou esse sorrisinho de gato que comeu o canário no seu rosto.

— Essa é uma colocação um tanto infeliz — retruco.

— É uma mulher — Caleb confirma. — Ele está tentando desviar.

— Não estou tentando desviar.

Os dois param o que estão fazendo e me encaram, caindo na gargalhada em seguida.

— Comecei a ficar com Alecia recentemente.

— Puta merda! Você conseguiu convencê-la? — Matt pergunta.

Para Sempre Comigo

— Está mais para conseguiu vencê-la pelo cansaço — Caleb responde, tocando o punho no de Matt.

— Ela é uma mulher interessante — revelo, em vez de morder a isca e acabar ficando com raiva. Posso não ter crescido com irmãos, mas cresci com primos. Sei quando estão jogando isca.

— Como assim, interessante? — Nate pergunta, a alguns metros de distância. Olho em volta e vejo que todos ficaram quietos, me ouvindo.

Esses homens são piores do que mulheres fofoqueiras.

Balanço a cabeça e bato o martelo em um prego.

— Ela é sexy pra caralho, mas não sabe disso — começo, colocando outro prego no lugar. — Ela é feminina, mas bem durona.

— Eu não me meteria à besta com ela — Luke acrescenta. — Já vi outras pessoas tentarem, e ela as pisoteou com os saltos lindos que usa sem esforço algum.

Concordo com a cabeça.

— Ela é excelente no trabalho que faz, mas não acredita em amor.

— Espere aí. — Caleb fica de pé e se vira para mim. — Como assim, porra? O trabalho dela é planejar casamentos.

Balanço a cabeça, tão confuso quanto todos eles.

— E ela adora isso, mas diz que não acredita em felizes para sempre.

Os caras franzem as sobrancelhas, e começo a suar de nervoso.

— Isso não significa que vocês não têm mais que contratá-la para planejar os eventos familiares. Ela faz um trabalho excelente...

— Ninguém vai demiti-la, cara — Nate confirma calmamente, e os outros assentem, concordando. — Mas isso é realmente uma surpresa.

— Mostra que ela é profissional — Mark diz.

— Verdade. — Leo dá de ombros, tirando sua camiseta do Metallica em seguida. — Tipo, eu não gosto de todas as músicas que existem, mas tenho paixão pelas que eu faço. Ela é boa em organizar casamentos, e tem ótimos resultados.

— Ela é mandona — Will acrescenta com um sorriso. — E é sexy quando faz isso.

— Acho que todos podemos concordar que somos atraídos por mulheres fortes, já que as que temos são assim — Luke fala com um sorriso sugestivo.

— A Meg não é mandona — Will defende com uma carranca.

— É o que ela faz você acreditar. — Caleb dá um tapa no ombro de Will.

— Bom, na cama, ela não é mandona.

— Imagino que nenhum de nós as deixaria tomar o controle na cama — digo com um sorriso.

— Você vai tentar convencê-la a dar uma chance ao amor, ou só está mesmo querendo sexo com uma gostosa? — Nate pergunta.

Estreito os olhos para ele e fecho as mãos em punhos.

— Ele esperou por ela por muito tempo para estar querendo apenas sexo — Isaac palpita. Nate não responde, apenas continua a me observar, com calma nos olhos acinzentados.

— Não é apenas sexo.

— Ok, então.

— E se eu estivesse? — indago, por curiosidade.

— Bem, o problema é seu. — Nate volta a martelar mais pregos. — Mas acho que Alecia merece mais que isso.

— Ela merece tudo — murmuro antes de tomar um longo gole de água.

— Nós vamos ao jogo dos Mariners na semana após o casamento, não é? — Mark questiona.

— Sim, temos ingressos — Matt confirma. — E talvez eu precise da ajuda de vocês com uma coisa nesse dia.

— Não faça desse jeito, cara. — Caleb revira os olhos. — É brega pra caralho.

— Não do jeito que estou pensando em fazer — Matt retruca com uma carranca.

— Ele vai pedir Nic em casamento em um jogo de beisebol? — Will pergunta. — Cara, você deveria ter feito isso no Super Bowl, porra. Nós ganhamos, pelo amor de Deus.

— Eu não estava pronto — Matt explica.

— Não faça em público. — Luke corre a mão sobre a tábua de madeira que contém os nomes de Meg e Will e a data do casamento gravados na superfície. — Faça de um jeito mais especial que isso.

— Ah! Já sei! Já que a Nic é dona da loja de cupcakes, faça alguns cupcakes para ela, coloque o anel em um deles e ela o encontrará quando comê-lo. — Mark parece animado com sua ideia, mas Caleb o acerta na nuca.

— Isso é ridículo — Leo diz. — Ela vai acabar se engasgando com o anel.

— Confiem em mim, eu tenho uma ideia. — No instante em que Matt começa a contar sua ideia brilhante para o pedido de casamento, meu celular vibra no bolso.

Blake.

Afasto-me dos meus irmãos e atendo.

— Alô?

— Ei, cara. Liguei em uma hora ruim?

— Não, tudo bem. O que houve?

Blake solta um suspiro pesado do outro lado da linha e começa a resmungar xingamentos.

— Não, acho que não estou interessado em saber quem foi a puta que pariu — respondo com um sorriso sugestivo.

— Eu não deveria estar te ligando.

Algo na voz dele faz os cabelos da minha nuca se arrepiarem.

— Qual é o problema?

Ele xinga mais uma vez, e me irrito pra valer.

— Blake, que porra é essa?

— Primeiro, deixe-me dizer uma coisa: tudo que a Leash me conta é confidencial, e não costumo quebrar essa confiança.

— Entendido. — Viro de volta para os meus irmãos, sem olhar exatamente para eles, e estreito os olhos. — O que está acontecendo?

— Acabei de falar com ela ao telefone. Você falou com ela?

— Eu a vi esta manhã. Ela saiu para cuidar de alguns assuntos de trabalho.

— Isso é mentira — Blake revela, muito sério. — Ela fugiu, cara.

— O que exatamente você quer dizer com *ela fugiu*?

— Ela não está trabalhando, está em casa pensando demais sobre ter dormido com você. Ela está com medo. E tem suas razões, e só cabe a ela te contar, mas intimidade é algo que a assusta pra caralho.

— Eu percebi isso — respondo, sentindo meu sangue esquentar. E não tem nada a ver com o calor do verão.

— É, bom, achei que você deveria saber.

— Por quê?

— Por que o quê?

— Por que você está me contando isso? — Viro de costas para os meus irmãos novamente e começo a andar.

— Porque acho que você será bom para ela, e porque, quando falei com ela há poucos instantes, senti que ela soou arrependida por ter ido embora, e eu sei que ela não vai tomar a iniciativa para consertar isso.

Passo a mão pelos meus cabelos e balanço a cabeça, exasperado.

— Já estou indo para o apartamento dela.

— Acho que ela ia ajudar Emily com um casamento esta noite, mas talvez você consiga alcançá-la se for agora.

— Valeu, cara.

Desligo e volto para os meus irmãos, no instante em que Matt faz cara feia para Caleb e grita:

— Você vai ficar parado aí a porra da tarde inteira?

— Não — Caleb fala sarcasticamente. — Vou dançar sapateado, seu babaca.

Os caras riem da resposta afiada de Caleb e eu guardo o celular de volta no bolso.

— Preciso ir, pessoal.

— Está tudo bem? — Will pergunta.

— Não, mas vai ficar. Se precisarem de alguma coisa, Celeste está lá dentro.

— Estamos bem — Isaac garante. — Vamos terminar em uma hora, no máximo.

— Ela está bem? — Caleb indaga.

— Não sei. — Passo a mão pelos cabelos novamente. — Vou descobrir.

— Se precisar de alguma coisa, nos avise — Matt diz.

— Boa sorte — Luke deseja com um sorriso, e os outros acenam.

Atravesso a casa principal correndo, parando apenas para pegar minhas chaves e carteira, e sigo para o apartamento de Alecia.

Porra, ela *fugiu*.

Subo de escada, em vez de esperar pelo elevador. No instante em que chego pela porta da escadaria, Alecia está saindo do apartamento e seus olhos se arregalam quando ela me vê indo em sua direção.

— O que você está fazendo aqui?

— Eu ia perguntar a mesma coisa — replico, parando a alguns passos de distância dela.

— Eu moro aqui — ela responde e coloca as mãos na cintura, deixando sua blusa rosa ainda mais apertada em volta dos seios cheios, o que faz meu pau ficar alerta. — Mas estou saindo para trabalhar...

— Não está, não.

Seu queixo cai diante do tom áspero da minha voz.

— Sim, pelo que sei, vou sim.

— Você vai me convidar para entrar para podermos conversar e resolver todos os motivos pelos quais você fugiu da vinícola hoje.

Ela estreita os olhos para mim.

— Eu não *fugi* de lugar nenhum.

— Até parece. — Avanço e a prendo contra a porta, apoiando uma mão em cada lado do seu rosto, e me inclino um pouco, mas não a toco. Não ainda. Ela respira fundo e pousa uma mão no meu peito para me empurrar, mas, em vez disso, engole em seco e encara minha boca.

— Eu não consegui ficar lá — ela sussurra antes de se recompor. Alecia agarra minha camisa e seus olhos castanhos brilhantes me fitam em uma expressão zangada. — E não é da sua conta se eu decidi vir para casa hoje.

— É da minha conta, sim, *tesoro*. Preciso garantir que você esteja bem, e você claramente não estava, já que sentiu que não conseguia ficar na minha casa depois que passei uma boa parte da noite passada e esta manhã dentro de você. — Incapaz de resistir tocá-la por mais um segundo, arrasto os nós dos dedos por sua bochecha, e sinto a chama de satisfação quando ela fecha os olhos e se inclina em direção ao meu toque. — Me convide para entrar, por favor.

— Eu disse à Emily que a ajudaria hoje.

— Você pode dizer a ela que não vai mais.

— Você não vai embora, não é?

— Não, *cara*. Não vou embora.

Ela abre a porta e gesticula para que eu entre, antes de fechá-la, trancá-la e retirar seu celular do sutiã.

Para Sempre Comigo 129

— Emily, me desculpe, surgiu um imprevisto e não vou poder te ajudar hoje. — Ela sorri, observando-me encostar o quadril na bancada da cozinha. — Eu sei que você não precisava mesmo de mim. Mas sabe onde me encontrar caso precise de alguma coisa. Boa sorte. — Ela encerra a chamada e coloca o celular em sua bolsa na mesinha próxima à porta. — Feliz?

— Não. — Suspiro e cruzo os braços contra o peito. — Acho que *feliz* não é a palavra certa para descrever como me sinto.

— Como se sente?

— Frustrado. Preocupado. Perplexo. Para começar.

Ela assente devagar e passa por mim na cozinha, serve duas taças de Merlot e me entrega uma.

— Esse não é um dos meus — comento de maneira irônica e tomo um gole.

— Não, mas é bom. — Ela sai da cozinha, seguindo para a sala de estar, e consigo sentir o cheiro do seu shampoo cítrico quando ela passa por mim.

— Humm. — O vinho é bom, e acho que é disso que ela está precisando para reforçar sua coragem.

— Sente-se. — Ela gesticula para o sofá, e preciso respirar fundo para controlar meu temperamento. Hoje de manhã, ela estava se retorcendo sob mim e, agora, está falando comigo como se eu fosse um sócio de negócios.

Então, sento-me ao lado dela, pouso meu braço sobre o encosto do sofá, atrás da sua cabeça, e retiro os grampos dos seus cabelos, deixando-os se soltarem entre meus dedos.

— Eu demorei a conseguir fazer esse coque — ela diz.

— Gosto dele solto.

— Percebi.

— Fale comigo, *cara*.

— O que você quer que eu diga?

— Aff, foda-se. — Pego sua taça e coloco-a junto com a minha na mesinha de centro, depois seguro seu rosto e tasco um beijão nela.

Ela arfa e agarra minha camisa em seus punhos, nas laterais do meu corpo, e se segura firme conforme mudo o ritmo do beijo, indo de sensual e urgente para suave e preguiçoso, repetindo em seguida, antes de me afastar e olhar em seus olhos. Agora estão mais brandos, deixando-me satisfeito.

— Assim é melhor.

— Você é bom nisso — ela sussurra com um suspiro.

— Você também. Não quero que se afaste de mim, *tesoro*. Não agora. Não depois de ontem à noite. — Ela tenta desviar o olhar para baixo, mas seguro seu queixo entre meu polegar e o indicador e mantenho seu olhar preso ao meu. — Se você ficar com medo, nervosa, ou tiver dúvidas, tem que correr *para mim*, não *fugir de mim*, entendeu?

— Isso é um salto gigante para fora da minha zona de conforto. Não sei o que fazer.

— Acho que essa é a coisa mais honesta que você já me disse — murmuro e beijo sua testa. — Não vou te deixar escapar, Alecia. Não vou a lugar algum, nem hoje, nem qualquer outro dia. Mas não vou ser capaz de te compreender se você não conversar comigo.

Ela balança a cabeça e fecha os olhos, mas não antes que eu possa ver a dor neles, e meu coração se parte por ela.

— Ficar nua com você é fácil, comparado a conversar com você sobre o meu passado.

— Eu adoro quando você fica nua comigo — murmuro com um sorriso. Ela abre os olhos e retribui meu sorriso. — Mas preciso que você fale comigo. Vamos começar com o que estávamos falando naquela noite. Você disse algo sobre não acreditar em felizes para sempre.

Ela se contorce e, por fim, me empurra para me afastar, ficando de pé em seguida.

E justo no instante em que penso que ela vai me expulsar do seu apartamento, ela me surpreende ao dizer:

— Vamos para a banheira.

132   Kristen Proby

Capítulo Dez

Dominic

Ela não olha para trás para ver se a estou seguindo conforme caminha cheia de propósito para o banheiro, com o vinho na mão, e abre as torneiras da banheira.

— Belo banheiro — comento calmamente ao recostar o ombro no batente da porta, observando Alecia mover-se alvoroçada, mantendo as mãos ocupadas prendendo os cabelos no topo da cabeça e pegando toalhas.

— Foi o que me convenceu a ficar com o apartamento — ela responde com um sorriso. — Ainda não usei a banheira. Não tive tempo.

Ela tira seus sapatos pretos de salto alto sensuais e começa a despir-se conforme a banheira enche e o cômodo esquenta, e tudo o que consigo fazer é ficar ali e observá-la. Ela não está tentando me provocar, não está tentando me atiçar.

E mesmo assim, quero correr até ela, tirar todas as suas roupas e fodê-la contra a pia mais do que qualquer coisa.

Exceto ouvir o que ela tem para dizer. Ela não está fazendo contato visual, e deixo que tome o tempo que precisa para ficar confortável. Ela coloca algo na água que faz o banheiro ficar com cheiro de jasmim. De costas para mim — e essa será a última vez que ela faz isso —, ela fica nua e entra na água.

— Você vai só ficar aí me olhando? — ela pergunta, mal-humorada.

— Isso foi um convite?

Ela expira com força e fecha os olhos, antes de me oferecer um sorriso tímido.

— Desculpe. Sim, por favor, junte-se a mim.

Para Sempre Comigo 133

Afasto-me do batente, tiro a camisa e a penduro no cabide atrás da porta. Não afasto os olhos dela enquanto me dispo, e não consigo evitar meu sorriso conforme os olhos dela seguem minhas mãos, deslizando pelo meu corpo. Ela lambe o lábio inferior e arregala os olhos, com a respiração acelerada. Vou em sua direção, mas, ao invés de sentar atrás, sento-me de frente para ela, seguro seu pé e pressiono o polegar na sola, recebendo um gemido baixo dos seus doces lábios.

— Oh, Deus, isso é tão bom.

Não sei muito bem o que fazer por ela, e é a primeira vez que isso me acontece. Então, apenas fico quieto e espero, deixando que a água quente faça sua mágica, nos relaxando, e por fim, após longos minutos de massagem em seus pés e panturrilhas, ela deita a cabeça na beira da banheira, fecha os olhos e começa a falar.

— Eu não sou exatamente uma pessoa amável, Dominic.

E me deixa zangado já nas primeiras palavras que saem da sua boca linda.

— Minha mãe nunca fez questão de esconder que não queria ter filhos.

— Você é filha única? — pergunto baixinho, de maneira casual.

— Sim. Meus pais não pretendiam ter filhos, e eu fui um erro.

Você não é a porra de um erro.

— Desde que eu era pequena, sempre ficou claro que fui uma interrupção na vida deles. Eles se amavam muito e pretendiam ser um casal para sempre. — Ela pausa e morde o lábio, com um pequeno franzido surgindo entre as sobrancelhas, como se estivesse escolhendo as palavras com cuidado. — Não é que eles não tenham me amado, à maneira deles; eles apenas não estavam interessados em mim.

Subo as mãos pelas panturrilhas, massageando os músculos de suas pernas delgadas, e me concentro em manter a respiração cadenciada e a expressão calma.

— Quando tive idade suficiente para comer sozinha, minha mãe passou a me servir um prato e me colocar em frente à televisão para comer, para que ela e o papai pudesse comer juntos na cozinha. Era o *momento deles*.

Ainda é, até hoje. — Ela dá de ombros, fazendo seus mamilos emergirem da água e enrijecerem com o ar frio. Suas bochechas estão rosadas do calor da água. Ela é rosada em todo lugar.

Linda.

— Eles me mantinham ocupada com a escola — ela continua. Sua voz está perfeitamente calma. Não há raiva, nem tristeza. Apenas serenidade. — Eu também toco piano. Fazia aulas duas vezes por semana, desde os quatro anos, até me formar no ensino médio. E quando não eram as aulas de piano, eles me colocavam no futebol, basquete e softbol. — Ela se encolhe e dá risada. — Porra, eu odeio correr.

— Você odeia correr? — pergunto com um sorriso.

— Sim. Odeio. E eles sempre me colocavam em atividades que envolviam correr. Eu perguntava se não poderia fazer parte das líderes de torcida ou *qualquer* outra coisa, mas esses outros esportes estavam sempre presentes, então eu sempre tinha algo para fazer depois da escola. — Ela suspira. — Deve ser por isso que não gosto muito de fazer exercícios hoje em dia e a minha bunda está enorme.

— A sua bunda não é tão grande assim — replico calmamente, mas, por dentro, sinto vontade de dar uma surra nos pais dela. Quem trata os filhos como se fossem um fardo, porra? — Além disso, você corre bastante para lá e para cá no seu trabalho. E de salto alto, para completar. — Passo o polegar no arco do seu pé, recebendo um grunhido.

— Estou acostumada com os saltos — ela diz e sorri para mim, voltando a deitar a cabeça na beira da banheira para continuar sua história. — Então, eu ficava na escola o dia todo, praticando *alguma coisa* a tarde toda, e depois fazia minhas tarefas de casa até a hora de dormir.

— Seus pais iam aos seus jogos, não é? Seus recitais?

— Não, essas eram as noites em que eles saíam juntos — ela responde baixinho. — Não me lembro de comparecerem a algum evento.

Minhas mãos paralisam em seu pé, apertando um pouco conforme pura raiva começa a tomar conta de mim. Alecia ergue a cabeça e franze a testa.

Para Sempre Comigo 135

— O que foi?

Balanço a cabeça e volto a massagear seu pé.

— Nada. Continue.

Ela estreita os olhos por um momento, mas logo dá de ombros e recosta a cabeça novamente.

— Você tem boas mãos.

— Você tem bons pés — mando de volta, esperando que ela continue.

— Então, quando eu estava no último ano do ensino médio, conheci Jonathan. Ele era... atencioso.

— Atencioso?

— Ele prestava atenção em mim. Eu sempre fui meio tímida. Não tinha muitos amigos, principalmente porque sempre estava ocupada demais para passar um tempo com eles depois da escola. Mas Jonathan prestava atenção. Ele também estava no último ano. E costumava dizer que me achava gatinha. — Ela dá risadinhas.

— Por que ele não te acharia gatinha?

— Era a expressão usada que me fazia rir. Ele sabia ser encantador. E estava interessado em mim.

E você absorveu isso como uma esponja no oceano, fiorellina.

— Meus pais me mandaram para a faculdade com muito prazer. Eles nem se importavam para qual eu iria, contanto que eu fosse embora.

Como diabos ela pode estar tão calma, porra? Meu coração está doendo por ela, e ela está mais serena do que nunca. Continuo a massageá-la, esforçando-me para ficar quieto, para não assustá-la. Tenho a sensação de que, a essa altura, ela está apenas relaxada e falando em modo piloto automático.

— Então, Jonathan e eu fomos para a mesma faculdade, e fugimos para casar em Vegas no nosso segundo ano. — Ela ri e balança a cabeça. — Eu o achava a pessoa mais sexy e divertida do mundo. Eu era uma garota jovem e estúpida.

— Quanto tempo durou? — indago baixinho.

— Mais tempo do que deveria — ela responde com um suspiro. — Jonathan deixou claro desde cedo no relacionamento que eu era uma grande decepção.

Não aguento mais. Aperto seu pé com força e a puxo para mim, viro-a de costas e a acomodo entre minhas pernas, envolvo-a nos meus braços e dou um beijo em sua cabeça.

— Continue.

— Você está bem? — ela reage, surpresa.

— Agora, estou. — *Não, eu não estou bem porra nenhuma.* Preciso respirar fundo mais uma vez, inalando seu cheiro doce, senti-la contra mim, quente e forte e inteira, para me acalmar. — Como ele te fez sentir como uma grande decepção? — Minha voz soa em uma falsa calmaria.

— Eu *era* uma decepção, Dom.

— Por quê?

Alecia dá de ombros e entrelaça nossos dedos, segurando nossas mãos juntas contra seu peito.

— Eu não gostava das mesmas coisas que ele. — Ela fica em silêncio por um minuto e, depois, solta um palavrão, me surpreendendo. — Ele gostava de ir a clubes de sexo, shows, lugares onde usar roupa era opcional. Eu não me sentia confortável para ir a esses lugares.

— Ok. — Claramente, estou deixando algo passar.

— Não, nada ok. — Ela beija meus dedos. — Ele queria que eu usasse roupas minúsculas com as quais não me sentia confortável. Eu sei que não sou feia ou algo assim, mas sei que tenho curvas, e não acho que é apropriado andar seminua na frente de pessoas que não conheço. Porra, não gosto nem mesmo de andar seminua na frente de pessoas que conheço. — Ela ri, mas não acho graça nenhuma. — Isso o deixava bravo. Mas ele não gritava comigo. Não, ele apenas me ignorava.

— Te ignorava? — Não consigo evitar o aperto na minha voz.

— Sim. — Ela suspira. — Ele sabia que me ignorar era o melhor jeito de me magoar. Fui ignorada durante a maior parte da minha vida.

— Então, ele te ignorava para te punir.

— Sim. E conforme o tempo passava, as coisas pioravam. Ele dormia no sofá, sabendo que isso me enlouquecia. Não falava comigo por dias, às vezes até por semanas. Quando abri o meu negócio, e realizei o meu primeiro casamento, pedi a ele que me levasse para jantar para comemorarmos.

Aperto meu abraço em volta dela.

— E ele disse "Por quê? É só a merda de um trabalho". — Ela ri e balança a cabeça, olhando para mim sobre o ombro.

— Ele era um babaca — murmuro.

— Sim. Mas...

— Mas?

— Bom, não vou dizer que mereci, porque isso é ridículo, mas ele tinha razão. Era só um trabalho.

— Foi algo pelo qual você trabalhou duro, e você queria comemorar. Não foi *só um trabalho* para você. E se ele tivesse te amado da maneira que deveria amar a esposa, teria visto isso.

— Hum. — É sua única resposta. — Então, voltando a esse negócio de amor.

— Esse *negócio de amor*? — pergunto com uma risada.

— Eu simplesmente não tenho isso em mim — ela diz e dá de ombros, mas beija minha mão. — Então, me sinto confortável em ter uma relação apenas física, se você ainda estiver interessado, mas não espere muito mais do que isso de mim, porque você só vai se decepcionar.

Sua voz está perfeitamente firme e razoável e eu só quero... sacudi-la.

O quê?

Ela recosta a cabeça para trás e olha pra mim.

— Dom?

— Ah, *tesoro* — murmuro e deslizo o dorso úmido da minha mão por sua bochecha suavemente. — Vamos deixar o resto dessa discussão para depois, ok?

Agarro seus quadris e a ergo, deixando-a de pé, levantando também e ficando atrás dela para ajudá-la a sair da banheira, e pego uma toalha. Coloco em volta dos seus ombros e, segurando uma extremidade em cada mão, eu a puxo contra mim, fazendo-a abrir um sorriso tímido.

— Não quer mais conversar? — ela sussurra, com os olhos cravados nos meus lábios.

— Talvez apenas conversar menos.

Baixo a cabeça e roço os lábios nos seus delicadamente, mal tocando sua pele, antes de mordiscar o canto da sua boca e passar a língua por seu lábio inferior até o outro canto, onde mordisco um pouco mais.

Ela estremece, então esfrego e seco seu corpo com a toalha. Quando estamos secos, eu a pego nos braços, alcanço seu hidratante na pia e a carrego para o quarto.

Já está escuro lá fora. Com Alecia aconchegada nos meus braços, puxo as cobertas da sua cama, ligo o abajur e a coloco sobre o colchão com cuidado, deitando-a de barriga para cima.

Ela me observa com um olhar sonolentos, relaxada depois do banho quente.

— Você é mesmo muito lindo — ela murmura e leva minha mão aos seus lábios.

— Você tem um coração muito gentil — sussurro, inclinando-me para beijar sua testa. — Feche os olhos.

— Está muito cedo para dormir.

— Não estou tentando te colocar para dormir.

Espalho hidratante nas minhas palmas, aquecendo um pouco, e começo a massagear a pele suave e macia de Alecia. Passo as mãos por seu braço, ombro e mão, e sorrio quando ela suspira profundamente e fecha os olhos.

— Você é bom com as mãos — ela diz.

Para Sempre Comigo 139

— Elas gostam de te tocar — respondo, passando para o outro lado. Adiciono mais hidratante nas minhas palmas e as deslizo pela parte superior do seu peito, desço por entre seus seios e continuo pelas laterais do seu corpo. — Você tem a pele mais macia que já vi.

— A pele é o maior órgão do corpo. Devemos cuidar bem dela — ela diz, de maneira formal, fazendo-me rir.

— Linda e inteligente. — Desço por suas pernas e massageio bem seus pés mais uma vez, recebendo um longo suspiro de contentamento. — Os sapatos não machucam seus pés?

— Não — ela responde imediatamente, mas em seguida morde o lábio e entreabre um olho para me fitar com cautela. — Ok, você pode guardar um segredo?

— Qualquer coisa que você diga sempre ficará somente entre nós dois, *cara*.

— Eles acabam comigo — ela revela, e fecha os olhos novamente, mas os cantos dos seus lábios se erguem em um sorriso. — Mas eu os amo demais para usar qualquer outra coisa.

— Você fica maravilhosa pra caralho quando os usa — digo, fazendo-a deitar de bruços. Ela aninha a cabeça nos braços e suspira profundamente conforme minhas mãos deslizam por suas costas esguias, massageando e alongando seus músculos. — Você tem pernas lindas.

— É o resultado de andar em saltos de dez centímetros de altura todos os dias. Nossa, como isso é bom. — Passo para o ponto em seu ombro direito novamente, e se não me engano, ela ronrona. — Nunca pare de me tocar — ela sussurra com um suspiro feliz, e meu coração se contrai.

— Esse é o plano.

Inclino-me e beijo seu pescoço, bem no pontinho atrás da orelha, que a deixa louca. Ela suspira mais uma vez, e seus quadris se impulsionam para cima, esfregando sua bunda no meu pau já ereto. Seus lábios continuam curvados nos cantos, e um rubor surge em suas bochechas quando ela gira os quadris mais uma vez, sentindo o peso do meu pau contra sua bunda.

Sorrio e beijo seu pescoço novamente, antes de arrastar meus lábios até seu ombro e seguir para o local entre suas escápulas. Uma das suas mãos agarra o travesseiro, mas sussurro em sua orelha:

— Relaxe, amor.

E ela solta, olhando para mim com as sobrancelhas franzidas.

— Prefiro italiano.

Ergo uma sobrancelha.

— É mesmo?

— Você sabe que sim. — Ela faz beicinho e fecha os olhos novamente, conforme as pontas dos meus dedos trilham levemente a extensão das suas costas e sobem pelas laterais do seu corpo, fazendo-a se contorcer.

— Isso faz cócegas.

— Você logo vai aprender, *amor* — começo, e continuo a fazer sua pele se arrepiar. — Que não vai me vencer na cama. — Mordisco seu pescoço, vendo-a arfar rapidamente e morder o lábio. — Sei o que você prefere, e pretendo continuar aprendendo. O seu corpo é bem expressivo. — Sento-me sobre suas pernas, colocando cada uma das minhas em um lado do seu corpo, e fico sobre os calcanhares, agarro suas nádegas e aperto devagar, o que a faz estremecer e soltar um gemido baixo que envia energia diretamente para o meu pau, fazendo com que ele bata na fenda da sua bunda. — Viu? Você gosta disso.

— Gosto — ela concorda em um sussurro.

— E você gosta disso. — Cubro seu corpo com o meu novamente, mordisco seu pescoço e deslizo uma mão entre suas pernas fechadas, esfregando seu clitóris com as pontas dos dedos, espalhando sua umidade por entre seus lábios.

— Oh, Deus, eu amo tanto isso.

Prendo sua mão na minha, e ela rapidamente entrelaça nossos dedos e coloca minha mão sob seu rosto. Seguro meu pau e o guio descendo por sua bunda até sua entrada, e nós dois gememos com a sensação incrível de tê-la me envolvendo com firmeza, e mais apertada ainda devido às suas coxas que estão pressionadas uma contra a outra entre as minhas.

— Porra, você é uma delícia, Alecia.

— Como é possível você estar maior do que hoje de manhã? — ela pergunta, maravilhada.

— É o ângulo — explico com uma risada, e reviro os olhos quando ela se contrai em volta de mim. — Deus, você tem noção do que faz comigo?

— Tenho uma boa noção, sim — ela responde, esperta, e rebola os quadris. — Você está dentro de mim nesse momento.

— O fato de que você consegue falar significa que não estou fazendo meu trabalho direito — digo e, com a mão livre, afasto seus cabelos do rosto e desço meu toque por suas costas, sua lateral, e seguro seu quadril com firmeza, impedindo-a de se mover, e começo a impulsionar meus quadris contra ela com ternura, amando-a devagar e meticulosamente, mais devagar do que sei que ela gostaria. Ela rosna e vira o rosto para mim, apoiando a testa na minha mão.

— Mais forte — ela geme.

— Ainda não — nego e mantenho o ritmo lento. — Sei que vou conseguir te fazer entender o quanto você é maravilhosa, *tesoro* — sussurro em seu ouvido. Ela franze a testa, surpresa, mas está presa sob mim, não pode fazer nada além de me sentir e me ouvir em volta dela, e tiro total proveito da sua vulnerabilidade. — Você *não* é só uma foda rápida para mim. Se esse fosse o caso, eu não teria te seguido até aqui hoje. — Ajusto minha mão que agarra sua bunda, separando mais suas nádegas para poder enfiar bem mais fundo nela, mas não mais rápido. — Você é sexy, sim, e Deus sabe que eu te quero tanto que isso me cega, mas você não é só isso, Alecia.

— Dominic.

— Eu não disse que você tinha permissão para falar. — Mordo o lóbulo da sua orelha. — É a sua vez de ouvir.

Ela morde o lábio quando recuo minha pélvis o máximo que posso e torno a penetrá-la, atingindo seu ponto G e seu clitóris ao mesmo tempo. Posso senti-la prestes a perder o controle.

— Sim, isso é assustador — sussurro. — Também não é exatamente a minha zona de conforto, mas a ideia de não te ter me aterroriza. Se você pensou que iria me assustar com a sua história mais cedo, estava errada. Não vou a lugar algum.

— Não estava tentando te assustar — ela diz, enquanto sua boceta pulsa em volta de mim. — Eu estava sendo honesta.

— E agradeço a sua honestidade, *cara*. — Afasto-me mais uma vez, tirando de dentro quase por completo, e mudo a intensidade mais uma vez, mergulhando nela novamente sem pressa. Ela está ofegando, e seus lábios estão úmidos e entreabertos. — Você é preciosa. É muito mais valiosa do que pensa. Saber que outras pessoas te fizeram sentir-se insignificante me deixa com muita raiva, mas elas que perdem. — Pressiono os lábios na sua orelha. — Elas que perdem.

— Dominic — ela sussurra, conforme seu corpo começa a se retorcer e tremer sob mim.

— Sim, *tesoro* — respondo e, finalmente, dou o que seu corpo tanto deseja, movendo-me mais rápido e um pouco mais forte dentro dela. — Goze pra mim.

— Oh, Deus — ela ofega e seu corpo estremece, tensiona e se desfaz sob mim, gritando meu nome.

Meu nome.

— Isso mesmo — digo, respirando irregularmente. Saio de dentro dela e a viro de barriga para cima, me acomodo entre suas pernas, e meto em sua boceta, que ainda está estremecendo do primeiro orgasmo, sentindo seus braços e pernas me envolverem com ternura. Ela enfia os dedos nos meus cabelos e me observa com seus olhos castanhos arregalados e vítreos, apertando ainda mais seus joelhos em volta do meu quadril, abrindo-se para mim por completo. — Sou eu aqui com você, Alecia. Não o seu ex, ou qualquer outro idiota que te deixou escapar. Somos só você e eu.

Mordisco seus lábios e faço amor de maneira lenta e doce, inebriado por ela. Levo uma mão até sua bunda, puxando-a mais para mim.

— Você e eu, entendido?

— Você e eu — ela concorda, antes de puxar meu lábio inferior entre seus dentes, e não consigo mais me segurar. Enterro o rosto em seu pescoço conforme o orgasmo transpassa meu corpo. Impulsiono minha pélvis contra a dela e gozo dentro dela, enquanto ela choraminga e se contrai em volta de mim mais uma vez, atingindo seu ápice junto comigo.

Depois que recupero o fôlego, apoio-me nos cotovelos, tirando meu peso de cima dela, e abro um sorriso carinhoso.

— Acho que precisamos de outro banho.

— Acho que você tem razão. — Ela ri e sua boceta me aperta, me deixando instantaneamente duro novamente.

— Mais tarde — murmuro com um sorriso e coloco sua perna sobre o meu ombro. — Parece que meu trabalho aqui ainda não terminou.

Capítulo Onze

Alecia

"Somos só você e eu."

As palavras de Dom ecoam na minha mente, conforme saio lentamente de um sono sem sonhos para um despertar preguiçoso. Seu braço está jogado delicadamente em volta da minha cintura, seu peito pressionado nas minhas costas. Mesmo dormindo, ele está me segurando contra si.

Você e eu.

Sorrio e respiro fundo, remexendo-me para ficar de frente para ele. Seu rosto está relaxado, os lábios, fechados, e seus cílios roçam em suas bochechas.

Qual é a desses homens com cílios mais bonitos que os das mulheres?

Toco a pontinha do seu nariz com o meu e dou um beijo suave em seus lábios antes de sair de baixo do seu braço e caminhar sonolenta até o banheiro.

Preciso desesperadamente do banho que não tomamos ontem à noite.

Não que eu esteja reclamando.

Meu corpo está vibrando, extrassensível de toda a atenção de Dom ontem à noite, e quando entro no chuveiro, sorrio sozinha ao começar a passar sabonete.

Ainda estou com medo pra caramba. Não vou mentir para mim mesma e tentar me convencer que, de repente, me tornei uma garota que curte corações e flores. Ainda não tenho certeza se essas merdas existem, mas o que Dom disse ontem à noite fez todo sentido. O que eu sinto por ele é único para ele. Para *nós*. Não tem absolutamente nada a ver com o meu passado, ou o dele.

Ele não tem nada a ver com Jonathan, ou meus pais.

Somos somente ele e eu.

E, merda, nunca me senti tão segura antes.

Termino de depilar as pernas, sorrindo quando vejo as marcas dos seus dedos nas minhas coxas.

Sim, sexy pra caramba.

É estranho eu achar um tesão o fato de que Dominic deixou marcas de dedos na minha pele?

Dou de ombros, desligo o chuveiro, me seco rapidamente e me envolvo em uma toalha azul grande e felpuda, indo para a pia e me inclinando para limpar o espelho embaçado antes de começar a hidratar meu rosto.

Se ele me tocar da maneira como fez ontem à noite, pode deixar marcas em qualquer lugar que quiser.

Sorrio e escovo os cabelos, torcendo-o em um coque na parte de trás da cabeça e prendendo-o com grampos. Assim que baixo os braços, Dom aparece atrás de mim no espelho. Ele não diz nada, mas seus olhos estão cravados nos meus conforme aperta meus ombros com delicadeza e beija meu pescoço, no lugarzinho que sabe que me deixa de pernas bambas. Suas mãos deslizam por meus braços, descendo até minhas mãos, que ele coloca apoiadas na bancada da pia.

— Deixe as suas mãos bem aqui — ele sussurra contra a minha orelha.

Mordo o lábio e fecho os olhos, mas ele estende o braço para o espelho e limpa a névoa que se formou novamente na superfície.

— Mantenha os olhos abertos, *cara*.

Encontro seu olhar no espelho mais uma vez. Seus lábios se repuxam com bom humor, sua covinha pisca para mim, e quando me dou conta, a toalha é jogada no chão. Ergo as sobrancelhas conforme seus olhos me percorrem por inteiro, começando pelo meu rosto, descendo pelo meu peito e minha barriga, e então ele faz o caminho inverso com o olhar, mas, dessa vez, pela parte de trás do meu corpo.

E somente com isso, estou pegando fogo.

— Dom...

— Eu não disse que você podia falar — ele murmura preguiçosamente, mas seus olhos são diretos e firmes ao encontrarem os meus no espelho.

Adoro quando ele fica mandão.

Ele arrasta a ponta do dedo na minha nuca, descendo pela espinha, enviando arrepios por minha pele. Quando alcança a parte baixa das minhas costas, ele agarra meus quadris com as duas mãos e os puxa para trás, fazendo-me ficar curvada e com a bunda empinada. Ele apalpa minhas nádegas devagar, com reverência, e já consigo sentir a umidade se formando entre as minhas coxas.

Jesus, eu o quero tanto, e o tive poucas horas atrás.

— Pensei em te comer assim ontem à noite — ele diz baixinho, as pontas dos seus dedos deslizando nas laterais do meu corpo. Normalmente, isso me faria ter muitas cócegas, mas, nesse momento, seu toque faz meus mamilos enrijecerem de expectativa. — Mas decidi que não era disso que você precisava naquele momento.

Ele se inclina sobre mim e planta os lábios na curva do meu pescoço, encontrando meu olhar ao segurar minhas mãos e retirá-las da bancada para colocá-las contra o espelho.

— Apoie-se aqui — ele me instrui com firmeza. Então apalpa meus seios e belisca meus mamilos túrgidos. — Gosto de você nessa posição. Com a bunda empinada, toda aberta para mim.

Meu queixo cai conforme assisto a suas mãos bronzeadas se moverem na minha pele branca.

— Quero que mantenha as mãos no espelho, *cara*. E não quero que fique olhando para mim.

Franzo a testa, sem entender.

— Quero que fique de olhos abertos, mas para que observe *você*. — Ele beija minha espinha, bem no espaço entre as escápulas, enquanto seus polegares continuam a torturar meus mamilos. — Quero que veja o que faço com você.

Para Sempre Comigo   147

Eu sei o que ele faz comigo. Ele me deixa completamente louca. Ele me faz sentir como se meu corpo estivesse pelo avesso.

Ele me faz me perder de mim mesma.

Abro a boca, mas, antes que eu possa falar, ele diz:

— Não discuta comigo, a menos que queira que eu pare.

Esqueça o mandão. Está mais para tirano.

E com essas últimas palavras instrutivas, ele faz uma trilha de beijos por minhas costas, descendo, e se agacha atrás de mim. É meio bizarro assistir ao meu próprio rosto conforme vou ficando cada vez mais excitada.

— Como se sente? — ele pergunta antes de dar um beijo na minha nádega esquerda, como se estivesse lendo a minha mente.

— Tímida — respondo imediatamente.

— Boa garota — ele diz e sobe uma mão pela parte interna da minha coxa, esfregando os dedos por minhas dobras e meu clitóris, afastando-se logo em seguida. Arfo, entreabrindo os lábios, e posso ver o pulso no meu pescoço acelerar.

— Veja a maneira como você fica corada — ele sussurra. Suas unhas curtas arranham minha bunda devagar, suavemente, fazendo com que minha respiração fique escassa. — Adoro quando as suas bochechas ficam vermelhas de tesão.

Nunca percebi isso antes. Eu não sabia que fazia isso. Um rubor se espalha a partir das minhas bochechas, descendo por meu pescoço até meu peito, e minhas mãos formam punhos, ainda apoiadas no espelho. Consigo ver seus ombros, um em cada lado dos meus quadris, e mordo o lábio ao pensar que seu rosto está na altura da minha boceta.

— Você também fica corada aqui embaixo, sabia? — Ele planta mais um beijo molhado na outra nádega, enquanto sua mão viaja novamente pela parte interna da minha coxa esquerda e toca meu centro ensopado.

Gemo e deixo minha cabeça cair para frente, fechando os olhos e, de repente... ele some.

— Se você parar, eu paro também, *cara*.

Ergo a cabeça de uma vez. Ele se move para o meu lado esquerdo, observando-me pelo espelho.

— Estou falando sério.

Mordo meu lábio e aceno positivamente com a cabeça. Ele, então, se move atrás de mim mais uma vez, agarra meus quadris e, sem mais delongas, se aproxima e passa a língua do meu clitóris até o ânus, em uma lambida longa, firme e molhada.

Estou ofegando agora, meu pulso errático, o sangue pulsando nos meus ouvidos. Ele pressiona o polegar no meu clitóris e suga meus lábios, chupando delicadamente, e então, enfia a língua dentro de mim. Seu nariz esfrega meu ânus, e logo ele arrasta os lábios até meu clitóris, chupando-o antes de enfiar dois dedos em mim, fazendo um movimento de *vem cá*, atingindo meu ponto sensível.

— Dom! — grito, remexendo os quadris. Meus olhos estão vítreos, com as pupilas dilatadas. Minha pele está brilhando com uma leve camada de suor, e meu lábio inferior está inchado devido às minhas próprias mordidas.

Porra, ele vai me matar.

— Isso, linda — ele diz alto, antes de capturar meu clitóris com seus lábios mais uma vez, chupando com força, fazendo com que eu fique do avesso.

Observo, maravilhada, o momento em que atinjo o ápice, gritando, batendo o punho no espelho e ficando cega, vendo somente estrelas ao gozar intensamente.

Caralho, não consigo respirar.

Antes que eu consiga entender o que está acontecendo, Dom fica de pé e me gira em seus braços, me coloca sobre a bancada e me penetra, enterrando-se na minha umidade. Ele cobre minha boca com a sua, apoia as mãos no espelho atrás de mim e começa a estocar bruscamente, como se estivesse possuído.

Agarro-me a ele com força, envolvendo sua cintura com as pernas e apertando seus braços com minhas mãos, enquanto sua boca domina a minha. Consigo sentir meu sabor nele, e isso só me faz querê-lo ainda mais.

Coloco uma das mãos entre nossos corpos e pressiono as pontas dos dedos no meu clitóris, abaixando-os um pouco mais em seguida para pressionar a base do seu pau conforme ele entra e sai de mim. Ele rosna e afasta a boca da minha para poder assistir minha mão, trazendo em seguida seu olhar feroz para o meu.

— *Che è così fottutamente sexy* — ele grunhe. — Nossa, você é sexy pra caralho.

Posso sentir meu corpo tensionar conforme mais um orgasmo começa a se formar no meu centro, explodindo por todo o meu corpo. Inclino-me para frente e mordo o ombro de Dom, enquanto me retorço e estremeço contra ele.

— Isso, porra — ele rosna, com uma mão na minha bunda, puxando-me ainda mais contra ele, esfregando seu púbis no meu clitóris, e goza com força, esvaziando-se dentro de mim.

Permanecemos assim por um bom tempo — eu, me agarrando a ele para não cair para trás, e Dom agarrando minha bunda com tanta força que quase chega a ser doloroso, enquanto se apoia no espelho com a outra mão, e nós dois buscamos fôlego. Finalmente, ele apoia a testa na minha e balança a cabeça.

— Consegue ver, agora, o quão sexy você é?

— Vejo... — começo, mas ele me interrompe com um olhar firme.

— Sem respostas engraçadinhas.

— Sim. Eu vejo.

— Graças a Deus.

Ele me beija na testa com ternura e se afasta, me ajudando a descer da bancada.

— Eu quero passar o dia com você — ele diz.

— Bom, nós estaremos juntos lá na vinícola, então...

— Não, fora da vinícola.

Viro-me para olhá-lo.

— Dom, eu passei o dia todo fora da vinícola ontem. Tenho trabalho a fazer.

— É domingo, *cara*. — Ele me lança um sorriso convencido. — Ninguém mais está trabalhando hoje.

Mordisco meu lábio, pensando em todas as coisas que eu deveria fazer hoje, mas ele ergue uma sobrancelha para mim, e desisto. Também quero passar o dia com ele.

— O que você tem em mente?

Ele liga o chuveiro antes de me puxar contra ele e me dá um beijo no nariz, depois nos lábios.

— Quero te levar a um lugar especial.

Coloco biscoitos e uvas na cesta que estou arrumando para nosso dia fora e balanço a bunda no ritmo de *Faster*, de Matt Nathanson. Adiciono queijo, salame e morangos, vou dançando até o meu armário de vinhos e escolho uma garrafa de um dos tintos de Dom, pego duas taças, e sigo pela cozinha, cantando junto com Matt.

De repente, a mão forte de Dominic pega a minha, e ele me gira com graciosidade em seus braços, para que nós dois dancemos pela cozinha.

— Eu adoro te ver dançar — ele sussurra contra a minha têmpora, segurando-me bem próxima a ele.

Dou risada e movimento meus quadris de maneira sugestiva, brincando, e ele me empurra e me puxa de volta, girando-me para deixar minhas costas contra seu peito, minha bunda pressionada na sua virilha.

Ergo o braço e coloco a mão em sua nuca, inclinando a cabeça para trás para que ele beije meu nariz, e então, em um estilo bem Patrick Swayze, ele me gira mais uma vez e me inclina para trás ao fim da música.

— Muito bom, sr. Salvatore. — Seus lábios se curvam em um sorriso, e a covinha pisca para mim conforme ele me puxa de volta para que eu fique de pé, e me dá um beijo rápido e intenso nos lábios.

— Está pronta pra ir? — ele pergunta. Meus olhos descem por sua camisa branca de botões casual e sua calça jeans sexy, voltando ao seu rosto e encontrando um sorriso torto em seus lábios maravilhosos e seus olhos brilhando com... *luxúria*. — Continue me olhando assim, *cara*, e não iremos para muito longe daqui hoje.

Apenas mordo o lábio e continuo olhando para ele, curtindo a maneira como ele me olha de volta. Por fim, ele balança a cabeça e ri.

— Vamos. Sair. Agora. — Ele pega a cesta e segura minha mão, dando um beijo molhado nos nós dos meus dedos. — Vamos lá.

— Eu não sabia desse lugar — comento, conforme Dominic e eu caminhamos lado a lado por um longo píer com vista para a enseada. Está um pouco nublado hoje, o que nos mantém refrescados, mas o cenário está deslumbrante como sempre. — Fica apenas a alguns quilômetros de distância do meu prédio.

Ele assente e observa a água, franzindo a testa para a cerca de correntes com cadeados de todos os formatos e tamanhos pendurados.

— Cadeados de amor — murmuro com um sorriso. — Acho que devem estar tentando imitar o lugar em Paris que tem um desses.

— Não entendi — ele diz, antes de olhar para mim com uma sobrancelha erguida. — É para ser romântico?

— É para ser simbólico — respondo com um dar de ombros. — É para dizer "nossa, é claro que, se colocarmos um cadeado com as nossas iniciais aqui, significa que o nosso amor é verdadeiro". — Sorrio e balanço a cabeça. — É como o Dia dos Namorados.

Ele pisca, surpreso.

— Ok, você tem que me explicar isso.

Nós nos encostamos no corrimão e observamos os barcos passarem flutuando. A água está agitada em seu azul profundo. Tiramos os sapatos e deixamos na base do píer, junto com a cesta e o vinho. Dom segura minha mão e a leva aos lábios, dando um beijo firme no dorso, e eu apoio a bochecha em seu ombro, inspirando o ar salgado.

— É só um artifício.

— Você não é mesmo romântica, *tesoro*. — Ele ri e beija minha mão novamente, e não sei bem por que, mas esse comentário me incomoda um pouco.

— Sou sim — insisto, virando-me para apoiar minhas costas no corrimão e ficar de frente para ele. — Sou, quando se trata do que realmente importa.

— O que realmente importa? — Sua voz é baixa, mas insistente, e seus olhos azuis profundos estão cravados nos meus.

— Romance não é provar a uma pessoa que você a ama com flores, cartões e chocolates. Ou mesmo com um cadeado desses. É um lembrete diário. É dizer *"Eu escolho você. Hoje, e todos os dias"*. — Dou de ombros e olho para baixo, sentindo-me envergonhada agora. Por que raios eu disse isso?

Mas Dom ergue meu rosto novamente e sorri para mim, daquela maneira gentil que ele sempre faz.

— Entendi.

Viro de volta para a água e respiro fundo.

— Nossa, como eu amo esse lugar.

— Por quê? — ele pergunta, de repente.

— Por quê? — repito e franzo a testa para ele.

— Por que você ama esse lugar?

Dou uma olhada em direção à água e depois volto para o homem alto e bronzeado ao meu lado.

— Não estamos vendo a mesma paisagem?

— Não seja difícil. O que tem nesse lugar, nessa enseada, que você ama?

Suspiro e volto a olhar para a água, as ilhas, os pássaros, os barcos.

— Esse lugar me realiza. Eu sabia, quando comprei meu apartamento, que tinha que morar perto da água, e economizei pra caramba até poder pagá-lo. Não havia outro lugar onde eu queria estar. — Seguro a mão de

Dom e o conduzo pelo píer em direção à grama. — Amo tudo nessa beira-mar. O cheiro, a maneira como o vento atinge meu rosto e balança meus cabelos. Nada se compara a observar alguém voando de parapente, ou ter um vislumbre de um leão-marinho na água.

Dom pega a cesta e o vinho e eu pego meus sapatos e as taças para seguirmos em direção ao gramado, onde colocamos tudo e sentamos um de frente para o outro.

— Esse é o meu lar. — Dou de ombros e arranco um pedaço de grama do solo.

— Entendo — ele responde, assentindo. — É onde você se encaixa.

— Exatamente.

— É assim que me sinto em relação à vinícola — ele diz, e estreita os olhos ao encarar a água. — E à Itália.

— Eu adoraria conhecer a Itália. Me conte como é.

Ele abre um sorriso largo e, antes que eu possa reagir, ele me pega em seus braços e me põe deitada de costas na grama, cobrindo-me com seu corpo sólido.

— Feche os olhos.

— Há crianças por perto — respondo, fazendo-o rir.

— Feche os olhos — ele repete. Torço o nariz para ele e faço o que pede, relaxando na grama.

— Nem vou pensar sobre os insetos que devem estar subindo no meu cabelo agora — comento.

— Eu te protejo — ele garante e, de repente, as pontas dos seus dedos roçam minha bochecha, e eu me derreto. — A Itália é diferente de qualquer outro lugar. A Toscana, especificamente, é o lugar mais lindo em que já estive.

Seus dedos viajam por minha têmpora, seguindo para minha testa, onde traçam minhas sobrancelhas, fazendo-me suspirar de contentamento. Meu Deus, esse homem é muito bom com as mãos.

— As vilas são movimentadas, abarrotadas de pessoas, mas são as pessoas mais simpáticas que você vai conhecer na vida. — A ponta do seu dedo desce pelo meu nariz. — E as cores são simplesmente espetaculares. As colinas são de um verde vibrante. O céu é bem azul, mas, quando o sol está se pondo, tudo fica dourado. — As últimas palavras saem sussurradas, conforme ele traça meus lábios com o polegar. — Assistir à luz do sol bater no orvalho das minhas videiras é como estar no paraíso para mim. O cheiro é... *limpo*. Novo. Todo dia, tudo é novo.

Agora, ele enfia a outra mão nos meus cabelos, afasta pequenas mechas das minhas bochechas e testa, enviando faíscas de percepção pelo meu corpo e, mesmo assim, estou mais confortável do que nunca.

A voz dele é calmante. Suas mãos são tranquilizadoras. Mal consigo acreditar no quão delicado é o seu toque nesse momento, quando sei o quão intenso ele pode ser.

Nunca me canso dele.

Ele se inclina para sussurrar na minha orelha:

— Mal posso esperar para te mostrar. A Itália vai amar você.

Antes que eu possa responder, Dom cobre meus lábios com os seus, em um beijo longo, lento e doce, daquela maneira que me faz sentir como se fosse, novamente, a primeira vez que ele me beija. Seus dedos continuam a afagar minha testa, enquanto sua outra mão desce pela lateral do meu corpo, mal roçando meu seio e seguindo para o meu quadril, onde ele me segura enquanto seus lábios se movem sobre os meus. Ele mordisca meus lábios até o canto da minha boca e lambe a extensão do meu lábio inferior, puxa-o entre os dentes, e volta a me beijar profunda e lentamente.

Quando finalmente se afasta, não consigo abrir os olhos. Minhas pálpebras estão pesadas de desejo e anseio, e seus dedos na minha pele estão me enlouquecendo.

Ele beija minha bochecha, depois meu nariz, e sussurra:

— Abra os olhos, *cara*.

Eles abrem e se deparam com os olhos mais azuis e brilhantes que já vi, envoltos por cílios escuros, pele bronzeada e cabelos pretos.

Para Sempre Comigo **155**

— Como você sempre me beija como se fosse a primeira vez? — pergunto, sem fôlego.

Seus olhos descem até meus lábios e, depois, voltam para meu olhar. Em vez de responder, ele me oferece um sorriso de parar o coração e baixa o rosto para me beijar novamente.

Minha mão desliza até suas costas fortes, e eu correspondo ao beijo, curtindo a sensação dos seus lábios nos meus, seu corpo sobre o meu, seu aroma masculino flutuando ao meu redor.

Estou envolvida demais. E não quero ser salva disso.

Capítulo Doze

Alecia

Essa semana passou voando. No instante em que Dominic e eu voltamos para a vinícola, a organização do casamento Montgomery ficou a todo vapor.

— Estamos indo embora, Alecia, a menos que você precise de mais alguma coisa — Mark diz, despedindo-se da sua equipe com um aceno.

— Não preciso de mais nada — asseguro a ele, com um sorriso. Meus saltos clicam na pista de dança de madeira conforme me aproximo dele. — Isso está lindo.

Seus olhos azuis analisam a tenda enorme, a pista de dança e o palco, e ele assente para mim com satisfação.

— Nós mandamos bem.

— Vocês foram excelentes — concordo.

— Vamos pendurar as luzes e organizar as mesas amanhã, e é basicamente só o que falta.

Já consigo visualizar as luzes brancas penduradas pela tenda, as mesas postas e decoradas com lindas flores, pessoas sorridentes dançando e gargalhando.

Mal posso esperar.

— O jantar de ensaio será amanhã à noite — lembro-o, quando ele vira para ir embora.

— Como se eu pudesse esquecer disso. — Ele balança a cabeça e ri. — Espero que você esteja pronta para a baita festa que vai acontecer aqui amanhã à noite.

Ergo uma sobrancelha e inclino a cabeça para o lado, de maneira inquisitiva.

— As meninas irão beber e comemorar, se soltar. A nossa família não vai se sentir confortável em se soltar demais na recepção do casamento, mas já que a festa de amanhã é privativa, bem... — Ele dá de ombros e me oferece um sorriso maroto. — Que comecem os jogos.

— Obrigada por avisar. — Aceno para ele e sigo em direção à casa, entro pela porta lateral e me deparo com Dominic, que está saindo do escritório. — Oi, bonitão.

Um sorriso suave surge em seu rosto, e antes que ele possa responder, fico nas pontas dos pés, envolvo seu pescoço com os braços e pressiono os lábios nos seus em um beijo rápido e casto, afastando-me em seguida e arrastando as mãos com firmeza por seus braços até chegar às mãos, entrelaçando-as com as minhas.

— Oi, linda — ele responde.

— Como foi o seu dia?

— Foi bom. Presumo que o seu também foi.

Assinto e beijo sua palma, que ele coloca na minha bochecha e passa o polegar na maçã do meu rosto.

— Tenho mais algumas coisas para resolver.

— Te vejo depois, então.

Sorrio e aperto suas mãos mais uma vez antes de seguir para a cozinha. Incapaz de resistir, olho para trás, por cima do ombro, e encontro Dominic me observando conforme me afasto, com uma mão pousada no peito, sobre o coração, e com seus olhos azuis profundos sorrindo para mim.

Minha Nossa Senhora, esse meu homem é muito gato. E a maneira como meu coração salta só por olhar para o seu rosto é quase repulsiva.

E eu nem estou ligando.

Balanço meus dedos em um aceno e entro feliz na cozinha, onde Blake está assobiando enquanto trabalha, muito lindo em seu dólmã de chef, com as mangas dobradas até os cotovelos, exibindo seus antebraços.

— Tem algo cheirando muito bem — comento levemente e me inclino sobre o fogão, estendendo a mão para pegar a tampa de uma panela.

— Tire as mãos daí, maninha.

— Estou com fome.

— Vou te dar comida, mas tire o nariz das minhas panelas.

Dou língua para ele e sigo para a geladeira.

— A comida para o jantar de amanhã já chegou?

— Sim, chefe.

— As alcachofras estão frescas? — Cutuco os vegetais grandes e lindos.

— Pare de mexer nas minhas coisas.

Fecho a geladeira e viro-me para encontrar Blake me lançando um olhar irritado enquanto corta alguma coisa com agilidade.

— Você vai cortar os dedos se não prestar atenção no que está fazendo.

— Por que você está aqui me importunando pra cacete?

— Porque eu te amo? — Pisco para ele e dou risada quando ele ergue uma sobrancelha e abre um sorriso maroto. — Porque estou conferindo se você está com tudo sob controle.

— E alguma vez foi diferente?

— É meu trabalho conferir.

— Bom, você conferiu. Já terminou de fazer isso com o resto da equipe hoje?

— Aham. — Pego um pedaço de pimentão da sua tábua de corte e coloco na boca. — Você era a minha última parada.

— Ótimo — Dom diz, entrando na cozinha com duas garrafas de vinho. — O jantar está quase pronto? — ele pergunta para Blake.

— Sim.

— Espere. Vamos ter uma festa? — indago.

— Vamos jantar — Blake revela com um sorriso. — Sei como você fica quando trabalha. Esquece de comer, daí fica com fome e irrita pra caralho todo mundo ao seu redor.

— Isso não é verdade — me defendo.

— Que parte? — Dominic fala, pegando três taças de um armário.

— Se vocês vão ficar me enchendo o saco, então eu vou pra casa.

— Não vai, não — Blake responde, enquanto Dom estreita os olhos para mim e balança a cabeça devagar de um lado para outro. — Eu fiz o seu prato favorito. E se você for embora, não vai poder comer.

— Macarrão com queijo caseiro? — pergunto, cheia de esperança, fazendo Dom abrir um sorriso largo.

— E... — Blake cantarola.

— E peito de peru? — Bato palminhas de animação.

— E...

— Se você disser couve, eu vou te beijar.

— Não — Dom intervém, retirando a rolha da primeira garrafa. — Não vai.

— Eu te dou tudo de graça. — Blake sorri. — E está quase pronto.

— Eba! — Ofereço meu punho para que Blake bata nele com o seu e os ajudo a levar tudo para a mesa externa, perto da lareira.

Tomamos nossos lugares, com Dom ao meu lado e Blake de frente para nós do outro lado da mesa, servimos nossos pratos, tomamos vinho, e, sem conseguir evitar, fico me perguntando se isso vai ser... estranho. Já dormi com esses dois homens, e os dois são muito especiais para mim.

— Então, parece que já está praticamente tudo terminado ali — Blake diz, dando uma garfada em seu macarrão com queijo, gesticulando para a tenda.

— Sim, temos só mais alguns detalhes para finalizar amanhã — respondo, enchendo bem meu garfo com peito de peru, couve e macarrão com queijo e gemendo alto quando todo esse sabor atinge minha língua. — Tão bom — elogio, de boca cheia.

160   Kristen Proby

— Que dama você é. — Blake abre um sorriso irônico.

— Não tenho que ser uma dama quando você me dá isso para comer — digo e tomo um gole de vinho, olhando para Dom por cima da taça. — Ele não me alimenta com muita frequência — informo ao meu italiano sexy.

— Você sempre reclama que massa vai te fazer ganhar uns vinte quilos — Blake me lembra.

— E vai.

— Mulheres. — Blake balança a cabeça.

Dominic se inclina e sussurra na minha orelha:

— O seu corpo é perfeito. — Ele beija minha bochecha e retorna a atenção para sua refeição.

Blake não deixa isso passar. Ele abre um sorriso largo.

— Que fofo.

— Emily estará aqui amanhã de manhã — tento mudar de assunto. — Vamos começar a cuidar de todos os detalhezinhos.

— Os detalhezinhos? — Dom pergunta com um sorriso.

— Sim, os mínimos detalhes. Receber a florista que trará as flores de amanhã e nos reunirmos com ela para combinar sobre as flores do sábado. Fazer algumas ligações. Buscar as lembrancinhas, fazer checagem dupla da lista de convidados e encaminhar para a equipe de segurança. — Tomo um gole do vinho e continuo a listar tarefas, mas, no segundo seguinte, pisco e olho em volta. — Desculpem.

— Eu já falei com a Emily — Blake diz, de maneira indiferente, e não me olha nos olhos enquanto corta seu peito de peru.

— Quando?

— Ontem à noite.

Ontem à noite?

— Não teve evento ontem à noite — digo, comendo mais um pouco de peito de peru.

Para Sempre Comigo 161

— Não, não teve — Blake responde. Olho para Dominic e o encontro me observando com cautela. Não consigo dizer que ele parece estar pensando, mas ele ergue uma sobrancelha para mim, e dou de ombros.

— Mas você a viu ontem à noite? — indago, confusa.

— Sim.

— Vocês se divertiram? — Dominic questiona e toma um gole de vinho, enquanto encaro Blake, chocada.

Blake e Emily?

— Muito — Blake revela com um sorriso.

— Você está saindo com a Emily. — Não é uma pergunta.

— Algum problema? — Blake indaga, de maneira desafiadora.

Pouso meu garfo e limpo a garganta.

— É a Emily.

— Já sabemos disso, Leash. — A boca de Blake forma uma linha firme.

— Eu te conheço — murmuro.

— Eu também — Dominic interrompe, ainda o epítome da calmaria. — E por causa disso, sei que Emily está em boas mãos. — Ele pega minha mão e beija meus dedos, antes de dizer baixinho: — Não diga algo de que poderá se arrepender.

Olho alternadamente entre eles e engulo em seco.

— Está com ciúmes? — Blake pisca para mim, tentando ser engraçado.

— Eu amo vocês dois — falo honestamente. — Vocês são dois dos meus melhores amigos, e eu não tenho muitos, Blake. Então, se isso der errado, e eu tiver que escolher...

— Deus, como você é dramática. — Blake revira os olhos.

— Estou sendo honesta — insisto.

— Estou saindo com ela, sim.

— Você está transando com ela?

— Alecia. — Dom balança a cabeça.

— Sim, eu estou, Leash — Blake responde francamente.

— Isso tem tudo para ser um desastre — murmuro e tomo um grande gole de vinho.

— Ela é diferente. — Blake encara seu vinho. — Não tenho essa vontade de fugir dela.

— Tem coisas que você não sabe, Blake. — Balanço a cabeça e penso sobre as longas conversas que Emily e eu tivemos sobre seu passado abusivo.

— Eu sei — ele rebate e prende seu olhar sério no meu, um que não vejo com muita frequência. — E estarei com ela enquanto ela me quiser.

Encaro meu amigo, com a mão de Dom ainda na minha, apertando com firmeza.

— Seja bom para ela — peço baixinho. — Ela merece ter alguém que seja bom com ela.

— Tenho sido muito bom para ela. — Ele dá uma piscadela convencida.

— Nossa, você é nojento. — Faço cara feia para ele, mas logo suavizo minha expressão quando ele solta uma gargalhada.

— Você nunca me alertou sobre alguma mulher antes.

— Eu sempre fiquei sabendo sobre elas muito tempo depois de elas deixarem a sua cama — lembro a ele, e viro-me para Dominic. — Se eu as conhecesse de antemão, teria dito que corressem gritando para a direção oposta.

— Ah, elas gritam mesmo, viu?

— Eca — resmungo, mas logo dou risada, bebendo mais vinho. — Você sempre foi nojento assim?

— Quase sempre — ele responde, limpando seu prato. — Não se preocupe, Leash.

— Preocupação é o meu nome do meio.

Ele suspira e termina de tomar seu vinho.

Para Sempre Comigo 163

— Bom, então eu já vou. — Ele estende a mão para pegar seu prato, mas Dominic o detém.

— Pode deixar comigo — ele diz.

— Você já cozinhou. — Sorrio.

— Eu geralmente cozinho e limpo tudo depois, quando você está por perto — ele fala ao ficar de pé.

— Isso é mentira. Eu gosto de limpar.

Blake ri.

— Te vejo amanhã.

— Dirija com cuidado — Dom diz com um aceno, e Blake vai embora. Ele toma seu vinho, pensativo, enquanto termino meu jantar e suspiro de contentamento.

— Queria que ele me dissesse como faz esse macarrão com queijo — resmungo, juntando os pratos sujos.

Dom levanta e me ajuda, e assim que entramos na cozinha em silêncio, ficamos cada qual perdidos em seus próprios pensamentos enquanto limpamos.

Coloco o último prato na lava-louças e fecho a porta. Olho para cima e encontro Dom com o quadril apoiado na bancada, os braços cruzados no peito, observando-me silenciosamente.

— O que houve? — pergunto.

Ele balança a cabeça e franze as sobrancelhas.

— Nada.

— Em que você está pensando?

— Vocês são realmente apenas amigos. Você e o Blake.

Inclino a cabeça para o lado.

— Não me diga que estava se sentindo ameaçado pelo Blake.

— Eu não chamaria de "ameaçado" — ele responde, passando um dedo nos lábios. — Nunca passei uma quantidade de tempo significante com vocês dois antes. Posso ver que gostam muito um do outro, mas não em um nível íntimo.

Assinto devagar.

— Como eu disse, ele é um dos meus melhores amigos. Tivemos um relacionamento somente físico há muito tempo. — Suas narinas inflam quando digo isso, apenas um pouco, mas ele continua me escutando com calma. — Ficou óbvio que somos muito melhores como amigos. Ele é muito importante para mim. É a única pessoa na minha vida que eu sei que nunca vai me deixar.

Dom estreita os olhos enquanto me observa.

— Eu não vou te deixar, Alecia.

Engulo em seco e dou de ombros, sem ter certeza do que dizer.

— Ok. — Ele assente, como se isso resolvesse alguma coisa, e vem até mim.

— Ok?

— Ok — ele repete e me puxa para um abraço, beija minha testa e inspira meu cheiro, tudo de uma só vez. — O seu cheiro é incrível.

Sorrio e aproveito a sensação dos seus braços em volta de mim, puxando-me firmemente contra ele.

— Você está um pouco tensa — ele continua.

— Foi um dia bem longo.

— Venha.

Ele serve uma taça de vinho, segura minha mão e me conduz até o segundo andar, onde fica seu banheiro. Ele faz aparecer magicamente uma tulipa rosa e me entrega com um sorriso carinhoso. Esfrego as pétalas no meu nariz e inspiro o aroma, enquanto ele prepara um banho de banheira, acende velas e retorna sua atenção para mim.

Com dedos ágeis, ele abre o zíper do meu vestido e o empurra por meus ombros, deixando-o cair em volta dos meus tornozelos.

— Você é linda, *cara*. — Seus olhos viajam pelo meu torso. — Esse

Para Sempre Comigo 165

sutiã é bonito. — Com as pontas dos dedos, ele toca de leve minha pele sobre os bojos rosados do sutiã, fazendo meus mamilos enrijecerem antes que ele abra o fecho entre meus seios e jogue a peça no chão. Com os olhos nos meus, ele prende os polegares nas laterais da minha calcinha e a puxa para baixo por minhas pernas. — Tire os sapatos, por favor. — Ele segura minha mão e me conduz até a banheira, observando-me afundar na água quente e me acomodar com a cabeça apoiada na beira. — Aqui está o seu vinho — ele diz com um sorriso ao se sentar na borda.

— Aqui é lindo.

— Com você, é sim.

— Você é tão encantador.

— Só estou dizendo o que vejo — ele responde com um sorriso torto, exibindo sua covinha sexy.

— Eu gosto da sua covinha.

— Espero que não seja a única coisa que você gosta.

Dou de ombros.

— Provavelmente, não.

Ele ri e afaga minha bochecha com os dedos.

— Na verdade, sei que você é bem mais do que o italiano sedutor e charmoso que passei a conhecer.

Seus olhos azuis encontram os meus, e ele me observa calmamente enquanto tomo um gole de vinho.

— Você não vai perguntar o que eu vejo? — pergunto, ousada.

— O que você vê, *tesoro*?

Pego sua mão seca entre as minhas molhadas e dou um beijo na palma.

— Vejo um homem profissional, inteligente, gentil...

— Só não me chame de *legal*.

— Sexy e doce.

— Você que é doce, Alecia.

— Esse banho está uma delícia.

— Vou acreditar em você.

— Não vai se juntar a mim?

— Não. — Ele afasta o cabelo da minha testa com a ponta de um dedo. — Quero que você relaxe. Respire fundo. — Ele se curva e beija minha cabeça, levantando em seguida e saindo do banheiro.

Ele é tão doce.

Coloco a taça de vinho na beira da banheira e afundo o máximo que posso na água, sem imergir meu nariz e minha boca, respiro fundo, e quando dou por mim, braços fortes estão me retirando da banheira.

— Nada de adormecer e se afogar, linda.

— Estou te molhando — murmuro contra seu peito e me aconchego ainda mais nele, envolvendo-o com meus braços e meu nariz pressionado no seu pescoço. — Mas não me solte.

Ele dá risada e beija minha testa.

— Tenho que te soltar por um segundo para te secar.

Ele me seca rapidamente e, antes que eu fique com frio, estou de volta aos seus braços, sendo carregada até o quarto, onde ele me coloca na cama gentilmente e puxa as cobertas sobre o meu corpo nu.

Fico olhando, com as pálpebras pesadas, ele tirar suas roupas e se juntar a mim, puxando-me contra ele, para ele, envolvendo-me com seus braços e me segurando com firmeza, como se temesse que eu pudesse rolar para longe dele.

Não existe chance de isso acontecer.

Eu não sabia que adormecer nos braços de alguém podia ser tão reconfortante.

Porque nunca foi antes.

Suspiro profundamente e dou um beijo no pescoço de Dominic.

— Isso é tão gostoso.

— Hum — ele responde e beija meu cabelo. — Durma, linda garota.

Para Sempre Comigo 167

— Nós não vamos transar? — pergunto, surpresa, e me afasto o suficiente para olhar nos seus olhos.

As pontas dos seus dedos dançam pelo ponto sensível no meu pescoço, enviando arrepios por meus braços, enquanto sua outra mão segura a minha e entrelaça nossos dedos, levando-as até seus lábios em seguida.

— Eu quero dormir com você — ele diz em um sussurro rouco. — E não no sentido de transar, embora eu sempre queira estar dentro de você. Quero dormir com você, na minha cama, com a sua cabeça apoiada no meu peito e seu corpo envolvido nos meus braços. Com meu nariz enterrado no seu cabelo para que eu possa sentir o seu cheiro a noite inteira. — Ele respira fundo e beija meus dedos novamente. — Quero dormir com você, aqui nesse quarto frio, para que tenhamos que nos aconchegar ainda mais um contra o outro. Sem conversar, apenas ficar aqui, com você. Quero apenas *estar* com você, Alecia.

Engulo em seco, com os olhos cravados em seus lábios enquanto ele fala, sentindo meu coração tropeçar e meu estômago se contrair diante das suas palavras.

— Posso viver com isso — sussurro, rouca.

— Ótimo. Durma, *cara*. — Ele beija meus dedos novamente, pousa nossas mãos em seu peito e guia minha cabeça para lá também, onde pareço me encaixar perfeitamente, apesar da nossa grande diferença de altura.

Respiro fundo e sinto-me relaxar contra ele. Sinto seu sorriso contra a minha cabeça, enquanto seus dedos fazem cócegas no meu pescoço mais uma vez.

— Continue fazendo isso, e eu não vou conseguir dormir — sussurro.

— Você vai dormir — ele responde, confiante.

Não falo mais nada. Simplesmente fico deitada com ele, *existindo* com ele. E após vários minutos, sinto-o adormecer, mas fico desperta por um tempo, ouvindo sua respiração, as batidas do seu coração contra minha bochecha.

Ouvindo o silêncio à nossa volta.

Isso que é estar apaixonada? Essa satisfação, essa atração? Essa confiança?

Não consigo resistir e dou um beijo em seu peito, sentindo seus braços se apertarem em volta de mim enquanto ele dorme.

Tenho quase certeza de que, se amar é isso, é exatamente o que estou sentindo e não há mais volta.

170   Kristen Proby

Capítulo Treze

Alecia

— Sério, isso aqui parece uma overdose de homens gostosos — Emily sussurra para mim, sentada ao meu lado nas cadeiras brancas diante do pergolado que os irmãos de Dominic fizeram para o casamento de Will e Meg.

A família inteira está aqui para o ensaio. Todos os irmãos Montgomery e respectivos cônjuges, todos os pais, até mesmo as crianças. É uma grande festa de família, e eles estão se divertindo bastante brincando e se provocando.

— E aqui — o pastor diz pacientemente, enquanto dois dos irmãos, Matt e Caleb, dão risadinhas de algo que Isaac sussurrou para eles na primeira fila. — Será onde vocês recitarão seus votos um para o outro. Will, você primeiro.

Will, com uma expressão perfeitamente séria em seu rosto impossivelmente lindo, segura a mão de Meg e a fita intensamente.

— Megan, prometo nunca te fazer malhar comigo. Eu sei o quanto você preza pela sua preguiça. — Os lábios dele se retorcem, e seus irmãos dão risinhos. — Prometo te mandar cupcakes no trabalho regularmente. — Ele abre um sorriso largo e perverso, e sei que estamos prestes a ouvir algo muito divertido. — Prometo sempre me lembrar de quais são todos os pontos sensíveis nesse seu corpo fantástico, e dar a quantidade de atenção apropriada a cada um deles com frequência.

— Você é o motivo pelo qual é preciso colocar instruções em frascos de shampoo nesse país — Samantha grita, e Brynna demonstra o quanto concorda ao bater seu punho no dela.

— Eu não vou dizer os votos de verdade hoje — Will diz, com os olhos ainda cravados em sua noiva. — Estão reservados apenas para o sábado.

— Sua vez, Meg.

— Também não vou dizer os meus votos — ela fala com um sorriso largo. — Quero ir logo para a parte do beijo.

— Essa é a minha garota — Will concorda e se aproxima para beijá-la, mas ela coloca a mão sobre os lábios dele e se inclina para trás, olhando para o pastor.

— Espere! Como devemos nos beijar?

— Sem língua! — Leo grita, fazendo todos rirem.

— *Mmph hump mmor* — Will diz contra a mão de Meg.

— O quê? — ela pergunta, retirando a mão da boca dele, sorrindo.

— Nunca precisei de instruções sobre como beijar, amor.

Will desliza sua mão em volta da cintura de Meg e a puxa contra ele, abaixando-se um pouco para que seus lábios fiquem na altura dos dela, e logo eles estão envolvidos em um abraço apaixonado, se beijando com muito entusiasmo.

— Parem com isso agora! — Jules reclama e cobre os olhos da sua filha bebê, que está debruçada sobre o ombro de Nate. — Tem crianças aqui!

Will curva Meg para trás de maneira dramática, sem retirar sua boca da dela nem por um segundo. Dominic gira em seu assento e sorri para mim, balança a cabeça e dá de ombros, como se dissesse "Fazer o quê?".

— Ok, já entendemos, você a ama — Steven diz ao se levantar. — Deixe a coitada respirar, filho.

— Senhor! Se um homem me beijasse desse jeito, eu morreria — Emily sussurra, maravilhada, fazendo-me rir.

— Ouvi falar que o Blake tem te beijado tão bem quanto — murmuro e vejo seu rosto ficar vermelho.

— Eu ia te contar.

Ficamos olhando, quietas, a família Montgomery se levantar e começar a conversar, as meninas com seus bebês e crianças, os meninos admirando seu trabalho manual no pergolado.

— Contanto que você esteja feliz, eu também estou — garanto a ela, com honestidade.

— Eu estou feliz.

Assinto uma vez e deixo esse assunto para lá, levantando para voltar ao trabalho.

— Ok, pessoal, bom trabalho. — Bato palmas ao caminhar em direção ao casal feliz. — O jantar está sendo servido na tenda. É melhor irmos logo para essa parte, não é?

— Alecia, isso aqui está espetacular — Meg elogia, com um sorriso enorme. — Tão, tão lindo.

— Se gostou hoje, espere só para ver no sábado.

— Vocês ouviram a mulher! — Will anuncia com urgência. — Comida!

— Faz mais ou menos uma hora que o Will não come. — Isaac revira os olhos. — Ele acha que está faminto.

— Seja gentil com meu menino — Gail, a mãe deles, adverte Isaac ao pegar a filha de Luke e Natalie, Olivia, nos braços e beijar sua bochecha, seguindo os outros em direção à tenda, onde os garçons montaram e organizaram um bufê bastante variado. Um DJ está tocando uma música suave, e as luzinhas estão acesas, dando ao espaço um brilho encantador.

Emily caminha na minha frente, falando através do seu fone de ouvido, alertando a equipe da cozinha de que estamos nos deslocando para a tenda e estamos prontos para que sirvam as bebidas.

Depois que todos já foram, sigo-os também, mas, antes que eu possa ir muito longe, Dominic junta-se a mim e roça os dedos no meu pescoço, da maneira que ele faz que envia arrepios pela minha espinha.

— Como você está?

— Estou ótima. Meg e Will estão felizes, isso é tudo o que importa. — Abro um sorriso largo para ele, que segura minha mão, beija os nós dos meus dedos e caminha comigo até a tenda.

Ficamos ao longe por um momento, assimilando a cena diante de nós.

Para Sempre Comigo 173

As mesas já estão organizadas para o sábado, e cinco delas estão cobertas e enfeitadas para o jantar desta noite. As flores que Meg escolheu para seu casamento, lírios-tigre, rosas e copos-de-leite, compõem os arranjos de centro de mesa. As luzes penduradas pela tenda são lindas e dão um brilho ao ambiente.

Os pais estão sentados a uma mesa juntos, rindo e conversando, alguns deles segurando bebês. Steven está com um braço em volta dos ombros da esposa, observando-a com um olhar caloroso enquanto ela conta uma história para todos ali.

Os outros estão espalhados pelas demais mesas. Meg e Will convidaram toda a família, incluindo o melhor amigo de Meredith, Jax, e seu noivo, Logan.

É uma festa pequena, mas cheia de amor e diversão.

Will já está sentado com um prato bem cheio diante dele, comendo e brincando com seu irmão Caleb, que está na mesa ao lado.

— Cara, você enfiou sim a língua na boca da Bryn quando vocês se casaram! — ele diz.

— Enfiei mesmo, e faria tudo de novo.

— Vocês são tão nojentos — Jules resmunga, mas sorri para o garçom que lhe serve uma bebida, fazendo com que ele quase tropece nos próprios pés. — Oh, obrigada. Você é o meu mais novo amigo.

— Não flerte com o garçom, amor — Nate pede com uma risada. — Você vai fazê-lo tropeçar e cair.

— Ele está bem. — Ela faz um gesto vago com a mão para Nate. — Alecia! Venha sentar aqui perto de mim.

— Ah, eu tenho que trabalhar.

— Não. — Meg balança a cabeça e aponta para a cadeira vazia ao lado de Jules. — Você já trabalhou. Está tudo lindo. Agora, quero que seja minha convidada.

Franzo a testa, mas ouço Emily no meu fone de ouvido.

— Deixa comigo, chefinha. Posso dar conta sozinha. Vá se divertir.

— Excelente ideia — Dom concorda e coloca a mão na parte baixa das minhas costas, guiando-me até a mesa onde estão Jules, Nate, Luke e Natalie. Ele puxa uma cadeira para mim e, quando sento, ele se abaixa e sussurra no meu ouvido: — Vou pegar algo para você comer.

Franzo a testa para ele, mas ele já está indo em direção ao bufê.

— Isso é estranho — anuncio, olhando em volta da mesa. — Eu deveria estar trabalhando.

— Você é nossa amiga — Natalie diz com um sorriso e beija a bochecha do seu bebê. — Nós queremos que você comemore conosco. Você já vai estar ocupada com o casamento.

Assinto e olho em volta do ambiente, observando a maneira como a mão de Matt descansa no pescoço da sua namorada, Nic. É um toque delicado e, no entanto, quase... autoritário. A linda mulher está sorrindo para Stacy, esposa de Isaac, enquanto Stacy e Brynna discutem sobre quais cupcakes de Nic elas gostam mais. Isaac, Caleb e Matt estão observando suas mulheres com sorrisos satisfeitos.

Parece que o cupcake de tiramisù está ganhando a competição.

— Vou querer um daqueles martinis de limão, Linus — peço para meu garçom mais jovem, que ainda está com o rosto vermelho devido à atenção que Jules lhe deu.

— Papai! — Olivia chama dos braços de Gail do outro lado da tenda, esticando as mãozinhas e sorrindo para Luke. — Beijar você, papai!

— Acho que isso significa que ela quer você — Nat diz, e Luke se levanta e vai até sua filha, erguendo-a com facilidade e enterrando o rosto no pescocinho dela, dando beijinhos.

Sério, acho que isso acaba de fazer meus ovários explodirem.

Isso faria os ovários de *qualquer* mulher explodirem.

Luke Williams, ex-astro de cinema, talvez seja o cara mais sensual desse planeta.

Não que algum dia eu vá admitir isso em voz alta.

— Precisamos falar sobre a festa de aniversário de um ano de Stella

Para Sempre Comigo 175

— Jules fala para mim.

— Ela não tem nem seis meses — Nate diz, acariciando os cabelos da esposa. — Deixe-a ser um bebê, Jules.

— Ela vai precisar de uma grande festa — Jules insiste, mas relaxa contra o toque do marido.

— Ela terá uma — asseguro a ela. — Mas ele tem razão. Deixe-a ser um bebê por um tempo. — Olho para a linda bebê com um laço cor-de-rosa na cabeça, seu vestidinho também cor-de-rosa e grandes olhos azuis me encarando de volta.

— Você quer segurá-la? — Nate pergunta, no instante em que Luke retorna com Livie.

— Oh, eu não acho que...

— Aqui, tome. — Jules me entrega sua filha e, de repente, aqui estou eu, em uma festa que planejei, na qual deveria estar trabalhando, com um lindo bebê nos meus braços e meu homem colocando um prato cheio de comida diante de mim.

— Quem mais está aqui? — Dominic pergunta ao se sentar ao meu lado. Ele beija a bochecha de Stella antes de dar a mesma atenção a mim. — Oi, *bella*. — Ele murmura para a bebê: — *Mia dolce bambina.*

— Adoro quando você a chama de doce garotinha — Jules declara com um sorriso. — Soa tão lindo.

— Ela é linda — murmuro e, instintivamente, aconchego Stella no meu peito, beijo sua cabeça e enterro o nariz em seus cachos loiros e finos, inspirando seu cheirinho de bebê. — Bebês sempre têm um cheiro tão bom.

— Nem sempre. — Jules dá risada.

— Bom, eu não tenho que trocar as fraldas deles — respondo com um sorriso.

— Você fica bem segurando ela — Natalie opina, tomando um gole da sua bebida.

— Me dê ela aqui, *tesoro*, para você poder comer — Dom oferece, e pega o bebê dos meus braços com delicadeza.

— O que isso significa? — Nat pergunta.

— O quê? — Dominic indaga e sorri para Stella. — Nossa, você está ficando grandinha, *bella*.

— Você chamou Alecia de *tesoro* — Jules diz. — Nunca ouvimos essa palavra. Você sempre nos chama de *bella* ou *cara*.

Dom esfrega o nariz no de Stella e ri com o bebê, mal prestando atenção às irmãs.

— *Tesoro* quer dizer tesouro — ele revela, olhando para mim com calor nos olhos. — Eu a chamei de meu tesouro.

Sinto meus olhos se arregalarem enquanto engulo a comida que acabei de colocar na boca, ficando embasbacada.

Seu tesouro?

Seu tesouro.

Bem, se isso não desperta borboletas no estômago, não sei o que mais pode fazer isso.

E então percebo que ele tem me chamado de tesouro desde a primeira vez que fizemos amor.

— Italiano encantador — sussurro, recebendo uma risada de Jules.

— Ah, ele definitivamente é — ela concorda.

— Acho muito fofo — Nat diz com um sorriso. Posso sentir Dom me observando enquanto foco na comida. — Por que isso te deixa tímida? — ela me pergunta.

Dou de ombros, franzo a testa e tomo o resto do meu martini, gesticulando em seguida para que Linus me traga mais um.

— Nós sabemos que vocês estão se envolvendo — Jules me assegura com alegria, e desejo que surja um buraco no chão onde eu possa me enfiar, mas abro um sorriso radiante, para que ninguém pense que estou desconfortável. Eu não fazia ideia de que íamos contar às outras pessoas. — E, se me permite dizer, já estava na hora.

— Com licença — murmuro e levanto.

Para Sempre Comigo   177

— Você está bem? — Dominic pergunta.

— Claro. — Sorrio novamente e assinto. — Só preciso dar uma olhada em algumas coisas.

Saio da tenda e dou a volta na loja de vinhos, indo para os vinhedos perto das colinas, e tomo uma respiração longa e profunda.

A família dele sabe que estamos nos envolvendo.

Não está muito cedo para isso?

— Aqui está ela — Natalie diz, conforme ela e Jules surgem e vêm até mim, me ladeando ao observarem as terras de Dominic comigo.

— Aqui é lindo — elogio.

— Você tem essa vontade inegável de sair de uma festa e admirar a paisagem com frequência? — Jules pergunta, colocando um braço em volta dos meus ombros.

— Talvez.

— Não era a nossa intenção te assustar — Natalie revela.

— Eu só precisava de um pouco de ar fresco — minto.

— Nós te assustamos — Jules insiste. — É porque você está de safadeza com o nosso irmão?

— Bom, agora estou assustada — respondo e balanço a cabeça. — Eu não fazia ideia de que vocês conversavam com os irmãos de vocês sobre as pessoas com quem eles transam.

— Eca. — Jules torce o nariz e estremece. — Nós não fazemos isso. Mas dá para saber que vocês estão fazendo coisinhas de sexo.

— Coisinhas de sexo? — Solto um risinho. — Esse é o termo científico?

— Ele está interessado em você há muito tempo — Natalie conta com delicadeza, observando o horizonte, colocando a mão na minha. — Às vezes eu o via te observando com tanto desejo no olhar, que era quase doloroso.

— Então, ele queria me levar para a cama.

— Você é uma garota inteligente — Jules rebate. — Sabe que não é só isso.

Não digo nada para retrucar. O que há para dizer? Não é somente sexo, e nós dois nos sentimos assim.

Ele me chama de *tesouro*, pelo amor de Deus.

— Se para você é só isso... — Natalie começa, mas a interrompo imediatamente.

— Não é — digo com firmeza.

— Ótimo. — Jules beija minha bochecha e, no mesmo instante, o DJ começa a tocar *Blurred Lines*. — Agora, vamos pegar nossas bebidas e dançar, amigas. Temos um casamento para celebrar!

— Eu amo a sua mãe — digo para Jules, conforme nós dançamos juntas na pista de dança, não muito diferente de estudantes de ensino médio em um baile da escola. Perdemos as contas de quantos martinis tomamos e, se nos soltarmos, não tenho certeza de que iremos manter o equilíbrio.

Ok, nós com certeza não iremos manter o equilíbrio.

— Eu também a amo! — Jules grita no meu ouvido.

— Não, você não está entendendo. — Seguro seu rosto e a faço ficar quieta para que eu possa falar com ela. — Quando estava indo embora para levar os bebês para casa, ela me abraçou e me agradeceu por esse jantar. Ela é a pessoa mais doce que já existiu. No mundo todo.

— Eu sei. — Jules apoia a testa na minha e, agora, ela está ainda mais embaçada do que antes. — Ela arrasa. Eu amo a minha mãezinha.

— Está jogando no outro time agora, Jules? — Mark pergunta, de uma mesa próxima. — Seria bem mais sensual se vocês duas tirassem a roupa.

— Os homens dessa família são todos uns pervertidos — Jules diz para mim, com a expressão séria. — Você precisa estar ciente disso agora.

— Venha se sentar, Julianne. — De repente, Nate está diante de nós, colocando-nos apoiadas em cada lado do seu corpo; seus braços fortes nos envolvem pelos ombros e ele nos conduz até uma mesa onde a maioria dos outros estão sentados e conversando.

Todos, exceto o melhor amigo de Meredith, Jax, e Brynna, que estão dançando loucamente na pista de dança.

— Espere. Onde estão Will e Meg? — pergunto, buscando em volta.

— Eles desapareceram há alguns minutos — Isaac me informa.

— Orgasmos — Stacy suspira. — Aposto que ela está tendo alguns agora.

— Vaca sortuda — Sam resmunga, sentada no colo de Leo. — Você vai me dar orgasmos esta noite, rockstar?

Leo sorri e sussurra algo no ouvido da esposa que faz suas bochechas ficarem vermelhas e seu lábio ser aprisionado pelos dentes.

— Com certeza — ela confirma, feliz.

— Você sabe o que orgasmos são? — Nic indaga, de repente.

— Sério, por que essas mulheres não falam sobre outra coisa além de sexo quando estão bêbadas? — Caleb reage, enquanto Dom segura minha mão e me puxa para seu colo. Ele passa o nariz na minha têmpora e eu me aconchego facilmente contra ele, felizinha e tonta depois de tanto álcool.

— Eu sei o que orgasmos são. — Ouço-me dizer, e coloco a mão sobre a boca em seguida. Sinto Dominic rindo sob mim.

Caramba, ele é forte.

— Você é forte — solto, e a intenção é que saia em um sussurro, mas acho que não é o que acontece, visto que os meninos ficam dando risadinhas após meu comentário.

— Orgasmos — Nic continua — são o jeito da natureza dizer "É, a vida é uma droga, mas aqui, tome uns docinhos".

— A sua vida é uma droga, pequena? — Matt pergunta para Nic, dando um beijo em seus cabelos.

— Nem um pouco, mas você tem que admitir, isso foi engraçado.

— Orgasmos são mesmo como docinhos! — Jules exclama.

Brynna e Jax retornam à mesa, suados e ofegantes. Brynna desaba no colo de Caleb e beija sua bochecha, enquanto Jax senta ao lado do noivo, Logan, que tem ficado satisfeito em apenas ficar ali e ouvir em silêncio, com um sorriso em seu rosto lindo.

— Essa mesa está cheia de homens absurdamente gostosos. — Fico mortificada quando ouço essas palavras saírem da minha boca. — Eu ia dizer isso só para o meu próprio cérebro, mas a minha boca não entendeu a tarefa. Desculpem.

— Você tem razão — Brynna concorda com um sorriso presunçoso. — Nós poderíamos abrir uma loja. Recanto dos Homens Gostosos.

— Você está tentando nos vender? — Isaac pergunta.

— Aposto que ganharíamos muito dinheiro — Natalie diz, sorrindo para seu marido. — Especialmente com esse aqui.

— Além disso, Dominic tem o sotaque italiano sexy a favor dele. As garotas se amarram nisso — adiciono, remexendo-me no colo do meu homem. Ele pressiona os lábios na minha orelha.

— Continue rebolando assim, e vou precisar encontrar um lugar escondido para te foder — ele sussurra.

E somente com isso, minhas partes íntimas ficam completamente despertas e sóbrias.

Meu cérebro não está sóbrio, mas tudo bem.

— Estou bêbada pra caralho — Stacy murmura, esfregando o nariz no ombro do marido. — E o meu nariz sempre coça quando fico bêbada.

— Então você não está bêbada o suficiente — Jules diz, com um olho fechado.

— Por que o seu olho está fechado? — pergunto a ela.

— Parou de funcionar.

— Acho que você também está bêbada — respondo com uma risada, remexendo-me levemente no colo de Dom, e sinto seu rosnado na minha orelha.

— Sabe o que rima com bêbada? — Sam pergunta. — Sexo!

— Não, não — Meredith replica com as sobrancelhas franzidas. — Mas trepar sim!

— Bêbada e trepar não rimam. — Mark dá risada.

— Rima melhor do que com sexo — ela diz, na defensiva.

— Tudo rima com sexo quando tem um apadravya envolvido — Jules fala.

— Julianne — Nate a adverte.

— É verdade!

— Como é, afinal? Eu sempre quis saber.

— Você não pode transar com o meu marido. — Jules franze a testa por um segundo, mas logo um sorriso se espalha em seu lindo rosto. — Bem, talvez você possa.

— Não — Nate responde baixinho. — Ela não pode. Sem ofensa, Alecia.

— Não me ofendi. — Sorrio para ele. — Mas você é gostoso pra caralho.

— Ele é mesmo — Jules concorda, feliz. — E o apa... uau.

— Você colocaria um? — pergunto para Dominic, no instante em que ele toma um gole de vinho, e ele se engasga de imediato.

— Nunca.

— Talvez eu precise encontrar alguém que tenha — digo, pensativa. — Só para testar.

— Chega. — Dominic se levanta comigo em seus braços e nem ao menos me põe no chão, simplesmente começa a caminhar para longe da tenda.

— Para onde estamos indo? — Olho por cima do seu ombro e vejo os outros gargalhando e nos observando ir embora. Aceno alegremente e eles acenam de volta.

Eles são tão simpáticos.

— Vou te ensinar uma lição, *tesoro*.

— Uma lição? — Dou risadinhas e enterro o nariz no seu pescoço, inspirando seu cheiro. — Estou um pouco tonta.

Passamos pelo celeiro. Consigo ouvir vozes ali, junto com respirações ofegantes e risadinhas de Meg.

— Acho que encontramos Meg e Will — sussurro no ouvido de Dom, e ele se apressa um pouco mais.

— Merda, eu não precisava ouvir aquilo — Dominic resmunga, fazendo-me rir ainda mais.

Ele dá passos compridos até os fundos da loja de vinhos, onde estive com Jules e Natalie há algumas horas, me põe no chão e me prende contra a parede.

— Eu... — ele começa, com fogo em seus olhos azuis brilhantes. — Quero que você ouse dizer mais uma vez que vai procurar outro homem para foder.

— Hã, foi uma brincadeira.

Ele estreita os olhos e suas narinas inflam, e sei que estou muito encrencada.

— Está com ciúmes? — pergunto, incrédula.

— Geralmente, não me sinto assim. Não sou do tipo ciumento, mas o que é meu é meu, Alecia. E você é *minha*. O que eu tenho com você, não quero com mais ninguém. Você é tudo em que consigo pensar.

Ele puxa minha saia para cima até enrolá-la toda em volta da minha cintura, deslizando um dedo pelo elástico da minha calcinha que fica na parte da virilha e tocando os lábios da minha boceta, fazendo-me arfar.

— Dom!

— Isso. — Ele morde meu lábio inferior e, em seguida, passa a língua por ele e avança o dedo dentro da minha calcinha. — *Eu*. Eu sou o único que pode te tocar aqui, ou em qualquer lugar. Isso é meu.

Com essas palavras, seu dedo desliza profundamente para dentro de mim e ele pressiona o ponto sensível que conhece tão intimamente, fazendo com que eu fique nas pontas dos pés.

— Puta merda — sussurro.

Para Sempre Comigo 183

Ele me envolve pela cintura com seu braço livre, puxando-me completamente contra si enquanto me fode com seu dedo, arrastando a palma por meu clitóris, me fazendo enlouquecer.

— Eu vou gozar — choramingo, mas ele retira a mão.

— Ainda não — ele rosna.

— Ei!

Mas antes que eu possa dizer mais alguma coisa, ele me gira, me curva para frente e afasta minha calcinha para o lado, enquanto ouço o zíper da sua calça abrir, e então, de repente, ele me penetra com força. Tenho que apoiar as mãos na parede para me equilibrar enquanto ele me fode rápido e forte. Sua respiração está pesada, suas mãos estão quase machucando meus quadris.

Mordo o lábio, mas não consigo ficar quieta enquanto ele me fode como nunca fez antes. É primitivo. Bruto.

Incrível pra caralho.

Ele se debruça sobre mim e grunhe, pressionando os lábios na minha orelha para sussurrar:

— Você. É. Minha. Essa boceta é minha. Nunca se esqueça disso, *tesoro*.

Empurro os quadris em sua direção e sorrio quando o faço gemer, mas, de repente, seus dedos começam a pressionar meu clitóris enquanto ele continua a me foder com força, e isso é tudo que consigo aguentar. Gozo brutalmente, mordendo meu próprio braço para não gritar muito alto, espasmando em volta dele.

— Isso mesmo — ele diz e estoca em mim mais duas vezes antes de tensionar o corpo inteiro e se render ao próprio clímax, apoiando a testa nas minhas costas.

Finalmente, ele sai de dentro de mim e me vira para ficar de frente para ele. Segura meu rosto carinhosamente com as duas mãos e me dá um beijo delicado, mas, quando se afasta, seus olhos estão cheios de ferocidade.

— Minha.

Capítulo Catorze

Dominic

Porra, ela é magnífica.

— Quero seis homens no estacionamento — Alecia diz enquanto caminha para lá e para cá no pátio externo da minha casa. Toda a atenção de cada um dos vinte e quatro homens ali está nela. Sua voz é afiada e sem tempo para bobagens. Suas costas estão eretas. Seus olhos, firmes.

Nunca vi ninguém como ela na minha vida.

— Estava planejando colocar quatro — Derek, chefe da minha equipe de segurança, responde. Derek é um ex-Ranger, com quase dois metros de altura e robusto como uma parede de tijolos.

Alecia nem ao menos pisca.

— Preciso de seis.

— Ninguém sabe onde o casamento será realizado — Jason, o chefe da equipe de segurança de Alecia, aponta. — Os convidados irão estacionar a dezesseis quilômetros de distância daqui e iremos trazê-los de ônibus.

— Estou sabendo — Alecia confirma. — Olha, rapazes, com isso, eu terei que ser bem chata. Will Montgomery ganhou o Super Bowl ano passado, e não é somente nele que os paparazzi estão interessados. Vocês todos estão cientes de que receberemos astros do rock, astros do cinema, produtores, e outros jogadores de futebol americano. A segurança não pode ser violada. Se ao menos um paparazzo seguir um ônibus até aqui, ou descobrir o local e espalhar fotos não autorizadas, vou arrancar os paus de vocês e servir em uma bandeja.

— O Montgomery foi esperto quanto a isso — Derek a relembra. — Os convidados receberam apenas o endereço onde deverão estacionar seus veículos. Nem mesmo eles sabem o que estão fazendo.

— Estou sabendo. Fui eu que arranjei isso — ela retruca.

Encosto meu ombro na parede, cruzo os braços no peito e fico assistindo à minha mulher tomar todo o controle sobre uma equipe de duas dúzias de homens grandalhões.

Porra, quero tanto beijá-la até faltar fôlego.

— Se colocarmos mais dois homens no estacionamento, serão dois a menos aqui.

— Você terá dezoito homens — ela replica, balançando a cabeça. — Você está dificultando para mim só porque sou mulher, ou você é sempre teimoso assim?

Derek fica ereto, com a mandíbula tensa, e observa Alecia por um longo minuto. Ela o encara de volta, e é a competição mais incrível que já vi na vida.

— Está bem — ele aceita, por fim. — Haverá seis homens no estacionamento.

— Sim, haverá. E atenham-se à lista de convidados. Não importa se alguém alegar ser uma avó distante e encher os olhos de lágrimas de crocodilo. Se não estiver na lista, não entra. Ponto final. Se tiverem alguma dúvida, falem comigo. Estarei na escuta o dia inteiro.

— Sabe, eu gosto de uma mulher mandona.

Esse comentário vem de um cara mais novo, tão alto e forte quando Derek, mas claramente jovem demais para saber que deveria ficar de boca fechada. Alecia para de repente e crava seu olhar estreito e severo nele.

— É mesmo?

— Sim, senhora — ele responde com um sorriso arrogante.

Tão estúpido.

— Qual é o seu nome? — ela pergunta.

— Stokes.

— Stokes. — Ela vai até ele, coloca uma mão na cintura e abre um sorriso simpático. — Você cresceu com problemas de relacionamento com a sua mãe, Stokes?

Os outros homens sorriem, mas os olhos do Stokes endurecem conforme seu rosto fica sério.

— Não, eu só acho sexy pra caralho quando uma mulher é cheia de marra.

Alecia inclina a cabeça para o lado e assente.

— Ótimo. Porque eu sou mesmo. Não ferre o esquema, Stokes. — Ela se afasta e faz um aceno de cabeça para Derek e Jason. — Isso é tudo. Me avisem se surgir algum problema.

— Não surgirão — Jason responde antes de virar de volta para repassar tudo com os seguranças, enquanto Alecia se afasta.

— Ela deveria estar no exército — Stokes diz, com respeito na voz.

Ela é boa demais para o exército.

— Bom trabalho, tenente — sussurro ao ficar ao lado dela e acompanhar seus passos.

— Eu vou cortar fora o pau de alguém se descobrir que colocaram apenas quatro homens no estacionamento — ela resmunga.

— Você está com muita raiva das genitais masculinas hoje, *cara*.

Ela sorri, deixando escapar uma risada breve.

— Estou cercada por muitos homens hoje.

— Tudo vai sair exatamente como esperado.

— Não diga isso. Vai acabar agourando. Tenho que ir ver o Blake.

— O Blake me pagou cinco mil dólares para te manter longe da cozinha.

Ela franze a testa e pisca para mim.

— Não pagou, não.

— Pagou. — Ok, ele não pagou, mas ela só vai enlouquecê-lo se entrar lá e ficar perturbando. — Está tudo nos conformes. A comida já está com um cheiro maravilhoso. As mesas estão organizadas e postas, e a florista está fazendo a mágica dela no pergolado e na tenda.

— Os cupcakes...

— Estarão aqui em algumas horas, e a Nic irá arrumá-los. Ela é incrível. — Seguro seus ombros e beijo sua testa levemente. — Mas eu entendo. É o que você faz. Então, manda ver, linda.

Ela abre um sorriso largo para mim antes de agarrar minha camisa e me puxar para um beijo rápido.

— Obrigada. Falo com você depois.

— Alecia. — Ela para a mais ou menos seis metros de distância e gira, com uma sobrancelha erguida. — Esse seu lado feroz? É sexy pra caralho.

Ela não responde; simplesmente sorri antes de virar novamente e sair andando, com um pouco mais de requebrado em seus quadris magníficos.

Nossa, eu a amo pra caralho.

Não falei mais com Alecia desde nosso momento hoje de manhã. A família começou a chegar, e o caos se instalou pela vinícola.

E eu amo tudo isso.

Os rapazes estão na sala de jogos, jogando sinuca e gritando insultos uns para os outros, o que é de se esperar dos meus irmãos sempre que se juntam.

As meninas estão lá fora no local da tenda, ajudando Nic a organizar os cupcakes.

Ou melhor, atrapalhando-a, e ela é muito legal para pedir a elas que saiam dali.

Meg está se arrumando na suíte da noiva, e para escapar do caos, decido ir até lá para dizer oi.

Alecia abre a porta quando bato e dá um passo para trás, deixando-me entrar. Natalie está com sua câmera, tirando fotos uma atrás da outra.

E Meg está diante do espelho, usando seu lindo vestido de noiva. É de renda, mas não tem babados. É sem mangas e com um decote profundo entre os seios. A saia é lisa e reta, sem cauda.

É elegante, chique, e completamente perfeito para a nossa Megan.

— Você está deslumbrante — digo a ela e me aproximo para beijar sua bochecha, tomando cuidado para não bagunçá-la.

— Obrigada.

— Achei que você não ia ser a fotógrafa — falo para Natalie.

— Só nessa parte — Nat me assegura.

— Eu não queria um estranho tirando fotos minhas enquanto me vestia. — Meg franze o nariz e vira de volta para o espelho. — É lindo, não é?

— É perfeito — asseguro a ela. — Nunca vi uma noiva mais bonita.

— Não me faça chorar! — Meg lamuria. — Levou eras para que a minha maquiagem ficasse assim.

Há mais uma batida na porta, e então, Leo entra e para de repente, arregalando os olhos ao assimilar Meg, dos pés à cabeça. Um sorriso lento se espalha em seu rosto, e ele enfia as mãos nos bolsos e fica se balançando sobre os calcanhares.

— Ah, Meg — ele sussurra.

— O vestido é feio? — ela pergunta, fazendo Nat e Alecia revirarem os olhos.

Leo vai até ela, a puxa para seus braços com delicadeza e a embala lentamente.

— Você está tão linda, Meg.

— Você vai me amassar toda — ela avisa contra o peito dele.

— Não vou, não. — Ele está com lágrimas nos olhos ao pressionar a bochecha contra o cabelo dela. — Eu te amo pra caramba. Você sabe disso, não é? Não há nada que eu não faria por você, Meg.

— Eu sei.

Para Sempre Comigo 189

— Você é minha irmã em todos os sentidos. Você é a minha constante. Antes da Sam, era só você e a música, e preciso que você saiba que não esqueci disso, Meg.

— Leo — ela sussurra, e eu faço um aceno de cabeça para Alecia enquanto Natalie tira fotos rapidamente.

Alecia e eu saímos, deixando Meg e Leo terem seu momento especial. Ela se recosta na parede e fecha os olhos com força.

— Ei, você está bem? — Coloco a palma em sua bochecha macia e observo seu rosto quando ela abre os olhos cheios de lágrimas para mim.

— Eu não sei como é ser amada dessa maneira — ela sussurra, partindo meu coração.

— Puta merda — Natalie diz ao escapulir do quarto e fechar a porta. — Aquele foi o momento mais fofo que já testemunhei. Estou tão feliz por tê-lo capturado.

— As fotos vão ficar incríveis — Alecia concorda, enxugando as lágrimas. Meu peito dói por ver a dor em seus lindos olhos castanhos.

— Alecia.

Ela balança a cabeça e me oferece um sorriso tímido.

— Estou bem. Foi apenas um momento muito emocionante. Você pode ir ver como estão os meninos, por favor? — Seus olhos estão implorando para que eu deixe o assunto para lá, então é o que faço, mas me aproximo para beijar sua bochecha.

— Conversaremos mais tarde — murmuro, e dou um beijo na testa de Nat antes de sair andando pelo corredor.

Ela vai saber como é ser amada daquela maneira, mesmo que seja a última coisa que eu faça na vida.

Seguro a mão de Alecia com firmeza enquanto Leo leva uma Meg bem nervosa até o altar. Convenci Alecia de sentar ao meu lado durante a cerimônia como minha acompanhante ontem à noite, enquanto estava enterrado dentro dela e ela não conseguia nem ao menos lembrar o próprio nome.

Joguei sujo? Com certeza.

Mas funcionou.

O sol está se pondo atrás de nós, deixando o ambiente dourado, fazendo os cabelos ruivos de Meg brilharem. Ela está de braços dados com o irmão, caminhando ao som de *Baby, I Love Your Way*, tocada pela banda de Leo, a Nash.

O guitarrista, Jake, está cantando a letra em sua voz rouca, perfeita para a música e para Meg.

Ela está com um sorriso radiante e o olhar cravado no meu irmão mais novo, cujos olhos estão marejados.

De todos os meus irmãos, aprendi que Will é o único que não tem medo de demonstrar suas emoções. Esteja ele feliz, triste, com fome, zangado, não importa. Ele não se impede.

Tem todo o meu respeito.

— Quem entrega esta mulher a este homem? — o pastor pergunta quando a música termina.

— Eu entrego — Leo responde, beija Meg e depois se junta à sua esposa, ao meu lado.

— Tio Will! — Olivia exclama e aponta para Will animadamente.

— É sim, amor — Nat sussurra para sua filha, enquanto Will se vira e pisca para a menina.

— Queridos amigos.

O pastor fala sobre amor. Compromisso. A santidade do matrimônio.

A promessa.

E consigo ouvi-lo, mas tudo em que consigo focar é na mulher ao meu lado, com sua mão na minha, e todas as promessas que quero fazer a ela.

Para Sempre Comigo   191

Dizer isso a ela agora a faria fugir correndo para as colinas, mas Alecia é a mulher da minha vida. Eu a amo. Não consigo mais imaginar minha vida sem ela.

Se isso não é compromisso, não sei o que é.

— E agora, os votos. Megan, peço que você recite os seus votos primeiro, por favor.

O pastor se afasta um pouco e a atenção de todos os presentes se volta para Meg conforme ela respira fundo e olha nos olhos de Will. Ela abre um sorriso enorme.

— Eu escrevi os votos, mas acabei de perceber que não preciso ler um pedaço de papel para dizer o que sinto por você. — Ela engole em seco e sua expressão fica séria. — Eu te recebo, Will, como meu marido. Prometo sempre ser honesta, justa, espontânea e te dar todo o respeito. Prometo sonhar com você, te apoiar, e sempre ser a sua maior fã. Serei para sempre a sua parceira fiel, a pessoa que sempre irá te encorajar apesar de qualquer coisa, e seu amor eterno. — Ela pisca e uma lágrima desce por sua bochecha, mas Will a captura com o polegar e acaricia sua bochecha com ternura. — Eu te prometo isso hoje e todos os dias, pelo resto da minha vida.

— Will, seus votos, por favor — o pastor diz gentilmente, enquanto Will enxuga suas próprias lágrimas.

— Megan — ele começa, e precisa fazer uma pausa para engolir em seco. — Espero que você compreenda hoje o quanto eu te amo. Me pergunto se algum dia você irá entender o quanto de mim pertence a você. Você é o encanto da minha vida. Amar você é uma aventura que eu nunca perderia por nada no mundo. Estou honrado, meu amor, por te receber como minha esposa hoje. Prometo passar o resto da minha vida retribuindo o que você me dá todos os dias. Prometo ser a sua constante companhia, o seu maior confidente e seu amigo mais verdadeiro. Prometo te aceitar, te honrar, exatamente como você é, pelo resto da minha vida. Serei fiel a você, estarei somente com você e mais ninguém. Sempre irei te escolher.

— Uau — Jules sussurra, enxugando as lágrimas em seu rosto.

Meg e Will trocam as alianças, olhando um para o outro com sorrisos e lágrimas, e finalmente, o pastor anuncia:

— Pode beijar a noiva.

Will ergue Meg do chão e a beija profundamente, fazendo todos nós rirmos.

— É isso aí, Montgomery! — um dos seus colegas de time grita, quando todos nos levantamos e aplaudimos.

— É uma honra apresentar a vocês o sr. e a sra. Will Montgomery!

Está na hora de levar a minha mulher para o quarto.

A quantidade de pessoas está diminuindo consideravelmente. Passa um pouco das duas da manhã, e Will e Meg ainda estão no meio da pista de dança. A maioria dos colegas de time de Will ainda estão aqui, conversando, se entrosando, e dando em cima de algumas das enfermeiras que trabalham com Meg no hospital. Toda a comida e os cupcakes foram devorados. Perdi as contas há horas de quantas garrafas de vinho foram consumidas esta noite.

Sei que o número deve estar nas centenas.

Estou tão orgulhoso de Alecia por não apenas organizar o evento e fazê-lo acontecer, mas por tê-lo feito ser espetacular.

Meus olhos a encontram, sorrindo e conversando com Blake e Emily, à mesa vazia dos cupcakes.

— Emily — digo ao me aproximar. — Você pode finalizar as coisas sozinha?

— Não posso ir agora...

— Sim — Emily confirma, interrompendo Alecia com um sorriso largo. — Blake vai me ajudar.

— Ainda há convidados aqui. Preciso ficar.

— Não, não precisa. — Blake a puxa para um abraço. — Você arrasou demais hoje, Leash. Vá comemorar.

— Você tem certeza?

— Absoluta.

Alecia vira-se para mim, e, pela primeira vez hoje, vejo a exaustão começando a aparecer nela. Se depender de mim, ela dormirá por três dias seguidos.

— Deixe-me dizer boa-noite para Will e Meg.

Assinto e a observo ir até meu irmão e minha nova cunhada. Eles a abraçam forte, e acenam para mim quando ela volta, coloca sua mão na minha e fala:

— Estou pronta.

Ela não diz nada enquanto entramos na casa e subimos as escadas. O silêncio é confortável.

Bem-vindo.

Estendo a mão para abrir a porta da minha suíte master e gesticulo para que ela entre primeiro, sorrindo quando ela solta um arfar de surpresa.

— O que é isso? — Ela vira seu olhar arregalado para mim, maravilhada.

— Uma celebração, *tesoro*.

Fecho e tranco a porta e a conduzo para o meio do quarto. Velas flamejam no cômodo, e são a única luz no ambiente. Pétalas de tulipas rosa formam um coração sobre a cama, e bem no centro dele, há...

— Sapatos! — ela exclama e corre até a cama. — Ai, meu Deus.

— O que foi? — Pressiono o peito nas suas costas, segurando seus ombros, e beijo o topo da sua cabeça.

— Há caixinhas azuis nesses sapatos cor-de-rosa lindos.

Sorrio.

— Certamente.

— E os sapatos cor-de-rosa têm tiras.

— Acertou de novo.

Ela cruza os braços e segura minhas mãos nas suas, apertando.

— Vamos comemorar o casamento de Will e Meg com sapatos de grife e caixinhas azuis da Tiffany?

— Não. — Viro-a para que fique de frente para mim e seguro seu rosto. — Não vamos comemorar o casamento, *cara*. Vamos celebrar você.

Ela franze as sobrancelhas, confusa.

— Você foi incrível, não só hoje, mas durante todos os preparativos. Deveria sentir muito orgulho de si mesma, querida. — Dou um beijo em sua testa, seu nariz, e pouso gentilmente meus lábios nos seus, beijando-a levemente antes de me afastar. — Você quer abrir as caixas?

— Desesperadamente. — Ela dá risada e vira-se novamente para a cama.

— Espere. Vamos ficar confortáveis. Vou fazer massagem nos seus pés enquanto você as abre.

— Uau. Você está me mimando muito, Dominic.

— Você não viu nada ainda. — Pisco para ela e a ajudo a ficar mais confortável, recostada contra os travesseiros. Tiro os sapatos dos seus pequenos pés, sento na cama e começo a massageá-los.

— Oh, Deus. — Ela fecha os olhos e deita a cabeça contra a cabeceira. — Você é bom demais com as mãos.

— Se você dormir, não vai ver o que tem nas caixas.

Ela morde o lábio e ergue a cabeça, olhando para mim.

— Você não precisava fazer isso.

— Precisava, sim. Abra.

Primeiro, ela analisa os sapatos, com os olhos brilhando de luxúria feminina por esse tipo de coisa, o que me faz dar risada.

— Eu meio que estou curtindo ficar olhando para eles — ela confessa. — Quer dizer, o azul das caixas fica tão lindo contra o rosa dos sapatos.

Ergo uma sobrancelha e espero-a terminar de admirar os sapatos. Finalmente, ela não consegue mais desistir. Alecia pega uma das caixas que estão nos sapatos.

Para Sempre Comigo 195

— Minha nossa — ela suspira quando abre. — Muito rosa por aqui esta noite.

Ela fica quieta por um longo minuto, com o lábio entre os dentes, enquanto encara o colar de diamantes branco e rosa aninhado dentro da caixa. Seu olhar castanho vem até o meu quando ela estende a mão para pegar a outra.

— Muito rosa — ela diz novamente, quando vê a pulseira combinando.

— Combinam com os sapatos — sussurro, e continuo a massagear os músculos das suas panturrilhas. — Suas panturrilhas estão tensas.

— Passei umas catorze horas andando de salto alto hoje.

Por fim, sem mais uma palavra, ela simplesmente monta em mim, sentando no meu colo, e me envolve por completo, abraçando-me com força.

— Não sei o que dizer — ela sussurra.

— Você não tem que dizer nada.

— São tão lindos. Muito obrigada.

— Eles vão ficar lindos na sua pele, *cara*. Por isso escolho tudo cor-de-rosa. Essa cor fica bem em você.

Ela enterra o rosto no meu pescoço e me beija com delicadeza. Agora é o momento perfeito para dizer a ela o quanto a amo.

Mas, em vez disso, permaneço quieto, retirando grampos dos seus cabelos até que eles caiam por seus ombros, e enfio meus dedos neles, puxando-os até meu nariz.

— O seu cheiro é incrível.

— O *seu* cheiro é incrível — ela replica, com o nariz ainda pressionado na minha pele.

— Foi extraordinário ver você hoje. Estava tão no controle, tão focada.

— É o meu trabalho.

— Você é excelente nele.

Ela sorri contra o meu pescoço.

— Você vai me deixar te deitar na cama e te ajudar a ficar mais confortável?

— Vou deixar você me deitar na cama e fazer amor comigo — ela diz, com a voz baixa.

Não precisa me pedir duas vezes.

Coloco-a deitada de costas e pairo sobre seu corpo, ajudando-a a tirar seu lindo vestido azul com calcinha e sutiã combinando, até ela estar nua sob mim, com as pétalas de tulipas em volta do seu corpo, seus cabelos loiros dourados espalhados em volta da cabeça, parecendo um anjo.

— Você me faz perder o fôlego — sussurro.

Ela sorri enquanto abre os botões da minha camisa, empurrando-a por meus ombros e jogando-a de lado, fazendo o mesmo trabalho ágil na minha calça em seguida. Quando finalmente estou nu, acomodo-me sobre ela, apoiando-me nos cotovelos, com meu pau pesado aninhado entre suas dobras quentes e escorregadias.

Afasto mechas de cabelo imaginárias da sua testa e bochechas com as pontas dos dedos, acaricio seu nariz com o meu, fazendo tudo para tocá-la.

Nunca me cansarei da sensação da sua pele na minha.

— Dominic — ela sussurra, e ofega quando movimento os quadris, só um pouquinho, deslizando por sua umidade.

— Sim, meu tesouro.

Seus olhos se arregalam diante do nome carinhoso.

— Você fica mais confortável quando digo em italiano, *tesoro*?

— Acho que estou surpresa só pelo fato de ouvir esse termo — ela responde, sincera.

— Você é o meu tesouro. — Beijo sua bochecha e, em seguida, arrasto os lábios até o ponto sensível abaixo da sua orelha. — Você é a melhor parte da minha vida.

Suas mãos deslizam para cima e para baixo nas minhas costas, fazendo o mesmo depois apenas com as pontas dos dedos, deixando-me ainda mais duro. Recuo um pouco e, lentamente, enterro-me em seu calor, observando seus lindos olhos conforme a penetro o mais fundo que posso e fico ali, apenas olhando para ela.

— Estou tão orgulhoso de você, Alecia.

— Obrigada. — Lágrimas preenchem seus olhos, e ela os fecha.

— Não feche os olhos — sussurro, limpando suas lágrimas. — Você nunca precisa se esconder de mim.

— Não estou me escondendo. — Ela balança a cabeça levemente e me olha, com o coração completamente aberto pela primeira vez.

É magnífico.

— Você tem noção do quanto me assusta? — ela pergunta, sua voz mal saindo em um sussurro.

Começo a me mover, preenchendo-a, entrando e saindo em estocadas confiantes, longas e suaves. Sua respiração fica pesada, seus dedos pressionam minhas costas, e ela se contrai em volta do meu pau da maneira mais deliciosa que existe.

— Você é tudo — digo em sua orelha, fazendo amor com ela. — E, sim, *tesoro*, isso também me assusta, mas ficar sem você me assusta mais ainda.

— A mim também.

Seguro sua mão com força, entrelaçando nossos dedos, e as afundo no colchão conforme aumento a intensidade das minhas investidas, mas não a velocidade. Pressiono a base do meu pau contra seu clitóris e esfrego o púbis ali, e é tudo o que precisa para que ela se entregue ao clímax, gozando com força, levando-me com ela.

Eu te amo.

Capítulo Quinze

Alecia

Faz mais de duas semanas que, ao acordar, me deparo com o rosto lindo dele, e isso nunca deixa de me roubar o fôlego.

Ou me fazer contorcer de pura e inalterada luxúria.

Quer dizer, olhe só para ele. Dom e sua pele bronzeada e seus cabelos escuros estão contra meus lençóis brancos, que o cobrem até a cintura, dando-me uma visão primorosa do seu abdômen definido, braços esculpidos, e mãos mágicas com dedos longos.

Ele me mostrou para o que meu corpo foi feito. Durante a semana desde o casamento, ele passou todas as noites na minha cama, indo embora pela manhã para a vinícola, mas sempre voltava à noite para jantarmos, tomarmos vinho, conversarmos, e fazermos o melhor sexo da minha vida.

Não consigo resistir e arrasto as pontas dos dedos por sua bochecha áspera, curtindo a sensação da sua barba na minha pele.

Com os olhos ainda fechados, ele sorri, exibindo sua covinha, e captura minha mão na sua, levando-a aos lábios.

— Bom dia — ele sussurra contra a minha palma.

— Bom dia — respondo e me aproximo para beijar seu ombro. — Precisamos levantar logo. Jogo de beisebol hoje, lembra?

— Lembro. — Ele me puxa para seus braços, para o lugarzinho que considero só meu, aconchegada na lateral do seu corpo, com minha cabeça apoiada no seu peito e um braço por cima das suas costelas, onde eu simplesmente me encaixo. — Mas, primeiro, deveríamos fazer isso por um tempinho.

— Isso o quê? — Passo o nariz por seu pescoço e inspiro profundamente, curtindo seu cheiro.

— Só ficar assim — ele diz, e beija minha cabeça.

— Isso é bom — sussurro.

— Hum.

— Não vou estar disponível todas as noites na semana que vem — informo, lamentando.

— Não?

— Estamos no verão, então tenho eventos todas as noites semana que vem. Exceto quarta-feira.

— Tenho um evento na vinícola na quarta-feira — ele diz com um suspiro. — Nós vamos sobreviver a cinco dias separados, *cara*.

Sua mão desce por minhas costas até minha bunda e depois torna a subir, acariciando meus cabelos e fazendo o caminho inverso. Acabo adormecendo novamente.

— *Tesoro* — ele sussurra no meu ouvido, rolando-me para que eu fique deitada de costas. A ponta do seu dedo acarinha minha têmpora e bochecha. — Acorde.

— Hummm.

— Nós dormimos por mais uma hora.

— Dormimos? — pergunto, grogue, e me espreguiço, ainda de olhos fechados.

— Precisamos nos aprontar para irmos.

— Ok.

Não me mexo. Simplesmente fico deitada, curtindo as mãos dele em mim, nesse espaço que fica entre o dormir e o despertar.

— Isso não é acordar — ele fala.

— Estou acordada.

— Eu queria que pudéssemos apenas ficar aqui o dia todo, *cara*, mas é meio que um dia importante para Matt e Nic. Temos que ir.

— Eu quero ir — respondo e entreabro um olho, encontrando Dom pairando sobre mim, exibindo sua covinha, com seus olhos azuis cheios de felicidade cravados em mim. — Oi, bonitão.

— *Ciao, bellissima* — ele responde, abrindo seu sorriso charmoso para mim.

— Meu Deus, eu amo quando você fala italiano. É sexy pra cacete.

— É? — Sua voz está cheia de sarcasmo.

— Você sabe que é.

Ele arrasta os dedos pelo meu peito até a barriga.

— *Hai la pelle più morbida.*

— O que isso quer dizer?

— Você tem a pele tão macia — ele sussurra e dá um beijo no meu ombro.

— Não temos tempo para isso — advirto, com um sorriso. Jesus, os lábios dele são incríveis.

Em vez de me responder, Dom abre um sorriso malicioso e levanta de repente, puxando-me com ele. Ele me joga sobre seu ombro e segue para o banheiro, liga o chuveiro e, quando a água está quente o suficiente, me coloca no chão.

— Eu poderia ter andado — informo a ele.

— Mas aí eu não teria tido a chance de te carregar — ele responde, pegando meu sabonete líquido.

— Vamos economizar água?

— Garota esperta. — Ele faz espuma com as mãos em uma bucha e começa a esfregá-la no meu corpo, ensaboando-me.

— Isso é bom — murmuro, observando-o.

Seus lábios se curvam um pouco conforme suas mãos deslizam para baixo, passando por minha barriga, seguindo para meu púbis macio e chegando à parte mais sensível do meu corpo.

— Dom! — ofego e agarro seus braços para me equilibrar.

Para Sempre Comigo 201

— Sim?

— Puta merda, você é bom nisso.

Gemo conforme sua mão livre desliza até minha bunda, e agora ele está me tocando pelos dois lados, esfregando meu clitóris pela frente e enfiando os dedos dentro de mim por trás, e é a sensação mais incrível do mundo. Seus lábios vêm para o meu pescoço, onde ele me morde e lambe um caminho até minha orelha e diz, em um tom firme e direto:

— Goze.

Quem recusaria esse convite? Gozo com força, estremecendo contra ele. Se ele não estivesse me segurando, eu cairia derretida no chão. Com a testa apoiada no seu peito, luto para recuperar o fôlego e a força nas pernas.

— Caramba, bonitão — digo com uma risada. — Isso foi divertido.

— Foi, sim. Agora, chega de distrações. Temos que ir.

— Mas e você?

Ele pisca para mim e dá um tapa na minha bunda.

— Vou cobrar mais tarde. Acredite.

— Ei, rebatedor, rebatedor, rebatedor!

— Hã, Bryn, é só um treino. Você não pode tentar atrapalhar os jogadores durante o treino. — Matt balança a cabeça para a cunhada.

— Posso sim. São os *White Sox*, Matt, por favor.

— Ei! Eu amo os *White Sox* — Nic diz com uma carranca.

Estamos todos aqui, todos os irmãos e respectivos cônjuges, e Nic é a única que está usando uma camiseta dos *White Sox*. Todos os outros, incluindo a mim, usam acessórios dos *Mariners*.

— Eu não sabia que você gostava tanto de beisebol — Stacy fala para Nic com um sorriso.

— Gosto mais do que de futebol americano — Nic admite, dando uma risada. — E só posso dizer isso agora porque Will e Meg ainda estão em lua de mel.

— Eu vou contar a ele — Jules avisa.

— Não, você não vai — Nate rebate, dando um beijo na boca da esposa.

Esses homens nunca deixam de tocar suas mulheres. É incrível.

E para provar meu ponto, Dom me abraça pelos ombros e se inclina para beijar minha têmpora. Eles são muito afetuosos, isso com certeza.

— Como conseguimos esses assentos? — Meredith pergunta, olhando para o campo, dos nossos assentos de primeira fila. Estamos bem entre a primeira base e a principal, e temos uma vista privilegiada do jogo. — Estou quase conseguindo sentir o cheiro de suor.

— Eca — Sam reage, torcendo o nariz. — Ninguém disse nada sobre suor.

— Você é casada com um astro do rock, Sam. — Stacy balança a cabeça para Sam. — Já deveria estar acostumada com suor.

— Eu sou casada com um astro do rock — Sam repete, cheia de orgulho. — Meu marido é um astro do rock.

— Ainda está recente — Nat murmura.

— Eu ainda fico muito empolgado por te chamar de minha esposa — Luke diz para ela. — E não é mais tão recente assim.

— As coisas estão ficando bem femininas por aqui. — Mark faz uma carranca.

— Nós temos contatos — Jules explica para Meredith. — Não é tão ruim.

— Nem um pouco — Meredith concorda.

— Parece que os *Sox* estão quase terminando a rodada de treino. — Matt puxa Nic para que ela fique de pé. — Venha, vamos pegar uma bola autografada.

— Rhys O'Shaughnessy está jogando. — Nic bate palminhas animadas.

— Ele é o meu favorito.

Matt a leva dali, e todo mundo parte para a ação, colocando os celulares a postos para tirar fotos.

— Vou ligar para Will e Meg no Facetime agora — Jules fala, e sorri quando os rostos deles aparecem na tela. — Oi, gente! Ele acabou de levá-la para o campo.

— Jules, vire a câmera. Quero ver o meu irmão ficando noivo, não a sua cara.

Jules dá língua para o irmão e vira a câmera para que Will e Meg possam assistir.

— Ele conseguiu com que o jogador favorito dela colaborasse com isso? — pergunto, animada.

— Sim — Dom confirma, apertando minha mão, como se estivesse tão nervoso quanto seu irmão mais velho.

— Rhys está correndo até eles com uma bola! — Natalie avisa.

Nic está muito sorridente conforme o jogador alto e lindo entrega uma bola para ela, beija sua bochecha e troca um aperto de mão com Matt.

— Queria poder ouvir o que eles estão dizendo — Jules reclama.

— Ele queria que fosse assim — Caleb responde.

Rhys aponta para a bola na mão de Nic e ela olha para o objeto, ficando de queixo caído enquanto Matt se ajoelha no chão e segura sua mão.

— Só eu que acho isso brega pra caralho? — Mark indaga.

— Cale a boca, não é brega. É brilhante! — Brynna dá um tapa no braço de Mark, fazendo-o ficar quieto.

Não podemos ouvir o que está acontecendo, mas, de repente, Nic assente repetidamente, e Matt coloca um anel em seu dedo, levantando em seguida para erguê-la do chão, abraçando-a apertado, sussurrando em seu ouvido.

Rhys e seus colegas de time aplaudem e começam a cercá-los para parabenizar o casal feliz.

— Foda-se! Também quero abraçá-los! — Jules, com cuidado para não abaixar o celular, levanta em um pulo e nos conduz até o campo. Stacy, Brynna e Meredith pulam o muro, chamando a atenção dos seguranças, mas Dom ergue uma mão.

— É o irmão delas. Só estão ansiosas para parabenizá-lo.

— Não pulem mais o muro — o segurança alto diz severamente, mas logo seu queixo cai quando ele vê Leo. — Aquele é o Leo Nash?

Dirijo-me imediatamente até o homem e falo rápido, em minha voz firme.

— Essa é uma ocasião familiar. Não uma oportunidade para tirar fotos. Espero que você seja discreto, por favor.

— Claro. — Ele assente e se afasta, indo cuidar da própria vida.

Quando viro para me juntar aos demais, Nic e Matt estão rodeados pela família e alguns jogadores, mas Dom está esperando por mim com uma expressão séria.

— O que houve?

Ele balança a cabeça.

— Nadinha.

Ele segura minha mão e me conduz até os demais.

— Ele escreveu "Você quer casar comigo?" em uma bola de beisebol! — Nic exclama e mostra para todo mundo.

— Awn! E fez o seu jogador favorito te entregar. — Stacy suspira.

— Eu sou o seu jogador favorito? — Rhys pergunta, como se ainda não soubesse disso.

— Talvez. — Nic dá risada. — Sim, você definitivamente é.

— É por causa da minha beleza inegável? — ele indaga.

— Não, é por causa do seu recorde de rebatimentos. Sério, você fez a maioria dos rebatimentos de toda a liga esse ano, e assisti-lo rebater é como assistir a uma dança. Você é muito bom.

Para Sempre Comigo 205

Rhys inclina a cabeça para o lado e observa Nic com mais seriedade.

— Obrigado.

— Sinto muito por acabar com a festa, pessoal — o segurança diz. — Mas preciso que voltem para seus assentos. O jogo vai começar logo.

— Ok, isso foi legal — Mark fala conforme voltamos para nossos assentos.

— Eu quero nachos — Brynna anuncia. — E um cachorro-quente.

— Pizza! — Stacy concorda.

— Nós vamos sair para jantar depois do jogo — Nate lembra às meninas.

— Nós estamos em um jogo de beisebol — informo, como se fizesse todo sentido.

Porque faz.

— Precisamos de pipoca caramelizada também — Sam dispara. — E algodão-doce.

— E um dentista. — Luke se encolhe.

— Cerveja — acrescento.

— A cerveja aqui é quente — Dominic opina.

— Não ligo. Estou em um jogo. Preciso de cerveja e amendoins.

— Esperem! — Meredith levanta, olhando em volta. — Onde estão Matt e Nic?

Todos nós olhamos em volta e, de repente, Caleb aponta para o campo.

— Senhoras e senhores — o narrador começa —, para dar o primeiro arremesso de hoje, recebemos a jovem mulher que acabou de ficar noiva no nosso campo! Deem boas-vindas a Nic Dalton!

— Ai, meu Deus, tenho que ligar para o Will de novo! — Jules digita rapidamente no celular enquanto todos nós pulamos e gritamos alto.

— Vai, garota! — Brynna grita para o campo. Dom e seus irmãos estão assobiando alto.

— Isso é tão divertido! — Bato palmas, pulando no lugar.

Nic vai até a área do arremessador, mas, em vez de ficar diante do pequeno monte, ela sobe nele e lança um olhar arrogante para o receptor. Seus lábios retorcem, mas ela toma impulso e arremessa a bola perfeitamente, bem na luva do receptor, como se fosse uma profissional que arremessa bolas de beisebol há anos.

— Puta merda, Will, você não é o único da família que tem uma jogada de direita sensacional — Isaac diz, animado.

— Porra, que incrível! — Will exclama pelo celular.

Matt e Nic acenam para a plateia, e em seguida juntam-se a nós novamente.

— Você foi perfeita — Luke elogia Nic ao puxá-la para um abraço.

— Eu sei — Nic responde, e ri ao passar de irmão para irmão.

— Ok, todos vocês têm suas próprias mulheres — Matt reage. — Tirem as mãos da minha.

— Agora, voltando para o assunto da comida. — Brynna acena para um cara com uma caixa cheia de amendoins.

— Comer toda essa porcaria vai nos custar uns mil dólares — Nate opina.

— Você pode pagar, amor — Jules replica alegremente, e estica o pescoço para procurar algum outro vendedor. — Onde está o cara da pizza?

— Aqueles novatos estavam dando em cima de você quando estávamos lá embaixo abraçando Nic e Matt? — Meredith pergunta para Natalie.

— Sim. — Nat dá de ombros e balança a cabeça. — Eles não sabiam que sou casada.

— Agora sabem — Luke responde.

— O que você disse? — Stacy indaga.

— Ele não disse nada. — Nat apoia a cabeça no ombro do marido. — Só olhou irritado para eles como um homem das cavernas e um dos caras o reconheceu, aí eles ficaram quietos.

Para Sempre Comigo   207

— Eu sou um homem das cavernas? — Luke se surpreende.

— Vocês são todos um bando de homens das cavernas — Meredith acusa.

— Eu sou um homem das cavernas, *cara*? — Dom murmura no meu ouvido.

Solto um risinho e olho para ele, esticando-me para sussurrar no seu ouvido:

— Pelo que sei, foi você que me fodeu contra a parede da sua loja porque fiz uma brincadeira sobre transar com alguém com um apadravya.

Afasto-me e vejo seus olhos se estreitarem.

— E só de ouvir você dizer isso me faz querer fazer tudo de novo.

— Viu só? Homem das cavernas.

— Estou cheia pra caralho — Brynna anuncia, enquanto caminhamos pela calçada do lado de fora do estádio, em direção a um pub ali perto.

— Isso é porque você comeu tudo, exceto a cadeira onde estava sentada, amor. — Caleb dá risada e segura a mão dela.

— Eu não comi da pizza da Jules — ela replica com um beicinho.

— Eu teria cortado a sua mão fora se você tentasse roubar a minha pizza — Jules ameaça.

É uma linda noite de verão. Ainda não está muito escuro, e o tempo está quente com uma brisa leve. O clima perfeito de Seattle.

— Eu amo noites assim — suspiro, enquanto os outros brincam e conversam à nossa volta. Dominic está caminhando ao meu lado, dando passos lentos para acompanhar meu ritmo. Ele beija minha mão e depois a prende na curva do seu cotovelo, deixando que eu me apoie nele de muito bom grado enquanto caminhamos. — Seattle é tão linda no verão.

— Seattle é sempre linda — ele fala suavemente. — Até mesmo quando chove.

— É sempre verde, com certeza. — Assinto. — Não muito diferente de São Francisco.

— Por que eu não sabia que você é de São Francisco? — Ele franze a testa.

— Não sei. — Dou de ombros e rio quando Sam sobe nas costas de Leo, fazendo-o carregá-la. — Não é um segredo. Acho que o assunto simplesmente nunca surgiu.

— Quando você se mudou para Seattle?

— Logo depois que me separei do Jonathan. — Apoio a cabeça no ombro de Dom. — Não havia mais nada para mim lá. E eu sempre gostei de Seattle.

— Sorte a minha você amar logo essa cidade.

— Minha também — respondo sinceramente. — Quais as chances de nós dois sermos de lados opostos do mundo e termos vindo parar na mesma cidade?

— Não são chances, *tesoro*. É o destino.

Solto um risinho e balanço a cabeça, mas, quando torno a olhar para ele, vejo que ele está completamente sério.

— Você não acredita em destino? — ele pergunta.

— Não muito. Acho que nunca parei para pensar bem nisso.

Ele assente, pensativo.

— Acho que, se existe um casal destinado a ficar junto, somos você e eu. Como você disse, somos de lados opostos do mundo, e nenhum de nós começou aqui. E mesmo assim, aqui estamos.

— Vocês são duas lesmas! — Sam grita para nós, enquanto Leo caminha para trás. — Se você tropeçar, cair e me derrubar, astro do rock, nós vamos ter problemas.

— Não vou te derrubar, raio de sol.

Para Sempre Comigo   209

— Também quero montar — Stacy diz de maneira exigente para seu marido.

— Eu deixo você montar em mim — Isaac responde com um sorriso sugestivo.

— Parem! — Jules reclama, no momento em que Luke para bem no meio da calçada, puxa sua esposa em seus braços e dá um beijaço nela, do tipo que faria deuses chorarem. — Pelo amor de Deus, estamos em público!

— Não tô nem aí — Luke rebate tranquilamente, ainda olhando nos olhos de Nat.

— Nossa, vocês são nojentos — Jules resmunga. — Preciso de cheesecake.

— Vamos conseguir cheesecake para você — Nate promete com uma risada. — Apenas ignore as demonstrações públicas de afeto. Ou junte-se a eles. — Ele enterra o rosto no pescoço dela e morde sua pele, fazendo-a gemer.

— Hum, isso não é má ideia.

— Vocês são um grupo de pessoas muito afetuosas — observo, conforme entramos no pub e pegamos uma mesa grande perto dos fundos.

— Isso te incomoda? — Meredith pergunta.

— Não, só é incomum.

Sentamos à mesa, olhamos o cardápio, pedimos bebidas e, quando penso que meu comentário foi esquecido, Luke continua:

— Se realmente te incomoda, Alecia, apenas diga.

— Ei! Eu digo o tempo todo e vocês continuam fazendo mesmo assim — Jules reclama.

— Tudo bem — respondo com uma risada. — Não me incomoda. Só não estou acostumada.

— Os seus pais eram carinhosos? — Nic pergunta.

— Eles eram, um com o outro.

— Mas não com você — Nic manda de volta.

Dou de ombros e balanço a cabeça, como se não fosse grande coisa.

— Minha mãe não encosta em mim há seis anos — Nic revela, enquanto a garçonete coloca um copo de água diante dela.

— O quê? — Franzo a testa para a linda mulher, surpresa.

— Nós não nos damos bem. Nunca nos demos, na verdade. Então, toda essa afeição também foi algo novo para mim. — Matt beija sua têmpora com delicadeza.

— Você vai se acostumar — Jules acrescenta. — Eu bebo muito, para entorpecer a repulsa.

Natalie ri e joga um guardanapo na melhor amiga.

— Eu quero comer asinhas — Brynna anuncia.

— Pensei que você estivesse cheia — Caleb diz.

— Estou a fim de chupar um osso até não sobrar nada — ela responde, e ergo as sobrancelhas.

— Como é? — questiono.

— Ah, apenas espere — Sam fala com um sorriso. — Você não viu nada na vida, até ver Brynna chupar um osso até não sobrar nada.

212   Kristen Proby

Capítulo Dezesseis

Alecia

— Mas eu odeio correr — choramingo, estacionando na minha vaga e desligando o carro.

— Não seja chata — Blake responde no meu ouvido. — Preciso dar uma corrida e quero conversar com você, então vou te buscar.

— Você está me usando como desculpa só porque no meu bairro tem pistas de corrida maravilhosas.

— Essa doeu, Leash. É verdade, mas doeu.

— Você é um espertinho. — Dou risadinhas e sigo para o meu prédio.

— Sou um espertinho que está quase chegando ao seu apartamento.

— O quê? Estou chegando em casa agora.

— Bem, se apresse e se troque. Acabei de sair da via expressa. Te vejo em alguns minutos!

— Droga, Blake!

Mas não adianta. Ele já desligou. Subo apressada, entro no apartamento e começo a tirar minhas roupas imediatamente. Meus sapatos vão embora primeiro e eu os jogo de lado assim que fecho a porta, depois abro o zíper da saia e a tiro, deixando-a embolada no chão da cozinha.

Minha blusa e sutiã são os próximos, um indo parar no sofá, e não faço ideia de qual é o destino do outro.

Eu os pegarei depois.

Apresso-me em vestir um top e um short de ioga, e Blake irrompe pela minha porta no instante em que estou amarrando meus tênis.

— Que bagunceira, Leash.

— Vá se ferrar. Você não me deu tempo.

— Você vai recolher as suas roupas?

— Mais tarde. — Suspiro e faço um aceno vago para ele. — Tenho que levá-las para a lavanderia. Você vai mesmo me fazer correr?

— Sim, senhora. — Ele pisca para mim e passa o braço em volta do meu pescoço, beija minha cabeça com um estalo alto e me afasta.

— Por que eu tenho que ir? Você não pode ir correr sem mim e voltar para cá quando terminar?

— Meu Deus, pare de choramingar. — Ele revira os olhos. — Vai ser bom para você.

Nós saímos do meu apartamento, descemos pelo elevador e seguimos para a calçada fora do condomínio, começando um ritmo lento de corrida.

— Isso é o mais rápido que você consegue? — Blake pergunta com um sorriso presunçoso.

— Se você não gosta assim, vá sozinho. — Bufo, e já estou odiando os efeitos da corrida. Sempre odiei. — Como está Emily?

— Por que temos que falar sobre isso?

— Para que eu pare de focar no fato de que não queria estar correndo.

— Então, vamos falar sobre a *sua* vida amorosa.

— De jeito nenhum, é você que está me obrigando a correr. Então, comece a falar.

Ele suspira e olha em direção à água, observando um barco à deriva.

— Estamos bem.

— Nossa, muito informativo.

Blake gargalha.

— Umas das coisas que eu amo em você é que não tolera minhas merdas.

— Você não precisa que eu tolere as suas merdas. Já tem pessoas na sua vida que fazem isso por você.

— Verdade. — Ele acelera o passo, apenas um pouco, e eu rosno para ele, fazendo-o rir novamente. — Você é meio molenga, Leash.

— Emily.

— Ela é ótima. — Ele suspira novamente, não porque está sem fôlego, mas porque não quer falar sobre isso comigo.

Não me importo.

— Ela é engraçada. Inteligente. Tem um corpo de matar.

Balanço a cabeça e olho em direção ao céu.

— Fala sério.

— É sério, ela tem um corpo de matar.

— Homens sempre têm que levar o assunto para sexo?

— É, basicamente. — Ele parece pensar um pouco e, então, dá de ombros. — Eu gosto de sexo, e daí? Me processe.

— Eu também gosto, mas isso não está entre as três primeiras coisas sobre as quais eu falo quando comento com alguém sobre quem estou namorando.

— Ok, então quais são as três primeiras coisas que *você* fala?

— Ele é inteligente, doce e engraçado.

— E a número quatro?

— Ele é incrível na cama.

Ele dá uma gargalhada alta e ergue a palma para que eu bata nela com a minha.

— Muito engraçada.

— Eu sei.

— Eu gosto muito da Emily — ele diz, sério agora. — É divertido estar com ela, e ela também não tolera minhas merdas. Se eu cozinho algo que ela não gosta, ela é sincera. É um amor.

— Ela é mesmo um amor — concordo. — Fico feliz por vocês estarem se dando bem.

— Fica? — ele pergunta, surpreso.

— Claro. Quero que vocês dois sejam felizes.

— Quando estávamos na casa do Dom, você não pareceu muito convencida.

— Preciso admitir que eu sempre imaginei que vocês seriam felizes com outras pessoas, e não um com o outro — confesso com um dar de ombros. Estou ofegando agora, e isso me irrita. — Mas vocês são adultos.

— Como estão as coisas com o Dom?

Sorrio antes que eu possa me impedir, e Blake sendo Blake, percebe na hora.

— Tão boas assim, hein?

— Eu gosto dele.

— Valeu, capitã óbvia.

Dou risada e acerto seu braço com meu cotovelo.

— Ele é muito gentil comigo.

— É bom que ele seja mesmo, ou vou ter que dar uma surra nele, mesmo que também seja meu amigo.

— Que fofo.

— Só por pura curiosidade, o que você gosta nele?

Franzo a testa e pondero sobre a pergunta, correndo no mesmo ritmo que ele, nossos pés pisando duro no asfalto. Passamos por um homem mais velho passeando com seu cachorro, e uma jovem mãe empurrando um carrinho de bebê.

— Eu tenho respeito por ele — começo. — Quando nos conhecemos, pensei que ele fosse só um conquistador. Um italiano charmoso que derrete as calcinhas das mulheres só com algumas palavras bonitas, e pulava de cama em cama.

— Nossa, você pensou isso só de encontrá-lo em reuniões de família?

Dou de ombros e continuo falando.

— Mas ele não é esse tipo de pessoa. Ele ama a família intensamente e tem orgulho do negócio que construiu. E ele é tão, tão bom para mim.

— Fico feliz.

Olho para Blake e o encontro me observando com seriedade.

— Você merece ser feliz, sabe?

Assinto e dou risada.

— E por mais que isso soe ridículo, eu acho que estou apaixonada por ele.

— Ah, eu já sabia.

— O quê? como?

— Você deveria ver sua expressão quando fala dele — diz com um sorriso. — Você é tão menininha.

Balanço a cabeça, conforme damos a volta para retornarmos ao meu condomínio.

— Acho que eu nunca me apaixonei antes, B.

— Você foi casada.

— Estou aprendendo que isso não significa muita coisa — respondo honestamente. — Quer dizer, acho que eu *achava* que amava Jonathan quando estava casada com ele. Espero tê-lo amado de verdade, mas não era nada comparado ao que sinto agora. E isso vai soar bem bobo, mas sinto falta dele.

— Por que isso seria bobo?

— Porque eu o vi há pouquíssimos dias, na segunda-feira de manhã. Estou muito ocupada essa semana para poder vê-lo, e sinto falta dele.

— Por que você está correndo comigo na sua noite de folga, em vez de ir passá-la com o Dom?

— Porque ele tem um evento na vinícola, então não está livre esta noite.

— Você já disse a ele que o ama?

— Você está maluco? — grito. — De jeito nenhum.

— Por que não?

— Porque estou com ele há apenas algumas semanas. Ainda é muito cedo.

— Mulheres...

Ele revira os olhos e aumenta um pouco mais a velocidade da corrida conforme meu prédio entra no nosso campo de visão, mas eu o deixo ir na frente e mantenho meu ritmo mais lento. Quando alcanço o prédio, ele está ofegando, alongando as pernas na entrada. Começo a me alongar junto com ele.

— Você deveria ir ver o Dom esta noite, Alecia.

— Ele está ocupado.

— Não tão ocupado que você não possa aparecer lá e dizer que o ama.

— Posso dizer a ele no fim de semana.

— Por que esperar? Você está com saudades dele. Você o ama. Vá vê-lo. Sério, a vida é muito curta para se perder tempo.

Entramos no meu apartamento e eu franzo a testa para o meu amigo.

— Quando você se tornou um expert em namoros?

— Olha. — Ele segura meus ombros e me força a olhá-lo nos olhos. Isso não é nada típico dele. — E se você não tiver a chance de dizer a ele? Você vai se arrepender para sempre.

— Você já disse à Em que está apaixonado por ela?

— Pode apostar que sim.

Fico embasbacada. Olho para ele e, então, jogo meus braços em volta do seu pescoço, dando-lhe um abraço apertado.

— Estou tão feliz por você.

— Vá ficar feliz por *você*. Ele vai adorar te ver.

— Você está tentando me expulsar do meu próprio apartamento?

— Com certeza. Quero usar o seu chuveiro. O jato dele é fantástico.

Dou risada e entro no closet, com a intenção de trocar de roupa, e franzo as sobrancelhas quando percebo que estou suada.

— É melhor eu tomar um banho.

— É, nenhum homem quer ouvir a mulher dele dizer que o ama enquanto está cheirando a rato de academia.

Dou língua para ele e volto para o quarto, tirando a roupa a caminho do banheiro.

O que diabos eu vou fazer? Simplesmente aparecer no escritório dele e soltar um "Eu te amo! Surpresa!"?

Que patético.

Talvez eu deva levá-lo para jantar ou algo assim. Mas ele disse que tem que trabalhar esta noite, então isso não vai dar certo.

Por que estou pensando tanto sobre isso? Apenas vá dizer a ele que o ama!

Mas, e se eu disser e ele ficar apenas me olhando, confuso? Ou, pior ainda, disser "Obrigado"?

Meu Deus, eu morreria de horror.

Talvez isso não seja uma boa ideia. Eu deveria esperar. Nosso relacionamento ainda é recente. Não há necessidade de apressar isso.

Você é o meu tesouro.

Um homem diria isso para alguém que ele não ama?

Acho que não.

Desligo o chuveiro, e no instante em que estendo a mão para pegar uma toalha, ouço uma comoção na sala de estar, e a voz de um Dominic muito zangado grita:

— Mas que porra está acontecendo aqui?

Para Sempre Comigo   219

Capítulo Dezessete

Dominic

Sinto falta dela.

Faz menos de três dias desde que a tive em meus braços pela última vez, provei seu sabor, e sinto falta dela como se ela fizesse parte de mim.

Porque ela faz.

Estou tentado a ligar o foda-se e ir até seu apartamento esta noite. Deixar Celeste cuidando do restante do evento. É para isso que eu a pago, não é?

Pego meu celular para mandar uma mensagem para Alecia, quando o telefone do meu escritório toca.

— Salvatore — atendo.

— *Ciao* — minha prima Gianna diz, mas consigo ouvir algo diferente em sua voz com apenas uma palavra.

— O que houve, *bella*?

— Preciso de você aqui, Dom.

— Você faz isso a cada três meses, sem falta, Gianna. Não posso simplesmente fazer as malas e ir para a Itália. Eu tenho um negócio aqui. Uma vida.

— Marco tem nos roubado.

Inclino-me para frente na cadeira, franzindo a testa, certo de que entendi errado.

— *Mi scusi*?

— Você me ouviu. — Ela suspira, de uma maneira que diz que está exausta. — A vinícola está falida, Dominic.

Para Sempre Comigo 221

— Como?

— Um pouco de cada vez. Acho que ele está fazendo apostas de novo.

Fecho os olhos, sentindo meu corpo inteiro paralisar.

Aquele filho da puta.

— Onde está o Marco, Gianna?

— Não consigo encontrá-lo.

— Filho da puta! — Aperto o alto do meu nariz, já planejando pegar um avião para a Itália hoje.

— Dom, é você que sabe mexer com finanças. É o único que pode consertar isso. Preciso de você aqui.

— Já estou a caminho.

— *Grazie* — ela começa, mas eu a corto.

— E quando eu chegar aí, teremos uma longa conversa sobre por que você demorou tanto para me ligar, porra.

— Apenas venha logo.

Ela desliga, e fico tentado a atirar meu celular do outro lado do escritório, mas, em vez disso, grito por Celeste.

— O que houve? — ela pergunta, entrando no meu escritório.

— Tenho que ir para a Itália esta noite.

— Está tudo bem?

— Não. — Xingo e começo a andar de um lado para o outro atrás da mesa. — Preciso que você fique aqui esta noite para o evento. Preciso de alguém para supervisionar.

— Posso fazer isso.

— Ótimo. Vou subir para fazer a mala.

— O senhor quer que eu reserve o seu voo?

— Não, pode deixar que eu faço isso. Você pode me ligar enquanto eu estiver lá, caso precise de alguma coisa.

— O senhor vai ficar fora por quanto tempo?

— Não sei. — Suspiro, já me sentindo enjoado por pensar na bagunça que me espera por lá. — Pode levar algumas semanas. Um mês, no máximo.

— Não se preocupe com nada. Vai ficar tudo bem por aqui.

— Obrigado, Celeste.

Recolho rapidamente meu laptop, iPad, carregadores e guardo na minha pasta, enfio meu celular no bolso e subo as escadas correndo, dois degraus por vez.

Disco o número da companhia aérea enquanto abro uma mala e começo a enchê-la com roupas e coisas essenciais.

Sou excelente em fazer várias coisas ao mesmo tempo.

— Preciso estar em um avião para a Itália esta noite, saindo de SeaTac, primeira classe.

Posso ouvir a agente começar a buscar, com suas unhas clicando no teclado enquanto ela procura um voo para mim, e me lembro de que Alecia tentou me ligar enquanto eu estava falando com Gianna.

Alecia.

Porra, vou ter que dizer a ela que vou viajar.

— Tenho um voo disponível às oito da noite — a agente diz.

Olho meu relógio. Isso me dá uma hora para terminar de arrumar minhas coisas antes de ter que ir para o aeroporto.

E preciso falar com Alecia, de preferência pessoalmente.

Ou, eu poderia simplesmente levá-la comigo. Ela tem uma equipe que pode cuidar do seu negócio sem ela por algumas semanas.

Sorrio conforme a ideia se forma na minha mente.

— Esse está ótimo, mas vou precisar de dois assentos, por favor.

— Sim, há dois assentos disponíveis — ela responde.

Forneço a ela as informações dos passageiros e do meu cartão de crédito e termino de arrumar minhas coisas, sentindo uma animação repentina diante da viagem espontânea para casa. Tenho me sentido ansioso para mostrar a Alecia de onde vim, para ver seu rosto se iluminar quando vir as terras dos meus avós, ou quando eu a levar para fazer compras em Roma.

Com a energia renovada, confiro as coisas mais uma vez com Celeste e saio, dirigindo em direção à Seattle.

Mal posso esperar para vê-la, mas, primeiro, faço uma ligação para Steven.

— Alô?

— Oi, é o Dom. Eu queria te avisar que estou indo para a Itália de última hora.

— Está tudo bem?

A preocupação na voz de Steven sempre me faz pausar. A maneira como ele me aceitou, tão de bom grado, sempre me desarma.

— Não, mas vai ficar. Surgiram alguns problemas na vinícola, e precisam de mim por lá.

— Claro. Tenha cuidado, filho, e me avise quando chegar lá, ou caso você precise de qualquer coisa.

— Obrigado. — Assinto e sorrio para mim mesmo. — Vou levar Alecia comigo.

— É mesmo? — Posso ouvir o sorriso em sua voz também. — Então, não é uma viagem apenas de negócios.

— Não, quero mostrar tudo a ela.

— Que bom para vocês. Se cuidem.

Encerro a chamada e imediatamente ligo para Matt, dando a ele a mesma informação.

— Você vai levá-la para a Itália? Ela está animada?

— Ela ainda não sabe. É uma surpresa.

— Isso é uma surpresa e tanto, viu?

— Eu sei. — Dou risada. — Mulheres se amarram nessas paradas.

224   Kristen Proby

— Você está cada dia mais americano, irmão. Divirta-se. Ligue se precisar de alguma coisa.

Encerro a chamada assim que saio da via expressa, seguindo para o condomínio de Alecia. Minha família Montgomery é muito especial, quanto a isso não há dúvidas.

Caminho rapidamente até o prédio de Alecia, conferindo a hora no em meu relógio. Temos somente tempo suficiente para que ela arrume uma bolsa e sigamos para o aeroporto. Espero não ter que deixá-la nua para convencê-la a ir comigo.

Não porque eu não queira deixá-la nua e enterrar-me dentro dela por boa parte da noite, mas porque não há tempo para isso.

Confiro meu relógio de novo. Ok, talvez dê para deixá-la ao menos seminua.

Estou sorrindo diante da ideia de uma rapidinha na cozinha quando me aproximo da porta e a abro sem bater, surpreso por estar destrancada.

Olho para baixo e franzo as sobrancelhas ao ver os sapatos que dei a ela na noite do casamento do Will jogados do lado da porta da frente. Minha carranca se intensifica ainda mais quando vejo sua saia embolada no chão perto da cozinha, e sua blusa e sutiã largados pela sala de estar.

Sentado no sofá, com um tornozelo apoiado sobre o joelho oposto, os braços estendidos sobre o encosto do sofá, suado e vestindo apenas bermuda de treino, está Blake.

A camiseta dele está pendurada no braço do sofá. Ele está suado, seus cabelos estão uma bagunça, e ele parece... *satisfeito*.

E, porra, eu vou matá-lo!

— Ei, cara. Alecia vai ficar surpresa em te ver.

— Mas que porra está acontecendo aqui? — grito e avanço em direção a Blake. Ele fica de pé imediatamente, franzindo a testa como se estivesse confuso, o que só me faz querer socá-lo ainda mais.

Então é isso? Ela não me viu por três dias e decidiu chamar o Blake para matar sua vontade?

Para Sempre Comigo 225

Eu sou estúpido pra caralho.

— Dom? — Alecia diz da porta do seu quarto. Ela está molhada, recém-saída do banho, usando somente uma toalha, e sinto o mundo desabar sob mim.

— Você tá de sacanagem com a minha cara?

— Ei, cara, não é o que você está pensando — Blake começa, mas avanço novamente, deixando meu rosto muito próximo do seu.

— O que estou *pensando* é que achei que podia confiar em você. Você mentiu para mim, porra.

— Não, Dominic — Alecia diz, aproximando-se para colocar uma mão no meu braço. Olho para baixo, encarando sua mão, depois mudo para seu rosto, e ela se afasta imediatamente.

Olho irritado para os dois e me distancio alguns passos, enfiando as mãos nos meus cabelos.

— Do que, exatamente, você está me acusando? — Alecia pergunta, com raiva na voz. Seus olhos castanhos estão em chamas e suas bochechas estão rosadas, conforme ela apoia as mãos na cintura e me lança um olhar irritado.

— A sua toalha está prestes a cair — aviso, tentando manter minha voz calma.

— Não me importo. Apenas diga.

— Ah, é mesmo. — Balanço a cabeça e rio sem humor algum, andando de um lado para outro em sua sala de estar. — Por que você deveria se importar se a toalha vai cair ou não? Nós dois já vimos o que há de bom por baixo dela, não é?

— Ei — Blake reage, mas avanço até ele, com as mãos em punhos aos lados do meu corpo, e, de repente, Alecia está entre nós, com as mãos em nossos peitos.

— Nós não...

— Essa não é a primeira vez que isso me acontece, Alecia. Já flagrei essa cena antes, só que, da última vez, eram a minha noiva e o meu primo.

— O quê? — Seu rosto empalidece enquanto ela fica me encarando. — E você acha que eu faria isso? — Seu rosto fica vermelho de raiva. Apenas dou de ombros, enquanto Blake xinga baixinho e se afasta de mim.

— Quer saber? — Alecia pisa duro até a porta e a abre por completo. — Acho que é melhor você ir embora.

— Diga que não transou com ele — replico, caminhando até ela.

— Meu Deus, Dom — Blake começa, mas Alecia o interrompe.

— Eu não deveria *ter* que dizer isso! Quero que você saia do meu apartamento. Agora.

— Isso ainda não terminou — digo, encarando seus olhos enfurecidos. Estou tão furioso quanto ela. Quero que ela diga "Não. É claro que não dormi com ele".

Se ela não tinha feito isso, não deveria ser difícil de dizer.

— Não vou falar com você agora. — Ela balança a cabeça, inflexível.

— Terminaremos de discutir isso depois.

Quando saio para o corredor, ela bate a porta atrás de mim. Vou com pressa até meu carro e dirijo cegamente para o norte, passando por Tacoma, até o aeroporto, ficando mais e mais irado a cada quilômetro. Porra, ela me enganou.

Quero dar a volta e confrontá-la novamente. Dar uma surra no Blake. Mas não há tempo. Precisam de mim na Itália *agora*. Minha família precisa de mim.

Preciso de Alecia.

Ou pensei que precisava.

Ela acabou de praticamente admitir que transou com o Blake, por não se dar ao trabalho de negar.

Enxergue o que está debaixo do seu nariz, cara.

Meu celular toca, mostrando o nome de Gianna na tela.

— O que é?

— Nossa, que jeito gentil de atender ao celular.

— O que você quer, Gianna? Estou a caminho do aeroporto agora.

— Quero te agradecer mais uma vez. Estou animada para te ver, e queria que você estivesse vindo em circunstâncias diferentes.

Suspiro e esfrego meu rosto.

— Estarei aí amanhã à noite.

— Ah, a propósito, acabei de falar com Liliana, e posso ter mencionado que você está vindo.

Balanço a cabeça e xingo baixinho diante da menção à minha ex-noiva.

— Gianna.

— Ela vai adorar te ver.

— Não estou interessado, Gianna.

— Já faz muito tempo, Dom. Não estou sugerindo que você case com ela. Apenas conversem. Ela sente sua falta.

Ela transou com o Marco, é tudo em que consigo pensar, mas estou irritado demais para argumentar.

— Tá. — Uma ideia começa a surgir. — Na verdade, Gianna, eu vou sim falar com Liliana. Convide-a para jantar na sexta-feira.

— Estava esperando que você dissesse isso! Eu já a convidei.

— Ótimo. Te vejo quando chegar.

Desligo e toco meus lábios com os dedos, pensando sobre as duas mulheres para as quais fui estúpido o suficiente para entregar meu coração. Uma me traiu com meu próprio primo, sem ao menos se dar ao trabalho de ser discreta. Tenho quase certeza de que era sua intenção que eu os encontrasse na noite anterior ao nosso casamento.

Funcionou.

E, graças a Deus, eu descobri a verdade antes de me casar com ela.

Mas, quando penso em Alecia, sinto uma dor no meu peito. Como ela pôde fazer isso? Por quê?

Capítulo Dezoito

Alecia

— Porra, não acredito que ele fez isso! — grito e piso duro até meu quarto para vestir uma roupa, qualquer roupa, nem me dou ao trabalho de ver o que estou vestindo, e marcho até a sala de estar, onde Blake vestiu sua camiseta e está olhando pela janela. — Não acredito que eu ia dizer a ele que o *amo*!

— Você o ama — Blake diz tranquilamente, e vira para olhar para mim. — E ele obviamente ama você.

— *Me ama?* Ele me ama e me acusa de estar transando com o meu melhor amigo?

— Olhe em volta, Leash. — Ele gesticula pela sala com os braços. — As suas roupas estão por toda parte. Eu estava seminu, e você, saindo do chuveiro. Se eu tivesse entrado e visto essa cena, teria matado ele. Tenho sorte por não estar com a mandíbula quebrada nesse momento.

— Ele deveria confiar em mim! — grito. — Nunca faria isso com ele!

— Concordo, mas você sabia sobre a ex-noiva?

— Não. — Balanço a cabeça e vou até a cozinha para abrir um vinho. — E isso é outra coisa que está me deixando irritada. Ele já foi *noivo*, cacete? Por que nunca mencionou essa pequena informação antes?

E por que raios a ideia de outra mulher usando um anel de noivado dado por ele me faz ter vontade de matar alguém?

— Parece que não é uma lembrança muito agradável para ele — ele responde secamente. — Além disso, você alguma vez perguntou se ele já foi noivo?

— Por que eu perguntaria isso? — Viro-me e encaro Blake como se

Para Sempre Comigo 229

tivesse nascido uma segunda cabeça em seu corpo, mas tudo o que ele faz é dar de ombros.

— Você não ajudou muito, sabe?

— Está dizendo que isso é minha culpa? — exijo saber.

— Em parte, sim. Ele tirou conclusões precipitadas, mas você se recusou a negar, Alecia. Sério, vocês dois são bem ferrados, viu?

Suspiro e deixo minha cabeça cair para frente, fazendo um pouco da minha irritação ir embora.

— Ele fez uma acusação horrível.

— Com certeza. Mas você não disse *"Dominic, eu nunca transaria com o Blake. Ele é bom demais para mim e o sexo era espetacular, mas nunca mais vou fazer isso"*.

Reviro os olhos, mas ele apenas sorri.

— Não, em vez disso, o que você disse foi, e essa é a versão resumida, mas como homem, foi isso que ele ouviu: *"Vá se foder. Não tenho que justificar nada para você. Vá embora, caralho"*.

— Merda.

— Vou sair para jantar com a Emily hoje, então tenho que ir. Sugiro que você vá até a vinícola e peça desculpas, Leash.

Torço o nariz, mas sei que ele tem razão.

— Admitir que eu estava errada me deixa com um gosto amargo na boca.

— Leve um docinho, então.

Tento ligar para o celular de Dom, mas não há resposta. Na verdade, vai direto para a caixa postal.

Ele está tão bravo que desligou o celular?

Merda.

Estaciono em frente à casa de Dom e entro sem bater.

— Dom! — Procuro pelo quarto de jogos, pela sala de estar, pela cozinha.

Sem sorte.

— Dom!

Caminho com determinação em direção ao escritório quando Celeste coloca a cabeça para fora dele, com uma expressão surpresa em seu rosto bonito.

— Alecia.

— Oi! O Dom está no escritório dele?

— Não, sinto muito.

— Ah. — Viro-me em direção aos fundos da casa. — Ele está no celeiro?

— Não, ele está a caminho da Itália.

Pisco algumas vezes e viro-me de volta para ela, certa de que não ouvi direito.

— Como é?

— Ele está em um avião, Alecia. Ele foi chamado para voltar para casa.

Esta é a casa dele.

— Quando?

— Há algumas horas.

Ele está indo para a Itália e não me disse?

— Quando ele vai voltar?

— Ele não sabe. Pode levar algumas semanas. Talvez um mês.

— Ele vai ficar na Itália por um mês. — Pareço uma idiota, repetindo o que ela diz, mas não consigo evitar.

A Itália vai amar você.

— Pode ser menos tempo.

Assinto para ela e, em seguida, balanço a cabeça, tentando clarear a mente. Ele foi para a Itália sem me dizer.

— Você está bem, querida?

— Ah, eu estou bem.

— Quer que eu dê algum recado a ele?

— Não. — Balanço a cabeça negativamente e ofereço-lhe um sorriso enorme. — Sem recados. Obrigada.

Saio da casa de Dominic o mais rápido que posso. Entro no carro, ligo o motor e saio a toda velocidade, mal sentindo as lágrimas descendo por minhas bochechas. Tento ligar para seu celular novamente, mas vai direto para a caixa postal.

Ele está na porra de um avião!

Ligo para Blake.

— Se você está me ligando, não deu certo.

— Ele está indo para a Itália — falo, e odeio o som de choro na minha voz.

— Sério?

— Não tem como eu inventar uma merda dessas. As coisas ficaram difíceis e ele correu para a Itália. Nem ao menos ficou para lutar por mim. Que droga é essa?

Blake está tentando falar, mas não consigo parar de tagarelar, zangada e frustrada e, porra, tão *magoada* que não sei o que fazer comigo mesma.

— Quer dizer, eu sou tão idiota assim? Me amar é mesmo tão impossível que as pessoas conseguem simplesmente me deixar sem ao menos olhar para trás?

— Alecia, pare. Respire.

Faço o que ele diz e limpo as lágrimas do meu rosto bruscamente.

— Ele ia me levar para a Itália com ele, e ao invés disso, assim que pensou o pior de mim, pegou um avião.

232   **Kristen Proby**

Não consigo acreditar nisso.

— Alecia, acho que isso não tem a ver muito com o Dom. Acredito que tem mais a ver com você e os seus problemas.

— Eu não tenho problemas — replico, teimosa.

— Oh, querida, você tem mais problemas do que qualquer uma das mulheres de *The Real Housewives*.

— Vou contar para Emily que você assiste a essa porcaria.

— É sério, Alecia. Você não sabe se o Dom te abandonou mesmo.

— As pessoas não ficam na minha vida, Blake — respondo baixinho. — Elas simplesmente não ficam.

Encerro a ligação e fico olhando para a via expressa no caminho para casa, sem realmente prestar atenção. Não estou mais chorando, apenas em um silêncio embasbacado. Estaciono, sigo para meu apartamento e, depois que entro, fico encarando, ainda sem acreditar, os sapatos que Dom me deu, que ainda estão onde os deixei quando os tirei com pressa para me aprontar para a corrida com Blake. Fico andando de um lado para o outro na sala de estar, paro por um momento diante da janela para observar um barco passando, e depois volto a andar para lá e para cá.

As pessoas não ficam na minha vida.

E por que elas não ficam?

Não falo com os meus pais. Meu ex-marido virou as costas para o nosso relacionamento sem olhar para trás.

Estou cansada de ser descartável.

Você é o meu tesouro.

Bom, ele era um encantador e tanto, isso tenho que confessar.

Decidida, pego meu celular e ligo para Emily.

— Oi, chefinha.

— Oi — respondo, colocando um sorriso na voz e ficando bem orgulhosa por ela não estremecer. — Surgiu algo que preciso resolver. Você pode tomar conta do negócio sem mim por uma semana, mais ou menos?

— Claro — ela concorda, e consigo ouvir o questionamento em sua voz. — Está tudo bem?

— Claro — minto. *Só tenho que ir acertar as contas com os meus pais, algo que já passou da hora há muito tempo.* — Só preciso cuidar de algumas coisas pessoais.

— Ok. Não se preocupe com nada.

Engulo o bolo que se forma na minha garganta e respiro fundo.

— Você é a melhor. Obrigada.

— Sem problemas.

Capítulo Dezenove

Dominic

Gianna está agitada diante do fogão, cantarolando baixinho. Ela mexe o molho vermelho da nossa avó antes de tirar um pão fresco do forno. Senti falta dessa cozinha. Me faz pensar em *Nonna*, risadas e lar.

Nosso avô reformou essa cozinha anos atrás, instalando fogão, forno e geladeira industriais, e *Nonna* fez bom proveito de tudo isso, sempre na cozinha, sempre alimentando alguém.

Se tivéssemos sido espertos, teríamos engarrafado e vendido seu molho vermelho enquanto ela ainda estava viva, em vez de vinho. Provavelmente venderia muito melhor.

Mas ela não nos permitiria fazer isso.

Tomo um gole do meu vinho, um pequeno Merlot que veio dessas terras, e dou mais uma analisada nas finanças da minha prima em seu laptop.

— Então, ele estava fazendo saques de mais de dez mil euros por vez, e você não percebeu? Qual é, Gianna, eu não sou idiota.

— Ele sempre tinha algum motivo — ela diz, agitando os braços no ar enquanto caminha pela cozinha. Confiro a hora no relógio, ciente de que Liliana chegará logo, e quero terminar antes disso. — O carro dele estava quebrado. Ele tinha contas médicas.

— Marco nunca esteve doente na vida.

— Por que eu o questionaria? — ela exige saber, com seus olhos castanhos profundos em chamas. — Por quê? Ele é meu irmão, não é?

— Você o questionaria porque ele já fez isso antes.

— Mas nunca desse jeito!

Para Sempre Comigo 235

Suspiro e passo os dedos pelos cabelos. Ainda estou exausto devido ao *jet lag*, por estar zangado com Alecia. Por estar preocupado com esta vinícola.

— Vou ao banco semana que vem, Gianna. Vou resolver isso para você. Ainda estou examinando os seus registros, que, a propósito, estão uma bagunça, tentando descobrir quanto exatamente ele te deve.

— Ele não vai devolver o dinheiro, Dominic.

— Ah, ele vai sim — rebato, com minha voz dura feito aço. — E quando eu o encontrar, vou dar uma surra nele.

— Não foi para isso que te chamei aqui.

— Bem, vou fazer isso mesmo assim. Você queria a minha ajuda, então terá.

Ela para perto da mesa, torcendo um pano de prato nas mãos e, por fim, envolve meus ombros com os braços e me abraça forte.

— Obrigada por ter vindo tão de imediato, Dom. Obrigada por me ajudar.

— Você deveria ter me ligado há meses.

— Pensei que ele pararia. Pensei que, talvez, eu pudesse ajudá-lo.

— Ele não quer ajuda, Gianna. Isso é algo que você não pode esquecer.

Ela abre um sorriso triste.

— Ele é meu irmão. — A campainha toca e Gianna se afasta. — Vou atender à porta.

Fecho o laptop e guardo toda a papelada antes de Gianna voltar para a cozinha com Liliana, batendo um papo muito animado com ela.

— Você está aqui! — Liliana exclama e se joga nos meus braços, dá um beijo na minha bochecha e me aperta forte.

Isso me deixa enjoado.

— Estou aqui — respondo e a afasto de mim, gesticulando em seguida para que ela sente à mesa. — Como vai, Liliana?

— Ah, estou ótima. — Ela sorri e, sem conseguir evitar, observo-a bem, dos pés à cabeça. Ela está usando roupas estilosas de cores vibrantes que se ajustam ao seu corpo gracioso como uma luva. Ela sempre foi magra, quase magra demais.

Mas seus seios estão mais cheios e quase saltando da blusa.

Ela colocou silicone.

Seus lábios estão com batom vermelho, e sua pele está pálida e macia. Seus cabelos pretos caem em volta dos seus ombros em cachos leves, e seus olhos azuis brilham enquanto ela me observa, com os lábios curvados em um sorriso sedutor.

— Senti sua falta, Dominic.

Ergo uma sobrancelha.

— Sentiu?

— Muito. — Ela se aproxima e segura minha mão, mas me afasto lentamente, para ficar fora do seu alcance.

Não quero que ela me toque.

Gianna serve o jantar enquanto as duas conversam alegremente, fofocando sobre amigos em comum, dando-me a chance de analisar Liliana.

Será que fui mesmo atraído por ela? Claro que sim, mas os motivos são um mistério para mim. Ela obviamente se esforça bastante para ficar bonita, e ainda assim, ironicamente, não está nada atraente.

Acho que ser uma vadia traidora contribui para isso.

— Ah, Dom, você se lembra daquela viagem de fim de semana que fizemos para Roma? A última em que fomos quando ficamos noivos?

Eu me encolho antes de poder me impedir. Claro que me lembro dessa viagem para Roma.

— O que tem?

— Bem, eu estive lá há algumas semanas, e aquela pequena pousada onde nos hospedamos está à venda. Claro que eu quis muito poder comprá-la, pelo valor sentimental que ela tem para mim. — Ela pisca sedutoramente para mim. — Você deveria comprá-la.

Para Sempre Comigo 237

— Por que diabos eu faria isso?

— Porque é o nosso lugar especial, é claro.

Gianna franze a testa para Liliana, trazendo sua atenção para mim em seguida, com cautela. Pouso meu garfo no prato, apoio-me nos cotovelos e olho para Liliana por sobre a borda da minha taça de vinho.

— Qual é o seu joguinho, Lil?

— Joguinho? — Ela arregala os olhos, de maneira inocente, e quatro anos atrás, eu teria caído nessa. — Não estou fazendo joguinhos. Aquele lugar é especial para mim. Eu odiaria que alguém comprasse e o transformasse em algo terrível.

— Gianna — começo e fico de pé, gesticulando para Liliana segurar minha mão, o que ela faz sem hesitar. — Vou levar Liliana lá fora para conversarmos em particular.

— Claro — Gianna responde, e começa a limpar a mesa.

Tento tirar minha mão da de Liliana, mas ela segura com firmeza, sorrindo sedutoramente para mim, do jeito que costumava fazer quando mal podia esperar para chegarmos em casa e poder abalar as minhas estruturas, conforme a conduzo para o lado de fora, dando a volta na lateral da casa pela varanda coberta.

— Graças a Deus estamos a sós, finalmente — ela ronrona e sobe as mãos pelo meu peito, apoiando-se contra mim e inclinando a cabeça para trás de maneira convidativa. — Estou tão feliz por você estar em casa, *mi amore.*

Afasto-me do seu toque e cruzo os braços no peito.

— Não sou seu amor, Liliana. Não sou nada para você.

— Isso não é verdade.

Inclino a cabeça de lado, observando-a com cautela.

— Você fodeu com o meu primo. Na noite anterior ao nosso casamento.

Seu lábio treme e surgem lágrimas em seus olhos, mas não acredito nem um pouco que elas sejam verdadeiras.

Liliana é mestre em manipulação.

— Foi apenas um lapso momentâneo.

— Ou um lapso de caráter — replico, com calma.

— Queria que você pudesse me perdoar, Dominic. Foi um momento de fraqueza. Não significou absolutamente nada.

Assinto, ponderando suas palavras.

— Sim, Marco me disse que você já estava transando com ele há três meses, àquela altura. Então, foi um momento de fraqueza que durou três meses?

Ela estreita os olhos e seus lábios endurecem.

— Você veio aqui para nos reconciliarmos ou não?

— Não. — Passo um dedo sobre os lábios, pensativo. — Vim aqui porque a minha prima precisava de mim.

— Então, por que me convidou para jantar? — Ela coloca as mãos nos quadris esguios e me encara irritada.

— Por alguns motivos. — Encosto o quadril no balaústre da varanda casualmente. — Primeiro, eu gostaria de saber quanto dinheiro você convenceu o Marco a te dar durante os últimos seis meses.

Ela começa a falar, mas ergo uma mão, interrompendo-a.

— Também queria que você finalmente admitisse que estava transando com ele desde antes de eu te pedir em casamento. E queria simplesmente te perguntar por quê.

— Por que o quê? Por que o Marco me dá dinheiro? Por que eu estava transando com ele?

— Tudo.

Ela joga a cabeça para trás e gargalha. Não a risada sexy e adorável que eu conhecia, mas uma risada maquiavélica e vingativa, que a deixa ainda mais feia.

— Ah, por favor, Dominic. Você é adulto. Nós nos divertimos juntos. O sexo era espetacular, fazíamos um ao outro rir.

— O sexo era medíocre — corrijo-a e abro um sorriso irônico. Sexo com Alecia, sim, era espetacular.

— Nunca foi sobre *você* — ela diz venenosamente. — Assim que coloquei o pé nesta vinícola quando vim cuidar da sua mãe, que Deus a tenha, eu soube o que queria.

— Você queria a *vinícola*? — pergunto, incrédulo. — Para quê? Você é enfermeira.

Reviro minha mente, lembrando dos meses em que Liliana vinha aqui para cuidar da minha mãe quando ela estava morrendo, o quão cheia de compaixão ela era.

Ela foi o meu suporte naquele tempo, e foi por isso que me apaixonei por ela.

— Eu sou uma enfermeira muito boa, mas você acha mesmo que é isso que quero fazer para sempre? Ver as pessoas morrerem?

— O que você quer?

— Eu quero dinheiro! — Ela balança a cabeça para mim como se eu fosse burro. — Você sempre falou sobre se mudar para os Estados Unidos, recomeçar, e não era isso que eu queria. Eu amo viver aqui. *Aqui.* E eu sabia que o Marco nunca iria embora.

— Então, você o seduziu.

— E ainda seduzo — ela replica, com um sorriso presunçoso. — E ele faz praticamente qualquer coisa que eu mande.

— Inclusive roubar dinheiro da própria irmã — rosno.

— Ei, já faz um bom tempo que peço a Gianna para te convencer a voltar a morar aqui, Dominic. Era você que eu queria, mas queria você *aqui*. E queria ter uma parte dessa vinícola.

— Você esqueceu que assinou um acordo pré-nupcial, Lil? — Sorrio, vendo seu rosto empalidecer enquanto seus olhos me fitam zangados. — E, além disso, Marco e eu não somos os proprietários majoritários dessa vinícola. Nós temos apenas vinte e cinco por cento, cada um. Gianna é dona de cinquenta por cento. Essa vinícola é dela.

240   Kristen Proby

— Bom, então que bom que continuei amiga daquela pateta estúpida todos esses anos, não é?

— Você não é minha amiga.

Nós dois nos viramos, chocados ao encontrar Gianna na ponta da varanda, segurando uma garrafa de vinho e tremendo de raiva.

— Gianna, *bella*, você entendeu errado.

— Não entendi, não. — Gianna balança a cabeça e coloca o vinho no corrimão. — Todo esse tempo, eu pensei que você fosse apaixonada pelo Dominic. — Seus olhos suavizam e ela suspira. — Eu tinha pena de você.

— Bem, isso é algo que temos em comum — Liliana responde friamente.

— Vá embora da minha propriedade. Agora, porra! — Gianna grita, surpreendendo-nos com seu linguajar. Liliana vira-se para mim, bufando.

— Você vai deixar que ela fale comigo assim?

— Com certeza. Dê o fora daqui.

— Dom... — ela começa, suavizando sua expressão com um sorriso autodepreciativo. — Quando a sua mãe estava morrendo, ela me disse que esperava que você encontrasse uma boa mulher como eu. Ela *queria* que ficássemos juntos.

— Minha mãe não sabia quem você realmente é, Liliana. Eu sei. Saia da propriedade de Gianna antes que eu mande te prender por invasão.

Liliana alterna olhares irritados entre minha prima e mim, e então, sai pisando duro até o interior da casa para pegar sua bolsa e bate a porta da frente ao sair. Gianna e eu olhamos um para o outro em silêncio conforme a ouvimos ligar o carro e sair cantando pneus ao ir embora.

— Você está bem, *bella*? — pergunto a ela.

Ela franze a testa e assente, mas, em seguida, seu rosto desaba e ela nega com a cabeça. Vou até ela e a puxo para os meus braços, embalando-a devagar enquanto ela chora.

— Pensei que ela fosse minha amiga.

Para Sempre Comigo 241

— Eu sei. Sinto muito.

— Pensei que ela te amava, e sentia pena dela, por isso sempre te peço para voltar para casa.

— Sei disso também.

— Nossa, ela é uma vadia.

Dou risada e beijo sua cabeça, conduzindo-a até o balanço na varanda e a ajudando a secar as lágrimas.

— Você sabia de tudo — ela diz baixinho. — Sabia que ela estava ajudando Marco a me roubar, e todo o resto.

— Sim, sabia.

— Por que não me contou?

Inclino a cabeça para o lado e a observo em silêncio. Finalmente, ela funga e assente.

— Você tentou. Logo depois que tudo aconteceu, você tentou, e eu disse que você estava imaginando coisas e não acreditava em você.

— Ela era sua amiga.

— Você é minha família.

Dou de ombros e assinto, sentindo meu celular tocar no bolso.

— Oi, Celeste.

— Oi, Dominic. Estou fazendo o pedido da comida para a reunião de família que será realizada aqui no próximo fim de semana, e queria me certificar de que você não tem mais nada a acrescentar.

— Não, está tudo no último e-mail que te enviei. Mas confira com o Blake também. Talvez ele tenha feito algum ajuste no cardápio.

— Sim, senhor. Ah, e Alecia conseguiu contatá-lo antes que chegasse ao aeroporto?

Franzo as sobrancelhas, ignorando o olhar surpreso de Gianna à menção do nome de Alecia.

— Do que você está falando?

— Ela veio aqui procurar por você. Não deixou recado, mas parecia ser algo importante.

Claro que era importante. Eu havia acabado de flagrá-la com Blake.

— Obrigado, Celeste.

— Por nada. Te vejo em algumas semanas.

Ela desliga e eu guardo o celular no bolso.

— Quem é Alecia?

— Ninguém.

Tudo para mim.

— Como é mesmo que dizem? Ah, sim: que lorota. Quem é ela?

Respiro fundo, e quando dou por mim, conto tudo para Gianna. Como conheci Alecia, como ficamos juntos, o quanto ela é importante para mim, até o dia em que eu estava me preparando para vir à Itália e descobri que ela estava dormindo com o melhor amigo.

— Mas ela estava tentando te encontrar quando você estava vindo para cá. Celeste acabou de dizer isso.

— Claro que ela estava — zombo. — Ela foi pega e estava tentando implorar pelo meu perdão, que ela não vai conseguir.

— Então, você ainda não conversou com ela.

— Não.

Gianna suspira e murmura algo sobre homens teimosos feito uma mula.

— Talvez você devesse conversar com ela antes de tirar conclusões precipitadas.

— Eu sei o que vi, Gianna.

— Você viu o melhor amigo dela sentado no sofá.

— Seminu, suado e com as roupas deles jogadas por toda a porra da sala de estar. Não era exatamente uma cena inocente.

— Bom, isso eu vou reconhecer. — Ela morde o lábio. — Sinto muito.

Para Sempre Comigo   243

Claramente, não sou muito boa em julgar o caráter de alguém, e nunca conheci a sua Alecia.

— Ela não é minha — respondo rapidamente.

— Não? — Gianna sorri e segura meu rosto. — Você ama com todas as forças, Dominic. Sempre foi assim. É uma das coisas que te deixa suscetível à mágoa e à decepção e, ao mesmo tempo, te traz tanta alegria. Liliana enfraqueceu essa luz em você por um tempo, mas posso ver que está de volta. Há raiva, sim, e não estou dizendo que não deveria ter, mas talvez você deva tentar falar com ela.

— Ela também não tentou me contatar, Gianna.

— Você está do outro lado do mundo. Faz dois dias. Celulares não são sempre confiáveis. — Ela se inclina para mim e beija minha bochecha antes de levantar. — *Ti amo.*

— Eu também te amo. — Beijo sua mão e então ela se afasta, pega a garrafa de vinho esquecida no corrimão e volta para dentro da casa.

Eu sei o que vi. Não tinha como me enganar. As roupas dela estavam por toda parte, Blake estava seminu.

E, porra, ela se recusou a dizer que não tinha acabado de dormir com ele. Ela não queria negar.

Se ela foi procurar por mim, foi apenas porque descobri.

Não é?

Balanço a cabeça e coço o couro cabeludo, agitado, e por fim, ligo o foda-se e pego meu celular do bolso, ligando rapidamente para ela.

Vai direto para a caixa postal.

Franzo a testa e tento mais uma vez, mas, novamente, cai na caixa postal. Ou está sem bateria ou ela o desligou. Respiro fundo e procuro por Jules nos meus contatos, ligando para ela.

— Alô?

— Oi, Jules. Estou tentando entrar em contato com a Alecia e não consigo ligar para o celular dela. Você falou com ela esses dias?

— Dominic?

— Quem mais seria?

— O seu número apareceu como desconhecido. Você tem sorte por eu ter atendido.

— Você falou com ela esses dias? — insisto.

— Não, não falo com ela desde o jogo de beisebol. Está tudo bem?

Xingo baixinho e esfrego os lábios com os dedos.

— Não, não está tudo bem. Mas vou resolver.

— Tenho certeza de que ela está bem, Dom.

— Obrigado, *bella.*

Ela deve ter razão. Tenho certeza de que ela está bem. Mas agora, fiquei preocupado. Preciso ajudar Gianna a se reerguer e ter uma boa conversa — antes de partir para o soco — com Marco, para só então poder ir para casa e descobrir que porra está acontecendo.

246   Kristen Proby

Capítulo Vinte

Alecia

Eu não sabia que poderia odiar tanto uma cidade quanto odeio São Francisco.

E nem é culpa da cidade. Ela é muito bonita, com edifícios lindos e pessoas interessantes. Comida excelente. Sempre tem alguma coisa acontecendo por aqui, seja uma exibição de arte ou um festival.

E a paisagem na Ponte Golden Gate e a vista para o Oceano Pacífico são deslumbrantes.

Mas, para mim, esse lugar representa apenas memórias ruins.

Dirijo meu carro alugado pela vizinhança onde cresci. Conheço as ruas como a palma da minha mão. Fui para casa caminhando inúmeras vezes, sozinha, quando um dos meus pais esquecia de me buscar na escola, ou simplesmente não ia me buscar porque era inconveniente.

Eu poderia encontrar a casa deles de olhos vendados.

Estaciono na beira da calçada, desligo o motor e simplesmente fico olhando para a vizinhança bem-cuidada de classe média. É um dia lindo e ensolarado de verão. As árvores estão pesadas com folhas verdes, as calçadas estão limpas e com crianças em bicicletas ou correndo com amigos. Dois vizinhos estão cortando a grama.

Saio do carro e encaro a casa dos meus pais. Eles devem ter mandado pintá-la recentemente. Em vez da cor cinza sólida e segura de quando eu era criança, ela agora apresenta uma cor rústica, e os arbustos que ficam de cada lado da pequena varanda parecem ainda mais brilhantes contra a casa.

Respiro fundo e caminho devagar pela calçada, subo os degraus da varanda e toco a campainha. Meus olhos acabam viajando para o canto da varanda onde eu costumava sentar por horas a fio, vendo as outras crianças da vizinhança, desejando não ter que ir para mais uma aula de piano, treino de basquete ou algum acampamento.

A porta se abre e minha mãe, com seus cabelos loiros cacheados um pouco bagunçados em volta do rosto magro, vestindo uma camiseta branca simples e calça jeans azul enrolada até o meio da sua panturrilha, surge com um sorriso surpreso.

— Alecia! Oh, meu Deus, o que você está fazendo aqui? Entre, querida. — Ela dá um passo para trás e beija minhas duas bochechas. — Alan! Alecia está aqui!

— Oi, mãe.

— Que surpresa agradável. Está vindo de Sedona?

— Seattle — corrijo-a e aperto as mãos em punhos. — Eu moro em Seattle.

— É mesmo, querida. Venha para a cozinha. Seu pai e eu estávamos prestes a almoçar.

A mobília ainda é a mesma. Sofás de couro marrons e uma televisão de pelo menos quinze anos na sala de estar. A sala de jantar também continua a mesma, na cozinha.

Até mesmo a caneca que meu pai está usando é a que dei a ele de Natal quando eu tinha nove anos.

— Alecia — ele me cumprimenta gentilmente e beija minha bochecha. — Que gentileza a sua nos visitar. Faz, o quê, seis meses, mais ou menos?

— Três anos — respondo, piscando para afugentar as lágrimas. Por que isso sempre me surpreende?

Mamãe franze as sobrancelhas e começa a montar sanduíches com carne, queijo e pão.

— Não, não deve fazer tanto tempo assim. — Ela balança a cabeça. — Tenho quase certeza de que falamos com você no Natal.

— Não falaram, não — rebato com firmeza. É para isso que estou aqui,

248   Kristen Proby

certo? Então, é melhor mesmo eu começar logo a me impor.

— Bem, é bom te ver — papai diz com um sorriso. — Como estão as coisas em Sedona?

— Seattle — corrijo entredentes. — Por que nenhum de vocês consegue se lembrar de que eu moro em Seattle?

— Você quer presunto ou peru, querido? — minha mãe pergunta ao meu pai.

— Peru, por favor. Alecia, venha se sentar. — Ele gesticula para a cadeira à sua esquerda, e eu sento nela, coloco minha bolsa no chão e respiro fundo.

Queria poder beber algo bem forte agora.

— Não vou ficar aqui por muito tempo — começo e mordo o lábio, reunindo coragem.

— O que foi, querida? — mamãe indaga gentilmente e corta o sanduíche do papai em duas partes, na diagonal, do jeito que ele gosta.

— Se vocês não me queriam, por que me tiveram?

Os dois paralisam e franzem as testas para mim, confusos.

— Do que você está falando? — meu pai reage.

— Eu sei que não fui planejada — continuo, traçando um desenho qualquer na superfície da mesa com a ponta do dedo. — Isso nunca foi um segredo. Mas se não me queriam e eu fui um acidente, por que não me entregaram para adoção, em vez de ficarem comigo e me ignorarem a minha vida inteira?

— Ignorar você? — mamãe repete, sentando-se à mesa e deixando o sanduíche para lá.

— Não vamos medir palavras — digo, olhando os dois nos olhos. — Eu nunca podia comer com vocês. Vocês me mantinham muito ocupada na escola para não atrapalhar vocês. Eu odiava esportes. Eu nem mesmo gostava de tocar piano.

— Você faz alguma ideia do quanto nos custou te colocar em aulas de piano? Nos esportes? — Mamãe se recosta na cadeira, brava, com os olhos arregalados e frustrada. — Nós te demos tudo. Te colocamos nas melhores escolas. Te mandamos para a melhor faculdade.

— Eu tive tudo para que vocês não tivessem que se dar ao trabalho de ficar comigo — eu a interrompo. — E isso ficou no passado. Não dá para mudar. Eu só quero saber, ok? O que tem de errado comigo que me faz ser tão impossível de amar que vocês não aguentavam ao menos fazer refeições com a minha presença?

Odeio ouvir minha voz embargar, mas firmo meus lábios, recusando-me a recuar.

— Não foi nada disso — papai fala suavemente. — Você sempre foi uma criança tão autossuficiente, Alecia. Você se dava bem sozinha.

Balanço a cabeça, e não consigo evitar a risada sem humor que me escapa.

— Pai, eu aprendi a ser autossuficiente. Vocês nunca esconderam o fato de que queriam que fosse somente vocês dois. Eu sempre, *sempre* senti como se estivesse sobrando. Vocês não me queriam. — Dou de ombros e mamãe arfa, cobrindo a boca com a mão, surpresa. — Sério isso, mãe? Você não sabe nem em qual cidade eu moro.

— Talvez nós pudéssemos ter prestado mais atenção — papai diz, pensativo. — Mas eu, pelo menos, pensei que você estava recebendo tudo do bom e do melhor. As melhores aulas de música e programas esportivos. As escolas. Sua mãe e eu trabalhamos muito para poder pagar essas coisas para você, Alecia.

— Eu trabalhei mais do que o período integral só para pagar as mensalidades da escola particular — mamãe acrescenta.

— Não estou dizendo que não tive *coisas*. — Engulo em seco e aperto as mãos em punhos, irritada porque elas estão começando a tremer. — Eu tive muitas coisas. Mas não recebi carinho. Não me senti amada. E só quero saber por que é tão impossível me amar.

— Meu Deus, Alecia! — mamãe exclama. — É claro que nós te amamos. Você é a nossa garotinha!

— Não me lembro de te ouvir dizer "eu te amo" para mim uma vez na vida. Você não me abraçava. Você nunca disse que sentia orgulho de mim.

Eles encaram um ao outro, confusos, depois tornam a olhar para mim.

— Vocês se abraçavam. Cresci vendo um casamento amoroso — continuo. — Mas não cresci com uma família amorosa.

— Acho que nós não éramos muito expressivos quando se tratava de afeição — mamãe diz.

— Algumas pessoas simplesmente não são — papai completa, dando de ombros. — Mas nós nunca te tratamos mal. Não te batíamos, ou gritávamos com você, nem ao menos te puníamos com frequência.

Suspiro e esfrego o rosto.

— Por que sinto que estou andando em círculos?

— Está dizendo que fomos pais ruins, Alecia? — papai pergunta.

— Sim! E eu quero saber por que vocês não me amam! — grito e fico de pé, com as mãos em punhos ao lado do corpo. — Quero saber por que nunca me abraçavam, ou diziam coisas bondosas para mim, porra! Quero saber por que vocês sempre me afugentavam em vez de me manterem por perto!

— Olha o linguajar, filha — mamãe alerta com a voz severa, mas eu apenas balanço a cabeça e bato o punho na mesa.

— Eu não merecia isso!

— Nós não fizemos nada de errado — mamãe se defende, com o nariz em pé, e sei que não vão me responder.

— Talvez — começo, pensativa —, vocês sejam egocêntricos demais para perceber que fizeram algo de errado. Talvez seja mais fácil viver em negação, na casa perfeitinha de vocês, na bolha perfeitinha de vocês, acreditando que me trataram bem. Mas eu vim aqui para dizer que vocês não me trataram bem. E que não está tudo bem. Isso fez com que eu me questionasse a vida inteira.

Recosto-me na cadeira e cruzo as mãos.

Para Sempre Comigo 251

— Sempre me perguntei por que eu era tão impossível de amar. E o que fiz? Me joguei nos braços do primeiro homem — garoto, naquela época — que me deu atenção, e fugi o mais rápido que pude quando me formei no ensino médio para escapar da solidão dessa casa. Vocês não querem reconhecer que são péssimos pais? Tá. — Levanto e pego minha bolsa. — Vocês foram péssimos pais. Mas eu amo vocês, *porque* são meus pais.

Viro-me para ir embora, mas, quando chego à porta da cozinha, viro de volta para eles.

— Se algum dia quiserem ter algum relacionamento com a única filha que têm, é só me ligarem. Não vou ficar correndo atrás do amor de vocês. Não vou implorar por isso. Pela primeira vez na minha vida, estou no topo da lista de prioridades de alguém: a minha.

Com as pernas bambas, atravesso meu lar de infância, saio pela porta e sigo para o carro. Preciso de três tentativas até conseguir colocar a chave na ignição, mas finalmente saio dali, com a respiração pesada, tremendo, mas orgulhosa pra caralho de mim mesma.

Já estava na hora de me impor, de me defender.

Quando chego ao fim do quarteirão, meu celular toca.

Jules.

Mando direto para a caixa postal e balanço a cabeça. Não vou conseguir dar conta de falar com nenhum Montgomery hoje.

Em vez disso, procuro por outro contato e clico em *ligar*.

— Alecia?

— Oi, Jonathan — cumprimento e limpo a garganta. — Você poderia me encontrar para tomar café amanhã?

— Você está em São Francisco?

— Sim. — *Não, eu quero que você pegue um voo para Seattle e me encontre lá, imbecil.*

— Onde?

— Na nossa lanchonete. Às nove da manhã.

— Estarei lá. — Ele faz uma pausa. — Você está bem?

— Vou ficar.

Encerro a ligação e sigo em direção ao hotel onde estou hospedada. O celular toca novamente.

Número desconhecido.

— Porra de telemarketing — murmuro e clico para mandar para a caixa postal, e logo em seguida o celular toca mais uma vez.

Jules.

— O que é? — vocifero.

— Hã... olá. — Posso ouvir comoção ao fundo. Pessoas rindo.

— Desculpe, Jules. O que posso fazer por você?

— Bom, nós estamos em um jantar de família, e Jax e Logan estão aqui, e decidiram casar daqui a duas semanas, o que eu sei que é em cima da hora, mas queremos nos certificar de que, se você não puder ajudar a planejar, poderá ao menos comparecer. — Ela faz uma pausa para tomar fôlego e ouço alguém — *Sam?* — gritar: — É bom que você vá, viu, mocinha?

Ah, de jeito nenhum.

— Desculpe, Jules. Tenho quase certeza de que tenho um evento nesse dia.

— Não, você não tem. Já falei com a Emily.

— Então, por que você me perguntou?

— Bom, eu sou educada, ué!

Não consigo evitar meu sorriso.

— Se não tem evento, devo ter alguma outra coisa para dar atenção. Obrigada por pensar em mim, mas vou ter que recusar.

Consigo ouvir movimentos, e o barulho ao fundo vai diminuindo até cessar completamente.

— Ok, chega de papo furado — Jules diz. — O que está acontecendo?

— Não sei do que você está falando.

Para Sempre Comigo   253

— Você não parece estar nada bem. Você parece... triste. Fale comigo, amiga.

Ela tinha que dizer amiga, *não é?*

— Não acho que seja uma boa ideia ir às suas festas de família no momento, Jules.

— O que o idiota do meu irmão fez?

Franzo a testa e estaciono no hotel.

— Quem disse que ele fez alguma coisa?

— Não sou burra, Alecia. Converse comigo.

Respiro fundo. Meus nervos já estão à flor da pele depois da visita aos meus pais, e não durmo há dias. Para meu horror, sinto meus olhos se encherem de lágrimas.

— Acho que o seu irmão e eu não vamos dar certo.

— Por quê? — Jules pergunta em uma voz suave. — Acho que vocês são perfeitos juntos.

— Eu preciso estar com alguém que me considere uma prioridade, Jules.

— Ok. — Ela soa confusa. — Qual é o problema?

— Não sou uma prioridade para o Dominic. E eu mereço isso, Jules. Eu *preciso* disso.

— Todo mundo merece, mas não entendo por que você acha que não é uma prioridade para o Dom. Espere um pouco. — Ela afasta o celular da orelha e murmura algo para alguém antes de retornar.

— Por favor, não conte para o resto da família sobre isso.

— Era o meu pai. Ele só está conferindo se está tudo bem. Não vai dizer nada.

— Espero que vocês ainda pensem em mim quando surgirem eventos.

— Garota, você vai fazer o casamento do Jax e do Logan. Não vamos aceitar não como resposta.

254 Kristen Proby

Mordo o lábio e a vontade me preenche. Eu amo trabalhar com essa família. Não é somente pelo dinheiro, mas porque eles são divertidos e meus melhores clientes. Não quero abrir mão deles.

E por que eu deveria? Eles não fizeram nada de errado!

— Ok, eu te ligo semana que vem. Estou fora da cidade, no momento.

— Onde você está?

— São Francisco. Tenho que resolver alguns fantasmas do passado.

— Alecia, estou preocupada com você.

— Não fique. Vou ficar bem. Falo com você semana que vem.

Ela suspira no meu ouvido.

— Ok. Nos falamos semana que vem. E vamos conversar de verdade, Alecia.

— Até depois.

Quando chego a Alley Cat, a lanchonete onde Jonathan e eu tomávamos café da manhã aos domingos durante todo o nosso casamento, ele já está sentado a nossa mesa, perto dos fundos, parecendo nervoso enquanto encara sua caneca de café.

Tiro um minuto para analisá-lo. Seus cabelos castanhos estão mais compridos do que ele costumava usar, mais cheios e desgrenhados. Ele ainda é magro, mas está bem mais magro que antes, sem definição muscular nos braços. Ele está usando uma camiseta de banda e calça jeans folgadas.

Ele parece jovem. Despreocupado.

Sento-me de frente para ele, diferente de quando éramos casados.

— Você costumava sentar ao meu lado — ele diz com um meio-sorriso, recostando-se no assento de maneira arrogante.

Não respondo.

Em vez disso, também me recosto e digo a primeira coisa que me vem à mente.

— Você deveria se envergonhar da maneira que me tratou.

Ele arregala os olhos, mas vejo que o deixei sem palavras, então continuo.

— O jeito como menosprezava o meu trabalho? Inaceitável. — Minha voz está perfeitamente calma, mas meus olhos estão cravados nele. — O jeito como parava de falar comigo quando eu te *decepcionava*? Totalmente inaceitável. Fazer com que eu me sentisse insignificante, ou que as suas falhas eram minha culpa... tudo inaceitável.

A garçonete aparece para perguntar o que quero pedir para beber, mas eu simplesmente nego com a cabeça e ela se afasta.

— Você me afastava quando eu tentava te dar carinho. Você fez de tudo para que eu soubesse que eu era a última pessoa na sua lista de prioridades. Você teve relacionamentos inapropriados com mulheres *com as quais você não era casado.* — Inclino-me para frente, apoiando-me nos cotovelos. O rosto dele está pálido, mas sua boca está apertada, e posso ver que o estou irritando. — E me fazer sentir uma merda só porque minhas preferências sexuais não eram as mesmas que as suas não foi certo, porra.

Ele engole em seco.

— Terminou?

Movimento a cabeça um pouco, pensando.

— Por enquanto.

— É bom te ver. A propósito, você está linda.

Pisco e franzo a testa para ele.

— Tchau, Jonathan.

— Espere. — Sua mão cobre a minha antes que eu possa sair da mesa. — Não vá. Você tem razão. Nada daquilo foi certo.

— Ok. — Puxo minha mão da sua e o observo. — Já que concordamos nisso, agora é o momento em que te pergunto por quê.

256   Kristen Proby

Ele ri e balança a cabeça.

— Por que eu era um otário?

— Você foi um babaca, Jonathan. E eu quero saber por quê. O que tinha de errado comigo que era tão impossível me amar? O que te deu o direito de me fazer sentir inferior, principalmente sabendo sobre o meu passado com os meus pais?

— Oh, Alecia, *não* é impossível amar você. Peço desculpas se te fiz sentir assim.

Ergo as sobrancelhas, surpresa.

— Eu era tão apaixonado por você que mal conseguia enxergar direito. Você era linda, inteligente e talentosa pra caralho.

Meu queixo cai, mas logo me recupero e apenas faço cara feia para ele.

— Se é assim que você trata alguém que ama, nem quero saber como trata alguém que não suporta.

— Eu não era bom o suficiente para você, Alecia. Eu sabia disso. Não sabia por que você estava comigo. E quando você começou o seu negócio e se tornou bem-sucedida, fiquei com medo.

— Com medo?

— De que você percebesse que eu não era bom o bastante para você. Então, comecei a desmerecer o seu trabalho, a fazer parecer insignificante, porque eu era fracote demais para simplesmente ficar orgulhoso de você. E o resto? — Ele dá de ombros e balança a cabeça. — Estou fazendo terapia para entender melhor. Eu sabia que estava te magoando, e odiava isso, mas não conseguia parar.

— Qual é o veredito?

— Eu sou um cretino egoísta.

— Chegou perto — respondo, assentindo. — Você sabia que ser um completo babaca com uma pessoa que você tem medo de perder não é o melhor jeito de mantê-la por perto?

— Ei, ninguém disse que eu era inteligente.

Para Sempre Comigo 257

Sua expressão fica séria.

— Os seus pais não te mereciam, loirinha. Eu, com toda certeza, também não te merecia. Mas isso não tinha absolutamente nada a ver com não ser possível te amar.

— Parece que eu sou o denominador comum aqui, J.

Ele balança a cabeça veementemente.

— Você teve péssima sorte em relação às pessoas na sua vida. E faz um bom tempo que quero te encontrar para pedir desculpas.

— Bom, isso não era o que eu estava esperando.

— Você ia soltar os cachorros em mim, jogar café na minha cara e sair pisando duro cheia de razão?

— Algo assim.

— Bem, antes que você faça isso, saiba que sinto muito por ter sido um babaca. Você merece alguém que te ame e te aprecie da maneira como ninguém fez antes. É isso que eu quero pra você, loirinha.

— Obrigada — sussurro, mordendo o lábio para impedir que minhas lágrimas caiam.

— Você nunca veio buscar o piano e as suas outras coisas. Ainda está tudo lá em casa. Pode ir pegar tudo quando quiser.

— Você não vendeu a casa?

— Não.

— Não quero o piano. — Fungo e nego com a cabeça, olhando para a beira-mar pela janela.

— Sério? Mas você toca bem pra caramba.

— Eu só tocava por causa dos meus pais. Nunca mais vou tocar. — Olho para o meu ex-marido e, finalmente, dou-lhe um pequeno sorriso. — Foi bom te ver, J.

Ele estende a mão para pegar a minha, e eu deixo.

A sensação é familiar, mas não é a mão que eu quero que segure a minha. Não chega nem perto.

— Quero que você brilhe, Alecia. E quero te dizer, bem aqui no nosso lugar, que estou orgulhoso pra caralho de você.

Inclino-me e beijo sua mão, sorrindo para ele em seguida.

— Obrigada.

E com isso, levanto-me e vou embora, sem olhar para trás.

260   **Kristen Proby**

Capítulo Vinte e Um

Dominic

Deus, estou cansado pra caralho. Ficar longe da minha vinícola por dez dias foi tempo demais. Celeste é fantástica, mas eu gosto que as coisas sejam feitas de certa maneira, então não tenho feito nada nas últimas quarenta e oito horas além de trabalhar e dormir, tentando me livrar desse maldito *jet lag*.

Aperto "enviar" em um e-mail, fechando uma parceria com um novo restaurante na área de Portland chamado Sedução, intrigado pelos cinco proprietários, e faço uma nota mental para ir até lá para ver como é.

Começo a ler uma requisição para um evento no outono, e vacilo quando vejo que Alecia será a organizadora.

Queria que ela falasse comigo. Tentei ligar várias vezes nas últimas semanas, mas ela não atendeu, e eu me recuso a implorar através de uma mensagem que ela atenda à droga do celular.

Isso seria simplesmente ridículo.

Olho para o meu celular, ponderando se é mesmo tão ridículo assim, e no mesmo instante, há uma batida na porta, e fico surpreso por encontrar Steven do lado de fora do meu escritório.

— Está tudo bem? — pergunto, ao levantar e gesticular para que ele entre. Fecho a porta atrás dele.

— Ah, sim, está. Liguei mais cedo e a Celeste me disse que você estava aqui hoje, então pensei em passar e ver como foi a sua viagem.

— Foi... necessária — respondo e sento de novo, enquanto ele faz o mesmo na cadeira de frente para mim. — Mas o problema parece estar resolvido agora.

Peguei um empréstimo para Gianna, sem dizer a ela que sou eu que estou cuidando da garantia, para que ela possa se reerguer. E consegui ter uma conversa sincera com Marco, logo depois de derrubá-lo com um soco.

As duas coisas foram imensamente satisfatórias.

— Estou feliz que tenha voltado para casa — meu pai fala com um sorriso. Ele junta as mãos. — Alecia gostou da Itália?

Recosto-me na cadeira e balanço a cabeça.

— Ela não foi.

— Por que não?

Olho para meu pai e penso em mentir, mas, em vez disso, digo simplesmente:

— Acho que ferrei as coisas, e Alecia e eu terminamos.

Ele ergue uma sobrancelha.

— O que você fez?

Levanto-me e fico de costas para ele, enfio as mãos nos bolsos e olho pela janela com vista para as minhas terras. Os resquícios do casamento de Will já desapareceram dali, e agora parece que Alecia nunca esteve aqui.

Só que eu a vejo em todo lugar que olho.

— Pensei tê-la flagrado tendo um caso com o melhor amigo — admito. — Eu estava com raiva. Magoado, na verdade.

— Claro.

— Mas agora, não tenho muita certeza se o que vi realmente era o que parecia, e ela não atende às minhas ligações. Tenho a sensação de que ela não quer reatar comigo.

Suspiro e viro-me novamente para ele.

— Então, agora, preciso saber como conseguir superá-la e seguir em frente.

— Bom, você sabe o que dizem sobre tirar uma mulher da cabeça, filho. Vá para a cama com outra.

Estreito os olhos, conforme sinto raiva me percorrer.

— Não estou interessado em transar com outra pessoa. Não posso sair da cama da mulher pela qual estou apaixonado para a de outra. Talvez você possa me dizer como fazer isso, *pai.*

Steven nem ao menos pisca.

— Mereci essa. — Ele assente lentamente por um momento.

— Sim, mereceu.

— Acho que o fato de que você não está interessado em outra pessoa diz muita coisa, Dom. Talvez as coisas não tenham realmente acabado, como você pensa. Não me parece certo desistir de algo pelo qual você lutou tanto para ter na sua vida.

— Ela não quer falar comigo. E agora que estamos nesse assunto, como você foi capaz de fazer isso? Como você pôde ir da Gail direto para a minha mãe?

— Eu não fui de uma para a outra — ele responde friamente. — Pensei que o meu casamento havia acabado, e fui um idiota. Passei muito tempo arrependido. Mas não me arrependo mais.

— Por quê? — pergunto, surpreso.

— Por causa de você. — Ele dá de ombros e suspira. — Você era a melhor parte da vida da sua mãe, Dominic. Eu nunca mais a vi, mas posso te garantir isso. E agora que temos você na nossa família, eu não poderia estar mais grato.

— Eu desestabilizei a sua vida, e tenho quase certeza de que causei um estresse indevido ao seu casamento ano passado.

— Você não fez nem uma coisa, nem outra. — Ele faz um gesto vago com a mão para mim e dá risada. — A minha esposa sabia sobre a sua mãe desde pouco tempo depois que tudo aconteceu, há mais de trinta anos. Não era segredo entre nós. Você foi uma surpresa? A maior da minha vida. E foi algo ao que meus outros filhos tiveram que se ajustar, mas acho que é óbvio que você é aceito e amado, Dominic.

Amado?

Penso sobre o último ano, em como os Montgomery me receberam na família, como me aceitaram incondicionalmente. Eu sou irmão deles, sem dúvidas.

Até mesmo Gail sempre foi amável desde o primeiro momento.

Sim, eles são minha família e também os amo. Eu faria qualquer coisa por eles.

— Sou grato por todos vocês — murmuro.

— Não precisa disso, filho. — Ele sorri para mim, do tipo que demonstra que ele é um homem que tem tudo que poderia desejar. — Família é família. Agora, sobre a sua Alecia.

— Ela não é minha.

— Você não está interessado em mais ninguém. E está tentando entrar em contato com ela. — Ele parece ter dificuldades para encontrar o que dizer, até que finalmente, diz: — Dê um pouco de tempo a ela.

— Você sabe de alguma coisa? — pergunto, com a suspeita de que ele não está me contando tudo.

— Sei que não cabe a mim contar nada. Alecia passou por coisas um pouco complicadas ultimamente, e talvez ela apenas precise de um pouco de espaço.

— Foda-se isso. Se ela precisa de mim, eu vou cuidar dela.

— Eu não disse que ela precisa de alguém para cuidar dela — ele responde severamente. — Eu disse que ela precisa de tempo.

— Não sou um homem paciente.

— Bem, pelo menos você admite isso — ele fala com uma risada. — Eu gostaria que você me mostrasse como as coisas funcionam por aqui, e depois, gostaria de almoçar com o meu filho, se você quiser.

Ergo as sobrancelhas, surpreso.

— Quero sim, com certeza.

— Excelente.

Caminhamos pelo terreno, pelo celeiro onde os barris ficam, o celeiro de produção, a loja. Ele fica absorto em tudo, do jeito que sempre fica toda vez que vem aqui.

— Eu gostaria de desenvolver um vinho especial para as mulheres da nossa família. O que você acha?

Abro um sorriso devagar, até que ele se espalhe completamente pelo meu rosto.

— Acho que é uma excelente ideia. Poderíamos surpreendê-las no Dia das Mães do ano que vem.

— Perfeito. — Steven assente e me dá tapinhas no ombro. — Estou tão feliz por você ter nos encontrado, filho. Eu deveria ter dito isso há meses, mas não achava que você estava pronto para ouvir ainda. Estou orgulhoso de você.

Pisco algumas vezes e encaro os vinhedos, sentindo o coração na garganta.

— Fiquei aterrorizado quando o investigador particular me deu as suas informações.

— Eu também estava muito nervoso quando te conheci pela primeira vez. Mas assim como é com todos os meus filhos, incluindo Natalie, você é importante para a nossa família. Você é importante para mim. Sinto muito por ter perdido tantos anos com você, mas espero que possamos ter um bom relacionamento de agora em diante.

Assinto, sem ter certeza do que dizer, sabendo que qualquer coisa que eu diga vai sair em minha voz embargada.

— Ótimo. — Ele dá mais tapinhas no meu ombro e caminha de volta em direção à casa. — Vamos almoçar. Estou faminto.

Ela me evitou durante a droga do dia inteiro.

Estou no quintal de Steven e Gail enquanto há crianças correndo por todo lado, minhas irmãs riem, e Jax e Logan são agora recém-casados.

Os dois estão dando cupcakes na boca um do outro, esfregando a cobertura um no nariz do outro.

— Nunca entendi isso de "vamos castigar o bolo esfregando o troço todo um na cara do outro" — Will diz, com a testa franzida.

— Não entendo é por que você não está lá tentando afanar um pouco de bolo — respondo.

— Puta merda, é mesmo! — Ele corre pelo gramado até o pátio, como se um zagueiro estivesse correndo atrás dele.

— Acho que ele já roubou um pouco lá nos fundos mais cedo — Caleb revela, balançando a cabeça. — Como ele não fica gordo?

— Porque ele malha seis horas por dia — Leo conta, puxando sua esposa para seus braços e beijando sua cabeça.

— Essa é a seção dos homens. — Sam franze as sobrancelhas. — Onde estão as meninas?

— Não sabia que estávamos divididos em seções — Steven diz ao se juntar a nós, entregando-me uma cerveja.

Alecia passa por nós, ignorando-me completamente, como fez o dia todo.

— Com licença — murmuro e a sigo.

— Problemas no paraíso? — Ouço Sam perguntar.

— Alecia — chamo, apressando-me para alcançá-la. — Pare.

— Não tenho tempo. — Ela coloca um dedo na orelha, e aproxima a manga da roupa do rosto para falar. — Preciso de mais champanhe aqui, e a mãe de Logan está bebendo em uma taça de plástico, Em. Isso não está certo. Pegue uma taça de vidro para ela.

— Eu gostaria mesmo de falar com você, *cara*.

Ela para e vira para mim, finalmente me olhando pela primeira vez hoje, e me faz perder completamente o fôlego. Seus cabelos estão presos no coque de sempre, seus olhos castanhos estão alertas, mas não há humor neles. Ela parece ter perdido alguns quilos, devido à maneira como seu vestido verde cai em seu lindo corpo.

Mas, em vez de me responder, ela simplesmente balança a cabeça e vai embora, falando avidamente com Emily através do comunicador.

Que porra eu estou fazendo? Por que estou correndo atrás dela?

— Quer falar sobre isso?

Natalie se aproxima de mim, com Keaton em seu ombro dormindo pacificamente, assistindo Alecia ir embora.

— Não exatamente.

— Ela parece triste.

Ainda não tirei olhos dela.

— Não vejo tristeza.

— Então você não está olhando direito — Nat responde e beija a cabeça do filho. — O que você fez?

— Por que tem que ter sido eu?

Ela ergue uma sobrancelha.

— Porque se tivesse sido ela que fez besteira, você não estaria correndo atrás desse jeito.

— Não estou correndo atrás dela — rebato, frustrado. — Estou simplesmente tentando conversar com ela.

Nat assente.

— Se esforce mais.

Olho para ela.

— Valeu mesmo.

— Disponha. — Ela abre um sorriso amplo e se afasta, como a espertinha que é.

Se esforce mais.

Suspiro e, então, sigo pelo caminho que Alecia acaba de ir, entrando na casa, e a encontro na cozinha.

Para Sempre Comigo 267

— Alecia — digo, calmamente. — Me dê um minuto, por favor.

Emily sorri para mim e assente, saindo rapidamente da cozinha, deixando-nos a sós.

— Alecia — tento novamente.

— Não! — Ela gira de repente para mim, estreitando os olhos. — Eu. Não. Tenho. Tempo. Estou trabalhando, Dominic. Me deixe em paz.

Analiso seus olhos e, agora, consigo ver. A tristeza. Mas também vejo uma determinação que não estava neles há algumas semanas.

E é isso que me assusta pra caralho. Ela está determinada a viver sem mim?

— Vou te deixar em paz por ora, *tesoro*. — Ela começa a argumentar, mas me aproximo e faço-a olhar nos meus olhos. — Por ora. Mas nós iremos conversar.

— Tá.

Ela gira novamente e volta ao trabalho.

Jesus, quero tanto puxá-la para os meus braços e enterrar o nariz em seus cabelos, inspirá-la, senti-la contra mim.

Estou ansiando por ela.

Mas sei que isso não seria bem-vindo agora. Além disso, não tenho plena certeza de que seria bem-vindo para mim também. Não até eu saber o que diabos está acontecendo.

Viro e saio da cozinha, esbarrando com Jules ao voltar para o quintal.

— Ei, irmãozão. — Ela abre um sorriso doce, e tenho a sensação de que estou prestes a cair em uma armadilha.

— Olá, *bella*. O que você quer?

— Só quero conversar. — Ela prende seu braço no meu e caminha comigo para nos juntarmos a Meg, Will e Nate, que estão perto da nova lagoa de carpas de Steven.

— Do que estamos falando? — pergunto.

— Nós gostaríamos de fazer um evento de arrecadação de fundos para o hospital — Meg diz, com um sorriso suave. — Nate acha que seria uma boa ideia fazer um jantar, com dança e um leilão silencioso, que eles já fazem todo ano, mas...

— Mas em vez de fazermos no centro de Seattle esse ano, estávamos pensando em reservarmos a vinícola. Incluindo pacotes de vinhos para o leilão, e talvez uma estadia por lá. Coisas assim.

— Claro. A vinícola está sempre à disposição de vocês. Sabem disso.

— Ótimo! — Meg me abraça com força, depois pressiona a mão no meu peito. — Você é o meu cunhado favorito.

— Eu era o seu favorito dez minutos atrás quando fiz a sugestão — Nate diz com um sorriso.

— Shh! — Meg coloca a mão sobre os lábios de Nate. — Não estrague o momento.

Alecia passa por nós com pressa junto a Meredith, falando rápido e me ignorando completamente.

Essa é a última vez que ela vai fingir que não estou aqui.

— Ela foi para São Francisco, sabia? — Jules pergunta baixinho. Viro o rosto de repente para olhá-la.

— Quando?

— Há algumas semanas. — Ela dá de ombros e toma um gole da sua bebida. — Ela não quer dizer por quê. Só disse que tinha algumas coisas para resolver.

Sua família.

Ela foi sozinha.

Que porra está acontecendo?

Jules me observa por um longo minuto, sem seu sorriso costumeiro, apenas com seriedade no olhar.

— Preciso ir falar com Natalie — ela avisa, por fim, e se afasta.

— Então, o evento será na primavera — Meg conta, animada, e pelos próximos trinta minutos, discutimos ideias para fazer o evento ser moderno e natural.

— Dom, você pode me ajudar com uma coisinha? — Natalie pergunta ao se aproximar de mim. — Desculpem por interromper. Isso não vai demorar muito.

— Claro. O que foi?

— Tem um livro na prateleira mais alta do escritório de Steven que eu quero mostrar ao Luke, e não consigo alcançar. Você pode pegar para mim? Eu te mostro onde está.

Franzo a testa para ela.

— E o Luke?

— Ele está ocupado com as crianças. — Ela agarra meu braço, sem me dar tempo para olhar em volta, e praticamente me arrasta até a casa, passando pela cozinha e seguindo pelo corredor até o escritório do meu pai. — Está aqui...

Ela parece estar olhando para a estante de livros, mas vira-se quando ouve vozes.

— Ah, espere. Fique bem aqui.

— Nat, o que está havendo?

De repente, Jules e Alecia aparecem na porta.

— O que está acontecendo? — Alecia pergunta enquanto Jules a empurra para dentro do cômodo. Nat e Jules pegam cada uma das maçanetas das portas francesas e puxam para fechá-las.

— Pronto! — Jules grita pela porta. — Agora vocês têm que conversar! Então, conversem!

Capítulo Vinte e Dois

Alecia

— Alecia! — Jules me chama e corre até mim, onde estou conversando com Jax e Logan.

— Oi, Jules.

— Vocês dois estão muito gatos — Jules elogia ao se aproximar de nós, dando um abraço em cada um deles. — Tipo, supergatos. Adorei os ternos.

Jax e Logan optaram por ternos cinza, sem o paletó, com coletes de três botões e camisas brancas com as mangas enroladas até os cotovelos. Jax está usando uma gravata verde e Logan, uma cor-de-rosa clara, em homenagem à sua mãe, que está com câncer de mama. Eles estão modernos e muito lindos.

— Obrigado, gata. — Jax beija a bochecha de Jules.

— Vocês estão felizes? — Jules pergunta a eles.

— Não poderíamos estar mais felizes — Logan responde com um sorriso enorme, e dá um beijo na bochecha do marido. — Foi perfeito, e a sua família foi incrível por nos ceder a casa para a cerimônia.

— Bem, o prazer foi todo nosso. — Ela solta um suspiro feliz. — É tão romântico. Alecia. — Ela vira para mim. — Posso te roubar por um minutinho? Queria falar uma coisa com você.

— Claro.

— Obrigado mais uma vez, Alecia — Logan diz e me dá um abraço apertado. — Você fez um trabalho maravilhoso.

— O prazer foi meu. — Dou um abraço em Jax também, que, por sinal, é incrivelmente sexy, e sigo Jules em direção à casa. — O que foi?

Para Sempre Comigo   271

— Ah, vamos entrar para nos proteger do sol. — Ela segura minha mão. — Está tão quente hoje.

Franzo a testa para ela.

— Não está tão quente assim.

— Você não está com calor? Nossa, eu estou assando. — Ela abana o rosto com a mão e revira os olhos. — Talvez meus hormônios ainda estejam fora de controle por ter dado à luz.

— Ela já tem cinco meses — lembro a ela.

— Bem, de qualquer jeito, eu gostaria de entrar. Sol demais deixa a pele enrugada. — Ela pisca para mim e me conduz pela cozinha. — Vamos para o escritório do meu pai. Lá é mais quieto.

Ela está tramando alguma coisa. Se tem uma coisa que Jules não é, é uma boa mentirosa. Antes que eu possa me situar, ela coloca a mão nas minhas costas e me empurra com pouca delicadeza para dentro do escritório, e ela e Natalie fecham as portas atrás de mim, deixando-me ali com Dominic, que está tão surpreso quanto eu.

— Pronto! — Jules grita. — Agora vocês têm que conversar! Então, conversem!

Fecho os olhos e suspiro, derrotada. *Malditas sejam.*

— Nós amamos vocês! — Natalie acrescenta.

Dominic encosta os quadris na mesa de Steven e cruza os braços, observando-me em silêncio. Conformada, vou até o sofá, que fica de costas para a mesa, e me recosto nele, de frente para Dom, imitando sua postura.

— Por que eles não estão conversando? — Jules murmura.

Os lábios de Dom se repuxam com bom humor.

— Então, como foi na Itália? — quebro o silêncio.

Ele franze a testa e pisca.

— Foi tudo bem.

Assinto, pensativa.

— Ótimo.

— Como está o Blake? — ele pergunta de repente.

Faço cara feira para ele.

— Bem, eu acho. Por que ele não estaria?

— Você está transando com ele? — ele indaga baixinho, e eu perco a fala.

Se eu estou transando com o Blake?

— O que ele perguntou? — Natalie sussurra alto do outro lado da porta.

— Não sei, eles não estão falando alto o suficiente — Jules responde.

— Se eu estou transando com o Blake? — repito.

Ele apenas ergue uma sobrancelha e espera, mas seus olhos estão suaves enquanto me observa.

— Você acha que estou transando com o *Blake*?

Odeio ouvir o tremor na minha voz. Odeio. Como ele pode pensar isso?

— Deixe-me ver se entendi. — Afasto-me do sofá e começo a andar de um lado para o outro diante dele. — Você vai até o meu apartamento e se depara com algo que nem ao menos entendeu direito, fica com raiva, faz acusações e, depois disso, *sai do país.* Não te vejo por semanas, não tenho notícias suas, e a primeira coisa que você me pergunta é se estou transando com o meu melhor amigo?

— Eu vi.

— O que, exatamente, você viu?

— Eu fui até o seu apartamento para te pedir que fosse para a Itália comigo, e entrei e vi Blake seminu, você saindo do banho, e as suas roupas jogadas por toda a sala de estar.

— Você foi me chamar para ir para a Itália com você?

Meu coração para. Ele queria que eu fosse com ele?

— Sim.

Para Sempre Comigo 273

— Eu estava no banho — digo, sentindo o sangue fugir do meu rosto. — Me preparando para ir ver você.

Ele inclina a cabeça para o lado.

— Como é?

— Blake e eu fomos correr, e ele me convenceu a ir até a sua casa.

Ele engole em seco, processando minhas palavras, e ainda estou presa feito uma pateta no "Eu fui te pedir que fosse para a Itália comigo".

— Mas então, você me deixou tão brava com a sua acusação maluca que o motivo pelo qual eu estava indo até a sua casa me fugiu da mente completamente.

— Por que você estava indo me ver? — ele pergunta baixinho.

Não posso dizer isso a ele!

— Acho que não tem mais nada a ser dito. — Viro-me para ir embora, mas ele me impede, colocando a mão no meu braço.

— Ah, tem muita coisa a ser dita.

— Você pensou que fui infiel a você! — Avanço nele, furiosa. — Você tirou conclusões precipitadas sem falar comigo!

— Eu tentei te ligar — ele responde, com a voz dura e fria. — Você nunca me atendeu. Eu tinha que ir para a Itália. Tive uma emergência familiar.

— Você foi embora sem mim! Pensei que tinha simplesmente fugido porque as coisas ficaram difíceis! Que eu não era importante o suficiente para que você lutasse por mim. Assim como todo mundo na minha vida.

— Alecia, não. — Ele balança a cabeça em descrença.

— Acho que é óbvio que isso não vai dar certo. — Recomponho minha expressão e engulo em seco, determinada a resolver isso sem deixar que ele me veja chorar. — É óbvio que você não confia em mim, e não pode me dar o que eu preciso.

— Apenas me diga o que você quer! Me diga como se sente, porra!

— Eu me apaixonei por você! — grito de volta. — Eu me apaixonei tanto que meu coração doía. Mas então, descobri que assim como todas as outras pessoas na minha vida, você me colocou em último lugar na sua lista de prioridades!

— Isso é mentira! Você é a minha prioridade. Você é a minha *única* prioridade, droga! — Ele prende meus ombros e me segura firme diante de si. — Eu fui *até você* para te levar comigo.

— Eu estava indo até você para te dizer que te amo — revelo antes que possa impedir as palavras, e sinto meus olhos se encherem de lágrimas. — E quando cheguei lá, fiquei sabendo que você tinha ido para a Itália. E você nem me ligou para me dizer que estava saindo do país.

— Oh, amor, não. — Ele me puxa e me abraça com força, do jeito especial que só ele faz. — Sinto muito por isso. Por tudo. Estamos sofrendo há semanas sem motivo algum.

— Eu não transei com o Blake — digo, sentindo a raiva me percorrer novamente, e o empurro. — Eu *nunca* faria isso. Como você pôde pensar isso?

— Foi o que pareceu — ele responde com um suspiro. — E eu já passei por isso antes.

— A sua ex.

— Depois que a minha mãe morreu, eu fiquei noivo de uma mulher, e a flagrei transando com o meu primo na noite anterior ao casamento.

— Oh, meu Deus — sussurro e desvio o olhar, cobrindo minha boca com a mão, mas então, fico brava de novo. — E você presumiu imediatamente que eu faria a mesma coisa?

— Eu fiquei preocupado com Gianna lá na Itália. Estava animado para te ver e te levar em uma viagem romântica para a minha terra natal, e quando entrei no seu apartamento sem avisar, senti como se estivesse revivendo aquela cena na Itália.

— Mas não aconteceu nada — insisto. — Nem aconteceria. Blake está apaixonado pela Emily.

Ele apenas assente, com tristeza nos olhos e a boca firme.

— As últimas semanas têm sido uma merda — ele diz baixinho.

Apenas concordo com a cabeça.

— Mas, pelo menos, uma coisa boa aconteceu por causa disso.

— O quê?

— Eu também fui para casa. Para São Francisco. Confrontei meus pais e Jonathan.

Seus olhos se aquecem.

— O que aconteceu?

Recosto-me no sofá novamente e cruzo os braços, querendo tocá-lo. Desejando que ele me abrace de novo.

— Meus pais são meus pais. Eles não entendem e, sinceramente, não sei se algum dia entenderão, mas eu disse a eles como me fizeram sentir e fiquei muito orgulhosa de mim mesma quando saí de lá.

— Você deveria mesmo ficar orgulhosa de si mesma. Você é forte pra caralho. E o Jonathan?

— Isso foi uma surpresa. — Franzo a testa. — Ele me pediu desculpas.

— Foi mesmo?

— Ele foi bem... *gentil*, na verdade. E foi bom sentir que coloquei um ponto final nisso.

Ele assente e abre um sorriso suave.

— Estou tão feliz por você, Alecia.

— Então, e agora? — pergunto, esperando que ele tome alguma iniciativa.

— Bom, eu não consigo deixar de te amar, *cara*. Acredite em mim. Eu tentei. As últimas semanas têm sido um inferno que eu não desejaria ao meu pior inimigo.

— Você me ama? — sussurro.

Finalmente, *finalmente*, ele se aproxima de mim, me puxa e me esmaga em um abraço apertado.

— Amar você é como respirar, Alecia. Estar longe de você, pensando que nunca mais te abraçaria assim de novo, foi uma agonia. Eu te amo *tanto*, e sinto muitíssimo por não ter dito isso antes.

— Estou com tanto medo de que você vá me magoar — sussurro contra seu peito. — Eu sei que isso soa estúpido, mas não posso evitar.

— O amor não machuca, *tesoro*. Pessoas que não sabem como amar é que machucam. Você tem tanto amor para dar, e acredite em mim quando digo que nunca vou deixar de te amar. Eu nunca te abandonaria, e é bom que fique sabendo que vou lutar por você. Lembra o que eu te disse naquela noite no seu apartamento? Somos você e eu.

— Eu senti a sua falta — murmuro. — Senti falta de nós dois juntos.

— É a última vez que você vai sentir a minha falta. — Ele ergue meu queixo e sorri para mim. — Eu sinto muito.

— Eu também.

— Aqui! — Jules grita do outro lado da porta. — Vocês vão precisar disso!

Ela desliza uma camisinha por baixo da porta, e Natalie dá risada.

— Esperem! — Natalie desliza mais uma. — Peguem duas. Vocês merecem.

— Elas ainda estão aí fora — murmuro com uma risada.

— Nós não vamos transar agora! — Dom grita. — E vocês duas precisam dar o fora daqui!

— Estraga-prazeres! — Jules grita. — Vocês deveriam nos agradecer!

— Obrigada! — digo. — Agora, vão embora!

— Que falta de consideração — Natalie reclama. — Vamos comer cupcakes.

— Will já deve ter comido todos.

Para Sempre Comigo 277

— Acho que deu certo — falo, conforme Dominic me acompanha até meu apartamento depois da festa.

— Estou aqui com você, então, sim, eu diria que o plano de Jules e Nat deu certo.

— Estou falando do casamento, seu bobo. — Empurro-o com o cotovelo e dou risada, abraçando-o pela cintura em seguida e apoiando a bochecha no seu peito, ouvindo-o respirar, enquanto esperamos pelo elevador. — Ok, o plano deu certo também.

— Você está cansada? — ele pergunta baixinho, com os lábios nos meus cabelos.

— Estou bem — respondo e o conduzo até minha porta. — Você está cansado?

Ele nega lentamente com a cabeça, com os olhos cravados nos meus conforme caminha pelo meu apartamento.

— Está com fome? — indago.

Ele abre um sorriso lento, exibindo sua covinha, e nega novamente com a cabeça. Dom pega minha mão, me puxa para si e traz os lábios até os meus, beijando-me com delicadeza, levemente, e nossas bocas dançam uma com a outra no silêncio escuro do meu apartamento. Meus dedos abrem os botões da sua camisa, retirando-a por seus ombros em seguida e jogando-a no chão. Suas mãos encontram o zíper do meu vestido, mas eu me abaixo rapidamente, ficando de joelhos diante dele e abrindo rapidamente seu cinto, o botão e o zíper da sua calça, e dou um beijo em sua barriga, bem entre o umbigo e o pau, enquanto acaricio sua semiereção, trilhando beijos até ela.

— Alecia — ele sussurra, conforme passo a língua pela extremidade, e sorrio quando ele inspira com força e seu abdômen se contrai. — Porra.

— Nem fiz nada ainda — digo, sorrindo para ele.

— Você respira e eu fico duro, *cara*.

Cheio de lábia.

Vamos ver se consigo fazê-lo esquecer como se fala a minha língua.

Eu adoro quando ele fala italiano comigo.

Dou um beijo suave na pontinha, bem sobre a abertura, e abro um sorriso inocente, observando-o quando o enfio por completo na boca.

— *Gesú hai intenzione di uccidermi* — ele sussurra, e parabenizando-me mentalmente, contraio a boca em volta dele e volto até a extremidade, chupando-o. Rolo a língua pela glande e repito o movimento várias vezes.

Ele retira os grampos do meu cabelo com impaciência, jogando-os no chão, e enfia as mãos pelas mechas, puxando levemente, fazendo minha calcinha ficar encharcada. Eu amo deixá-lo louco.

De repente, ele me puxa para ficar de pé, me beija com urgência, me ergue nos braços e me carrega para o meu quarto. Ele me põe no chão e, quando dou por mim, estou completamente nua e ele me deita de costas no meio da cama, ficando por cima de mim em seguida, com seus olhos azuis brilhando com pura luxúria.

— Eu amo ter intimidade com você — ele sussurra nos meus lábios, acomodando sua pélvis na minha. — E não estou falando apenas disso, embora seja incrível pra caralho. Estou falando de intimidade *mesmo*. — Ele me beija profundamente, enroscando a língua na minha, e em seguida, mordisca um caminho por minha mandíbula até minha orelha.

— Explique, por favor — sussurro, arfando quando sua mão sobe pela lateral do meu corpo até meu seio e seu polegar encontra meu mamilo.

— Intimidade tem a ver com a pessoa na qual você acorda pensando às três da manhã — ele diz, e lambe meu lóbulo. — É conversar sobre suas esperanças e medos no escuro. — Ele brinca com meu mamilo novamente, deslizando a mão pela lateral do meu corpo novamente em seguida, descendo aos poucos. — É a pessoa para quem você dá sua total atenção quando há outras dez querendo também.

Ofego quando seus dedos encontram meu clitóris e pressionam levemente, antes de deslizar entre as minhas dobras e ficar esfregando, para cima e para baixo, com ajuda da lubrificação.

— É a pessoa que sempre está na sua mente, não importa o quão distraído você esteja.

Para Sempre Comigo   279

— Deus, como você é bom com a boca e as mãos — elogio, mordendo o lábio conforme ele se apoia em um cotovelo para me olhar. — Você diz coisas tão lindas.

— Você gosta da minha boca, *mi amore*? — ele pergunta, fazendo-me sorrir.

— Eu sei o que significa essa palavra.

— Qual?

— *Amore.*

— Sabe? — Ele acaricia meu nariz com o seu antes de trilhar beijos até meu pescoço, enviando uma onda de eletricidade pelos meus membros. Meu Deus, a boca dele é incrível.

— Eu também te amo — sussurro, fazendo com que ele erga a cabeça e seus olhos se arregalem.

— Diga de novo.

Seguro seu rosto entre as minhas mãos.

— Eu te amo.

Ele sussurra e arrasta os nós dos dedos pela minha bochecha.

— Mais uma vez.

Eu te amo, digo de maneira inaudível.

Dom fecha os olhos por um instante, para depois abri-los e exibir um sorriso sacana que diz "você está prestes a ter o melhor momento da sua vida". Ele me beija com firmeza, mordendo meu lábio inferior e, em seguida, meu queixo.

— Eu te amo, Alecia — ele diz e enterra o rosto no meu pescoço, chupando e mordendo a pele sensível ali. — E vou passar o resto da noite te mostrando o quanto.

— Sinto cheiro de possibilidades — replico, mas minha respiração fica presa na garganta quando ele mordisca meu mamilo e o chupa em seguida, puxando-o até soltá-lo com um estalo alto.

— Possibilidades?

— Hum. — Circulo os quadris de forma convidativa, mas ele simplesmente migra para o outro seio, circula o mamilo com a ponta do nariz, mordisca e o assiste endurecer aos poucos.

— O seu corpo é tão responsivo — ele sussurra e sopra no meu mamilo molhado, fazendo-me gemer.

— Dom — sussurro.

— Sim, *amore.*

— Você sabe bem onde estão meus pontos sensíveis.

Ele sorri.

— E ainda assim, estou sempre encontrando novos.

Ele se move para baixo na cama, abre bem minhas pernas, e quando dou por mim, sua boca está no meu clitóris, chupando, enviando-me para um clímax de explodir a mente.

Agarro seus cabelos e choramingo, deleitando-me na onda do orgasmo, e suspiro quando ele desce um pouco mais, beijando-me de maneira muito íntima. Sua língua me penetra e ele mordisca meus lábios.

— Você é tão linda aqui embaixo — ele diz, observando seus dedos explorarem por entre minhas dobras. — Tão rosada. — A pontinha do seu dedo provoca meu clitóris e tensiono novamente, impulsionando os quadris para cima, e ele dá risada. — Sensível.

— Talvez. Só um pouquinho — concordo.

Ele ergue uma sobrancelha e baixa a cabeça para pressionar um beijo no meu clitóris, fazendo-me suspirar de prazer.

— Ok, muito.

— Eu te desejo tanto — ele sussurra e desliza dois dedos dentro de mim, movimentando-os lentamente, entrando e saindo.

— Ai, nossa.

Inclino a cabeça para trás, fecho os olhos e agarro os lençóis. As sensações que ele desperta no meu corpo deveriam ser ilegais.

— Olhe para mim — ele exige.

Estou ofegando e tremendo, mas ergo a cabeça e o assisto pressionar os lábios em mim, com delicadeza, a princípio, conforme seus dedos ainda me penetram devagar. Mas então, ele aumenta a intensidade, fazendo tudo com mais vigor, com mais urgência.

— Ai, meu Deus — gemo, incapaz de parar de olhar para ele. — Você é tão bom nisso.

— É você — ele murmura contra mim. — É por causa de você.

Gemo alto ao gozar novamente, agitando os quadris, esfregando-me sem vergonha alguma no seu rosto, e finalmente, ele nivela seu corpo ao meu e desliza para dentro de mim em um único movimento. Ele paira sobre mim, apoiando-se, sem se mexer, e afasta meus cabelos do rosto antes de descer os lábios até os meus.

— É tudo por você.

Dom me beija profundamente, e posso sentir meu sabor misturado ao dele no melhor beijo que já trocamos. Começa lento e preguiçoso, mas meus quadris não conseguem ficar parados. Começo a impulsionar sob ele, contraindo-me, rebolando os quadris, até ele separar seus lábios dos meus com um longo gemido e começa a me foder com vontade, movendo-se rápido e com força, olhando-me nos olhos.

Ele apoia um braço na cabeceira, e a visão do seu corpo tonificado e sexy me deixa sem fôlego.

— Você é gostoso demais — digo honestamente. — Sério, o seu corpo é incrível.

Ele abre um sorriso arrogante, mas, quando impulsiono os quadris para cima e me aperto em volta dele, ele fecha os olhos e xinga baixinho em italiano, me deixando ainda mais excitada.

— Porra — concordo.

Levo a mão até meu clitóris, esfregando-o, e é o que precisa para que eu me entregue, gozando intensamente.

Dom abre os olhos e me observa extasiado, e quando termino, ele sai de dentro de mim, gira meu corpo, empina minha bunda e volta a me penetrar. Ele dá um tapa nela e começa a estocar rápido e com força.

— Você é minha, Alecia. — Ele pressiona os lábios no meu ombro, morde a carne dali suavemente e grunhe ao gozar. — Minha.

284   **Kristen Proby**

Capítulo Vinte e Três

Alecia

Três meses depois...

Posso ouvi-lo assobiando no banheiro, o chuveiro ligado. Consigo visualizar seu corpo nu, sarado e bronzeado ensaboado debaixo da água.

Sinto-me tentada a levantar minha bunda preguiçosa e me juntar a ele, mas a cama está tão gostosa, e não estou muito ansiosa para que esse dia comece.

Estou nervosa.

Rolo para o lado e vejo a foto sobre a mesa de cabeceira, de nós dois na Itália, e sorrio. Acho que é a *selfie* mais brega que já tiramos, mas é a favorita dele, então ele emoldurou e a colocou ali, do lado da sua cama.

Apoio a cabeça nas mãos, e enquanto ele continua a assobiar no banheiro, fico sonhando acordada com o dia em que ele me surpreendeu com aquela viagem...

— *Feche os olhos,* amore — *ele sussurra contra a minha bochecha.*

O verão está começando a dar espaço para o outono e o ar está mais leve, quase seco, aqui perto da água. Ele me trouxe novamente para o píer que fica perto do meu condomínio, com os cadeados do amor, e estamos curtindo um vinho no gramado.

Sigo suas instruções, esperando que ele me conte uma história sensual, mas, em vez disso, sinto que ele coloca algo no meu colo.

— *Se isso for um cachorrinho, pode levar de volta para onde o pegou. Não gosto de animais de estimação.* — Abro um sorriso enquanto ele dá risada.

— *Não é um animal de estimação,* cara — *ele me assegura.* — *Abra os olhos.*

No meu colo, está um envelope branco, sem nada escrito nele.

— *Uma carta estilo* Querido John? *Está terminando comigo?* — pergunto secamente.

— *Você está muito engraçadinha hoje* — *ele diz com um sorriso e coloca meu cabelo atrás da orelha. Amo o fato de que ele está sempre me tocando. Nunca vou me cansar disso.* — *Abra.*

Dentro do envelope, há um itinerário, para dois, com destino à Itália.

— *Puta merda* — *suspiro.*

— *Eu quero te mostrar a Itália. Quero que você conheça Gianna.*

— *Eu quero conhecer as duas* — *respondo, e jogo os braços em volta dele.* — *Nós vamos para a Itália!*

— *Vamos.*

— *Quando?*

— *Quando você quiser. As passagens têm data aberta, então podemos ir quando for conveniente para você viajar.*

— *Você é o melhor namorado italiano que existe.*

Ele ri, me deita na grama e me beija, enviando arrepios por todo o meu corpo.

Italiano sedutor.

— Você precisa levantar da cama — Dominic diz do banheiro.

— Eu vou levantar. Essa foto é tão brega.

Ele coloca a cabeça para fora do banheiro e faz uma carranca para mim.

— Eu amo essa foto. Você está linda nela.

Depois ele desaparece novamente, movendo-se pelo banheiro. O chuveiro está ligado. Ouço-o pegar sua escova de dentes do local onde fica guardada.

Sendo sincera, eu também amo essa foto, mas é divertido provocá-lo. Aquele foi o meu dia favorito na Itália.

— *Eu vou esmagar as uvas com os pés?* — *pergunto, animada.* — *Como em* I Love Lucy?

— *Algo assim* — *Dom responde e me conduz para o interior de um celeiro, que contém um grande contêiner que parece um comedouro. Um homem joga um balde de uvas dentro dele e sorri para Dom.*

— Tutti pronti — *o homem diz e sai andando.*

— *O que ele disse?*

— *Tudo pronto* — *Dom responde.* — *Você está pronta?*

— *Eu vou pisar nas uvas?*

— *Sim.* — *Seus olhos estão travessos conforme me conduz até um balde de água aquecida e me ajuda a lavar os pés. Depois, ele segura minha mão para que eu suba no contêiner e pise nas uvas.*

— *Isso é... estranho.* — *Fico parada, de frente para a entrada do celeiro, onde posso ver as colinas da Toscana e fileiras e mais fileiras de videiras. É a paisagem mais linda que já vi.*

Além da que há em Washington, na vinícola de Dom.

— *Você tem que pisoteá-las, tesoro.*

— *Por que você não está fazendo isso comigo?* — *pergunto, com uma ponta de suspeita, e ele mira seu celular em mim e tira uma foto.*

— *É mais divertido assim.*

— *Aham.* — *Começo a caminhar, franzindo o nariz diante da maneira como as uvas são esmagadas sob os meus pés. O cheiro é terroso e bom, mas a sensação é estranha.* — *Isso é meio nojento.*

— *Você é tão engraçada.* — *Ele sorri.*

— *Não acredito que você faz isso para produzir todo o seu vinho* — *falo, marchando sobre as uvas.*

— *Não fazemos* — *Gianna rebate da entrada.* — *Não acredito que você a está fazendo esmagar uvas com os pés.*

Para Sempre Comigo   287

— *Eu sabia!*

Dominic gargalha tanto que se curva para frente.

— *Você é um idiota.* — *Dou risada.* — *Meus pés ficarão roxos para sempre.*

— *Só por alguns dias.* — *Ele enxuga os olhos.* — *Você parece estar se divertindo.*

— *Por favor, me tire daqui.*

Ele me ergue do contêiner, me coloca de pé no chão e posiciona o celular para tirar uma selfie *de nós dois com a Toscana ao fundo, rindo, felizes.*

— *Sabe* — *Giana comenta, observando-nos.* — *Acho que nunca te vi tão feliz assim, Dominic.*

— *Nunca fui, mesmo* — *ele responde, pousando a testa na minha.* — *Até encontrá-la.*

— Saia já dessa cama! — Dom ordena do banheiro.

— Você é mandão — resmungo, rolando para fora da cama e vestindo uma calcinha e um sutiã. Toco o foda-se e decido vestir sua camisa branca de ontem e me junto a ele no banheiro. Ele está diante do espelho, sem camisa, e apoia as mãos sobre a pia ao me observar.

— Você vai vestir a minha camisa suja para ir encontrar os seus pais? — ele pergunta com um sorriso. Subo na pia ao lado dele, balançando meus pés.

— Sabe, você não precisa ir. Eles até que são legais, mas você não deveria ter que aguentar. Eu posso ir sozinha.

— Não — ele responde simplesmente, penteando os cabelos.

— Ainda não acredito que eles ligaram — digo com a testa franzida, olhando para Dom. — Quer dizer, eu disse para eles fazerem isso, se algum dia ainda quisessem ter um relacionamento comigo, mas não esperava que realmente o fizessem.

Borboletas gigantes batem asas no meu estômago enquanto penso que vou encontrar os meus pais para almoçar. Eles pegaram um voo até aqui só para *me* ver.

— Não acredito que eles sabiam até mesmo para qual aeroporto deveriam ir. — Dom dá uma risadinha e pega suas coisas para fazer a barba. — Isso é meio ridículo.

— Alecia.

— Sim?

Ele me desliza para ficar de frente para ele e me prende com seu corpo, colocando as mãos sobre o granito aos lados dos meus quadris, e dá um beijo leve no meu nariz.

— Pare de se preocupar.

— Não estou preocupada.

— Está, sim. — Ele beija minha testa e me entrega seu creme de barbear. — Passe em mim.

— Isso pode ser divertido. — Abro um sorriso enorme e espremo espuma branca nas minhas mãos, esfrego-as uma na outra e começo a passar no rosto lindo de Dom. Estou cheia de sorrisos, deleitando-me nele, conforme ele aperta os lábios para que eu possa passar na região entre seu nariz e boca, e dou risada quando acabo passando em seu nariz. — Desculpe. Não costumo passar creme de barbear em rostos por aí.

Ele ri comigo e eu me concentro na tarefa, fazendo uma completa bagunça.

— Espalhe pelo meu pescoço.

Sigo suas instruções e, então, inclino-me um pouco para trás para analisar meu trabalho.

— Sou péssima nisso.

— Vai dar para o gasto — ele responde, e me entrega a lâmina de barbear.

— Está pedindo que eu coloque um instrumento cortante no seu pescoço? — pergunto, incrédula.

— Não faça eu me arrepender disso.

Antes que eu possa começar, ele se inclina e dá um beijo na minha

Para Sempre Comigo   289

bochecha, deixando um bocado de creme na minha pele, fazendo-me rir.

— Você está me lambuzando!

— Agora estamos quites.

Ele observa meu rosto com calma e fica completamente parado, enquanto deslizo a lâmina por sua bochecha, fazendo o meu melhor para tirar todos os pelos.

Quando chego ao seu pescoço, desisto.

— É melhor você terminar. Essa parte me deixa nervosa.

Ele sorri e pega a lâmina, desliza-me para o lado e se inclina em direção ao espelho para terminar.

— Você fez um bom trabalho, *amore.*

— Estava com medo de te cortar, meu amor.

Ele paralisa diante das minhas palavras. Ele sempre faz isso quando eu o chamo de *meu amor.*

Dom limpa o rosto com a toalha e eu me aproximo para beijar sua bochecha, apoiando-me nele por um momento.

Ele joga a toalha de lado, trazendo-me novamente para ficar de frente para ele.

— Você não pode usar isso — ele diz e tira sua camisa de mim e, para minha surpresa, simplesmente me envolve com seus braços e me puxa para seu corpo. — As suas costas são tão esguias — ele murmura. — Minhas mãos parecem tão grandes sobre elas.

— Amo a sensação das suas mãos nas minhas costas — respondo, inspirando profundamente. — Você tem um cheiro tão bom.

— Alecia, você me faz perder o fôlego. — Ele enterra o rosto no meu pescoço e, ainda me segurando com firmeza, respira fundo. — Você é tudo de bom que eu tenho na vida.

— Você está bem? — pergunto, um pouco preocupada. Ele está me abraçando forte, quase com desespero.

— Preciso que você saiba — ele começa e beija minha bochecha, afastando o rosto apenas o suficiente para olhar nos meus olhos. — Eu não quero apenas passar a minha vida com você. Quero passar a minha *única* vida com você. Todos os dias.

Ele engole em seco e desliza as pontas dos dedos pelas minhas costas, descendo e subindo, acariciando-me com ternura.

— Eu sei que *para sempre* é muito tempo, mas se você me disser que poderei acordar com o seu sorriso lindo todos os dias, nem mesmo isso será suficiente. — Ele afasta meu cabelo para detrás da orelha. — Uma mulher muito inteligente uma vez me disse que o amor é um lembrete diário. É dizer "Eu escolho você. Hoje e todos os dias". Fique para sempre comigo, Alecia.

Meu coração falha uma batida antes de martelar com velocidade dobrada.

— Você acabou de me pedir em casamento? — sussurro.

— Preciso que você case comigo, seja minha companheira, minha amiga, meu amor. Você é tudo, *amore.* Eu te amo mais do que é possível compreender.

— Eu também te amo — respondo e beijo seus lábios.

— Isso é um sim?

— Claro que sim.

Epílogo

Dez Anos Depois

Steven Montgomery

O dia está apenas começando quando desço as escadas da casa do meu filho, Dominic, indo em direção à cozinha. Minha esposa, com a qual faço cinquenta anos de casamento hoje, ainda está dormindo como um anjo no andar de cima, e em vez de fazer amor com ela, que foi meu primeiro pensamento, como em todas as manhãs, decidi deixar a pobre mulher dormir.

Hoje o dia será bem agitado.

Fico surpreso ao ouvir vozes baixinhas na cozinha, pois pensei ter sido o primeiro a acordar.

— Bom dia, pai — Natalie diz com um sorriso.

Ela e Luke estão sentados à bancada da cozinha, tomando café. Nunca me canso de ouvir essa doce menina me chamando de pai. Não sou o homem que contribuiu para que ela viesse ao mundo, mas ela já é minha filha há mais de vinte anos, e eu a amo muito. Ela me dá um abraço enorme, e quando aponto para minha bochecha, ela dá um beijo ali.

— Vocês dois acordaram cedo. — Sirvo-me uma xícara de café e me encosto na bancada.

— Josie e Maddie ficaram fora até tarde, então nós ficamos acordados com Brynna e Caleb esperando por elas — Luke explica. — Depois, Haley acordou esta manhã com um pesadelo, então decidimos continuar acordados. Ainda não estou acostumado com as gêmeas dirigindo.

— Nem o Caleb — respondo. — Os pais nunca estão preparados para que os filhos cresçam.

— Olivia decidiu que está apaixonada — Natalie conta com uma careta, e ri quando Luke lança um olhar irritado em sua direção. — São apenas hormônios.

— Vou trancá-la no quarto.

— Não vai, não.

— Ela tem doze anos — Luke rebate.

— A partir daí, só tende a piorar, filho — informo a ele, bem-humorado. — Quando der por si, será o *seu* quinquagésimo aniversário de casamento e vocês terão dezessete netos.

Luke fica pálido e eu dou risada, divertindo-me com seu pânico.

— Temos um bom tempo ainda antes disso acontecer — Nat lembra a ele, dando tapinhas em seu rosto. — Claro que não ajuda quando se tem três filhas.

— Estou rodeado de mulheres — ele concorda, e sorrio ao pensar na duas caçulas, Chelsea e Haley, que são dois foguetinhos, com nove e sete anos de idade. — Mas o Keaton é todo garotão, pelo menos, e ajuda a balancear as coisas.

— Como está o trabalho? — pergunto a Luke.

— Bem.

— Ele está se reunindo com pessoas incríveis para o próximo projeto — Nat acrescenta, orgulhosa. — Estou sentindo que ele será indicado ao Oscar novamente ano que vem.

— Não preciso de Oscars — Luke diz, balançando a cabeça. — Se bem que não seria tão ruim assim ganhar um.

— Estou tão orgulhosa de você, amor.

Ela se inclina para beijá-lo, e encho novamente minha xícara de café antes de piscar para eles e seguir pela porta dos fundos para sentar no pátio, antes que se empolguem demais. A lareira já está acesa, e Isaac, Stacy, Caleb e Brynna estão amontoados perto dela, bebendo seus cafés. Meus meninos estão aconchegados com suas esposas.

Criei meninos espertos, isso com certeza.

— Bom dia — cumprimento-os e sento na única cadeira desocupada. — Parece que todo mundo levantou cedo.

— É uma boa manhã para fazer isso — Isaac responde, gesticulando para o nascer do sol sobre as montanhas, conferindo uma luz cor-de-rosa suave sobre as videiras.

— É lindo — Stacy concorda. — E a maioria das crianças ainda está dormindo no quarto de jogos, então estamos aproveitando o silêncio.

— Bom plano. Fiquei sabendo que as gêmeas chegaram tarde.

Caleb franza as sobrancelhas.

— Elas obedeceram ao toque de recolher, mas não fico tranquilo sabendo que estão dirigindo. E como tiveram que vir até aqui, passaram pela via expressa tarde da noite.

— Elas são boas garotas — Brynna diz, passando a mão pela perna do marido. Meus meninos escolheram bem suas mulheres. Fortes, lindas e inteligentes, todas elas.

— Maddie ainda está insistindo em ir para Nova York estudar dança depois que se formar no ensino médio? — Stacy pergunta.

— Sim — Brynna responde com um suspiro. — Não acho que vamos conseguir convencê-la a não ir.

— Ela é muito boa dançarina — Stacy elogia. — Ela pode fazer coisas incríveis com isso.

— Nova York é longe pra caralho — Caleb rosna.

— Temos tempo ainda — Brynna sussurra.

— Um ano — ele rebate. — Vai parecer dez minutos.

Você não faz ideia, meu garoto. Vai parecer um piscar de olhos.

— E Josie? — indago.

— Ela tem um namorado. — Brynna olha para o marido, que faz uma carranca novamente. — E provavelmente irá para a faculdade aqui em Seattle mesmo.

— Se ele tocar nela, vou quebrar os braços dele.

Para Sempre Comigo 295

Brynna revira os olhos.

— Eu te ajudo — Isaac diz casualmente.

— Ah, ótimo, você também? — Stacy pergunta.

— Sophie já é adolescente. Talvez não demore muito até eu também precisar dessa ajuda.

— Estarei lá, irmão. — Caleb toca sua caneca na de Isaac, fazendo-nos rir.

— Liam e Michael ficaram acordados até as primeiras horas da manhã jogando videogame. Talvez não os vejamos até a hora do jantar — Isaac conta, referindo-se aos filhos mais novos dele e de Caleb.

— Estamos aqui para celebrar, então por que não deixá-los fazerem o que gostam? — pergunto com um dar de ombros.

— Estou tão feliz por você e a mamãe terem decidido fazer isso — Isaac fala. — De todas as coisas que vocês poderiam fazer para comemorar cinquenta anos de casamento, escolheram que todos nos reuníssemos aqui para o fim de semana.

— Nós teríamos presenteado vocês com um cruzeiro, ou uma viagem para a Europa, ou para algum lugar tranquilo e divertido — Caleb acrescenta.

— Não há outro lugar onde sua mãe e eu gostaríamos de estar mais do que aqui, com nossos filhos.

E essa é a mais pura verdade.

— Você me odeia! — uma voz estridente grita e uma garotinha loira surge correndo no pátio, chorando.

— Erin! Volte aqui! — Meg grita, correndo atrás da filha mais velha.

— Ela nos odeia! — a mais nova, Zoey, concorda e corre atrás da irmã, dando risadinhas.

— Parem de ser dramáticas e voltem já aqui! — Meg para, apoia as mãos na cintura e lança um olhar irritado para as filhas. — Por que elas tiveram que puxar à velocidade do pai?

— Tudo bem, molenga, deixa comigo. — Will passa correndo por ela e segue até o quintal atrás das filhas. — Quando a mãe de vocês chama, vocês têm que vir! Estão me ouvindo?

— Elas não são crianças — Meg diz. — São alienígenas.

— É por isso que não temos nenhuma — Sam fala com um bocejo ao sair pela porta da cozinha, com Leo ao seu lado. Ela me envolve com um dos seus braços e beija minha bochecha. — Obrigada por nos incluir neste fim de semana.

— Você e o Mark são parte dessa família, querida. Não poderia ser diferente. Venha, sente-se. — Levanto-me e cumprimento Leo com um aperto de mão. — Vou acordar minha esposa.

Leo senta na cadeira, sorrindo quando vê que ela balança, e puxa Sam para seu colo.

— Venha balançar comigo um pouquinho, raio de sol.

— Quando sai o próximo álbum, Leo? — Will pergunta, aproximando-se com as filhas nos braços, para levá-las de volta para dentro da casa.

— No próximo mês — Leo responde com um sorriso.

Entro novamente na cozinha e, no curto tempo desde que saí, o cômodo se tornou uma zona de guerra.

— Mamãe, eu não estou com fome! — Abigail chora para Nic, que está segurando seu filho mais novo, Finn, apoiado na cintura.

— Você precisa comer mesmo assim — Nic rebate, paciente. — O café da manhã é a refeição mais importante do dia.

— Ouça a sua mamãe — Matt orienta, coloca Abbi em seu colo e lhe oferece um pedaço de waffle com um garfo. — Ela sabe dessas coisas.

Meu coração fica feliz por ver Nic e Matt com seus filhos. Graças a Deus existe a adoção. Eles compartilham um sorriso, do tipo que também aquece meu coração.

Eles se amam. E, no fim das contas, o que mais se pode querer?

— Você bebeu no meu copo, seu pirralho? — Lucy, a filha mais velha de Mark e Meredith, exige saber do irmão mais novo, Hudson. — Você é *nojento*!

Para Sempre Comigo   297

— Hud. — Mark bagunça os cabelos do filho. — Não seja nojento.

— Quero que você dance comigo — Emma exige da sua tia Meredith.

— Emma. — Alecia lança um olhar severo para a filha, enquanto Dominic entra na cozinha e puxa sua linda esposa para um abraço. — A tia Meredith acabou de acordar. Vamos dar um tempinho a ela, ok?

— Ok — Emma aceita, derrotada.

— Bom dia — Dominic cumprimenta, assimilando o caos instalado ali, e cai na gargalhada. — Quando essa família se junta, não é brincadeira mesmo.

— Eu adoro isso — respondo e puxo meu filho para um abraço. — Obrigado.

— Bobagem — Dom replica. — Não nos reunimos tanto quanto deveríamos.

— Onde está a vovó? — Lucy pergunta.

— Ela ainda está na cama — falo com uma piscadela. — Vocês a esgotaram ontem quando jogamos futebol americano.

— A vovó é boa no futebol americano — Liam diz ao entrar na cozinha, procurando por comida.

— Isso ela é — concordo e, de repente, quero muito ir abraçá-la. — Vou ver como ela está.

— Ei, pai — Dominic chama, e o sorriso automático que surge quando ele me chama de pai se espalha pelo meu rosto. — Feliz aniversário de casamento.

— Feliz aniversário de casamento! — Os outros ecoam e batem palmas.

— Obrigado. Acho que vou dar à avó de vocês meu presente de aniversário de casamento — anuncio, no instante em que Jules e Nate entram na cozinha com a filha, Stella.

— Pai — Jules reclama com uma carranca. — Eca.

— Nate — digo com uma risada ao passar por eles. — Vou deixar você dar um jeito na sua esposa.

— Faz mais de uma década que tento *dar um jeito* nela, Steven. Já aprendi que isso não é possível.

— Isso mesmo. — Jules sorri e beija minha bochecha. — Te amo, paizinho.

— Te amo, garotinha.

— Ah, pelo amor de tudo que é mais sagrado — ela reage ao ver Luke e Natalie se beijando perto da geladeira. — Vocês não sabem *como* acabaram tendo quatro filhos?

Dou risada ao subir as escadas em direção ao quarto. Minha família é grande, caótica e, às vezes, estressante, mas é perfeita.

Entro no quarto e sorrio para a mulher que dorme tranquilamente. Essa pessoa, bem aqui, é o centro do meu universo.

Deito ao lado dela e fico apenas olhando para seu lindo rosto. Depois de cinquenta anos de casamento, ela ainda me tira o fôlego. Pode até ter algumas rugas a mais em seu rosto, e algumas mechas grisalhas nos cabelos, mas eu a amo com o amor de um homem jovem. Ela me deu todas aquelas lindas pessoas que estão lá embaixo.

Ela me deu uma vida. A melhor vida que um homem poderia desejar.

Conforme avançamos para a nossa melhor idade, percebo o quão ricos somos. O dinheiro não significa nada; são os nossos filhos, nossos netos, nossos amigos, que nos realizam.

E, acima de tudo, um ao outro.

Acaricio sua bochecha macia com os nós dos meus dedos e sorrio quando seus olhos se abrem e ela pressiona um beijo na minha mão.

— Bom dia, meu amor.

— Obrigado — sussurro.

— Pelo quê? Nem saí da cama ainda hoje.

— Por me amar. Por nossos filhos. — Pressiono os lábios em sua testa. — Por ser minha.

— Sou sua há muito, muito tempo.

Para Sempre Comigo   299

— E isso tudo ainda não é suficiente.

Fim

Conheça a Série
With me in Seattle

Livro 1: Fica Comigo

**Livro 1.5: Um Natal Comigo
(somente em ebook - gratuito)**

Livro 2: Luta Comigo

Livro 3: Joga Comigo

Livro 4: Canta Comigo

Livro 5: Salva Comigo

Livro 6: Amarrada Comigo

Livro 7: Respira Comigo

Entre em nosso site e viaje no nosso mundo literário.
Lá você vai encontrar todos os nossos
títulos, autores, lançamentos e novidades.
Acesse www.editoracharme.com.br

Você pode adquirir os nossos livros na loja virtual:
loja.editoracharme.com.br

Além do site, você pode nos encontrar em nossas redes sociais.

 https://www.facebook.com/editoracharme

 https://twitter.com/editoracharme

 http://instagram.com/editoracharme

 @editoracharme